KB147148

박인환문학관 학술연구총서 4

박인환 평론 전집

한국전쟁 전『자유신문』기자 시절.
동료 기자 조동건, 이혜복과 비원에서
함께(이혜복 사진 제공)

『경향신문』기자 시절.
동료 기자 정봉화와 함께

1951년 8월 『경향신문』 종군기자 생활.
강원도 화천.

1951년 2월 10일 한강변에서. 종군 사진기자 한영묵 촬영.

1951년 6월 대구에서.

박인환 평론 전집

대담 「남성이 본 현대 여성」이 실린 『여성계』(1954년 6월호) 표지
같은 지면에 실린 박인환 시인의 캐리커처. 김용환 그림.

그레이엄 그린 작(作) 『사건의 핵심』을
소개한 『민주경찰』(44호) 표지

1. 시단 시평(『신천지』, 1948. 4)
2. S. 스펜더 별견(『국제신보』, 1953. 1. 30)
3. 해외문학의 새 동향(『평화신문』, 1954. 2. 15)

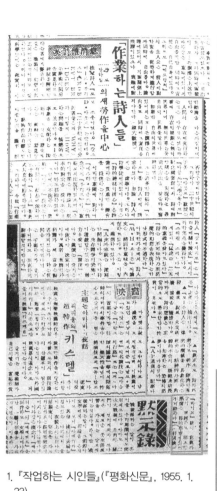

1. 『작업하는 시인들』(『평화신문』, 1955. 1. 23)
2. 테네시 윌리암스 잡기(『한국일보』, 1955. 8. 24)
3. 현대시의 변모(『신태양』, 1955. 2)

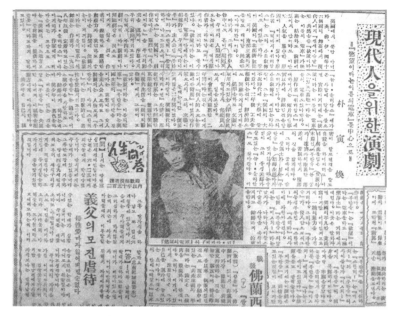

현대인을 위한 연극(『평화신문』, 1955. 8. 2.)

위대한 예술가의 도정(道程)—장 콕토 찬가(『평화신문』, 1955. 10. 30)

1. 서울 돌입!(『경향신문』, 1950. 2. 13)
2. 지하에 숨은 노유(『경향신문』, 1951. 2. 13)
3. 서울 탈환 명령을 고대(『경향신문』, 1951. 2. 18)
4. 칠흑의 강물 건너 우렁찬 대적(對敵) 육성의 전파(『경향신문』, 1951. 2. 18)
5. 짓밟힌 '민족 마음의 고향 서울' 수도 재탈환에 총궐기하자!(『경향신문』, 1951. 2. 20)

1. 거창사건 수(遂) 언도(『경향신문』, 1951. 12. 18)
2. 병기창 방화범 일당 8명(『경향신문』, 1952. 1. 3)

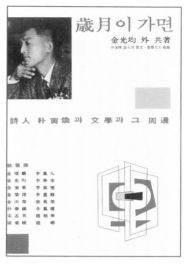

1976년 박인환 시인 타계 20주기에
큰아들 박세형이 간행한 시집 표지

1982년 박인환 시인 타계 26주기에
문인들이 간행한 추모 산문집 표지

문승묵 엮음 『사랑은 가고 과거는
남는 것－박인환 전집』(예옥, 2006)

맹문재 엮음 『박인환 전집』
(실천문학사, 2008)

맹문재 엮음 『박인환 번역 전집』
(2019)

맹문재 엮음 『박인환 시 전집』
(2020)

맹문재 엮음 『박인환 영화평론 전집』
(2021)

『선시집』 복각본
2021

여국현 옮김 『THE COLLECTED POEMS』
(박인환 선시집 영역본)
(2021)

박인환
평론
전집

맹문재 엮음

■ **책머리에**

2019년부터 간행해오는 박인환 전집 시리즈 중에서 올해는『박인환 평론 전집』을 내놓는다. 그동안『박인환 번역 전집』,『박인환 시 전집』,『박인환 영화평론 전집』을 간행했다. 내년에는『박인환 산문 전집』을 간행할 예정이다. 이렇게 되면 2008년『박인환 전집』을 간행한 뒤 보충 및 수정해온 작업이 마무리된다. 1940~50년대의 자료를 발굴하고 입력하고 읽어내는 일은 수월하지 않지만, 박인환의 작품 연구에 필요한 토대를 마련하는 것이기에 보람을 느낀다.

『박인환 평론 전집』에 수록한 글은 총 61편이다. 그중에서 문학 분야의 글이 25편으로 가장 많다. 그다음으로 연극 4편, 여성 3편이고, 그 외에 영화를 비롯해 미술, 사진, 문화, 국제 정치, 기사 등을 수록했다. 신문기사를 평론으로 분류한 데는 이론의 여지가 있으나, 박인환은 사건을 객관적으로 보도하는 데 그치지 않고 비평적 의견을 제시했기에 포함했다. 영화 분야를 마련한 것은『박인환 영화평론 전집』을 간행한 이후 새로 발굴한 자료를 넣기 위해서였다.

『박인환 평론 전집』에는 다른 전집에서와 마찬가지로 문승묵 선생님께서 많은 자료를 제공해주셨다. 오랜 시간 공들여 발굴해낸 자료를 박인환 전집을 위해 기꺼이 내주셨다. 그저 감사할 뿐이다. 박인환문학관의 지속적인 관심과 지원은 물론 박인환 시인의 연보를 감수해준 박세형 아드님께도 감사의 인사를 드린다.

자료 입력에 수고해준 이주희 시인과 유예진을 비롯한 안양대 국문학과 학생들, 자료 검토에 도움을 주신 신원철 강원대 글로벌인재학부 영어 전공 교수님과 이상빈 전 포스텍 인문사회학부 교수님, 김병호 서지학자님, 그리고 편집 작업에 수고해준 한봉숙 대표님을 비롯해 푸른사상사 식구들에게도 고마움을 전한다.

> 시대 조류 속에서 똑바른 세계관과 참다운 시 정신을 망각하고서는 현대시의 필수조건을 잃어버리게 되는 것이다. (「시단 시평」 중에서)

박인환의 평론 글들을 읽으며 배운 바가 크다. 시인으로서는 물론 평론가 박인환의 예리함과 열정에 경의를 표한다.

2022년 8월
맹문재

차례

제2부   연극

제3부   영화

제4부   미술

일러두기

1. 작품들을 분야별로 나누고 발표순으로 배열했다.
2. 맞춤법과 띄어쓰기는 특수성을 살리는 것이 필요한 경우를 제외하고 현대 맞춤법 규정에 따랐다. 의미를 정확하게 밝힐 필요가 있는 어휘는 한자를 괄호 안에 넣어 병기했다.
3. 원문 중에서 끊어 읽기가 꼭 필요한 경우는 쉼표를 넣었다.
4. 작품의 본래 주(註)는 원문대로 수록했다.
5. 부호 사용의 경우 단행본 및 잡지와 신문명은 『 』, 문학작품명은 「 」, 다른 분야 작품명은 〈 〉, 대화는 " ", 강조는 ' ' 등으로 통일했다.
6. 글자의 확인이 불가능한 경우는 네모(□)로 표기했다.

제1부

문학

시단 시평(詩壇時評)

시단을 엄정하게 비판한다는 것이 시인의 진보를 조장시킨다고 몇 사람들은 말하여왔으나 시가 오늘까지 존재하고 인식되어온 수십 년간의 시의 비판의 빈곤은 이루 말할 수 없는 것이다. 이러한 빈곤성을 또다시 되풀이하느냐 안 하느냐, 여기서 나는 지금까지 발표되어온 시를 근원부터 보지 않을 수가 없게 되었다. 해방 이후 우리들이 쓴 시 작품은 수천 편에 달하였다. 감격과 정열과 희망의 노래, 그리고 부패와 참혹과 탈락에의 반항의 노래로서 잡지와 신문, 단행 시집, 이루 말할 수 없게 시의 범람이었던 것이다. 그러나 우리 머릿속에 감명 있게 남아 있는 시는 과연 몇 편이나 될까? 나는 질과 양의 문제를 제론(提論)하는 바는 아니나마 우리들은 정리할 수도 없게 지나치게도 많은 작품을 써온 것이다. 끊임없는 노래, 이것은 시인의 영원한 정열일 것이나 자연 발생적 시인과 필연적 시인과의 정신적 거리는 너무도 멀다.

오늘날 남부 조선의 시인들은 소위 순수문학을 부르짖는 시인들을 제외하고서는 모두들 커다란 사회 혼란 속에서 헤매고 있다. 그들은 아름다움을 노래하기보담도 험악한 현실의 반항을 스스로 노래하였다.

현대시가 지금까지 봉착하지 못한 시대에서 누구를 막론하고 피 흘리며 싸우고 있는 것이다. 여기서 뛰어나온 시, 가장 주관이 명백하고 유행에서 초탈한 시, 공통된 감정을 솔직하게 전하여주는 시, 이러한 시만이 거부할 수 없는 조선의 현대시일 것이다. 그럼에도 불구하고 지난날의 레토릭과 스타일의 세계에서 벗어나지 못하는 시인들이 있다는 것은 그들이 암만 새로운 의욕과 정치성에 몸소 겪고 있다 할지라도 그들은 현대의 시인으로서는 완전한 의미의 퇴보를 하고 있는 것밖에는 아무것도 아닌 것이다.

최근에 발표되는 작품을 읽어볼 때 너무도 혼돈한 분위기 속에 들어가는 감(感)을 가지게 된다. 이것이 바로 오늘의 시단의 숙명이라고 할 수 없다면 모든 시인들은 쇠퇴하고 있는 것이다. 시처럼 새로움을 문제(問題)하는 문화적 체계는 없을 것이다. 그런데 이 새로움은 시간이 갈수록 어떠한 회의 속에서 방황하고 있다. 엄밀한 의미에서 요즘의 시인들은 자기가 무엇을 하는 길이 옳으냐?는 것을 해득치 못하고 있다. 시대 조류만을 감수하고 시의 전진해온 역사를 망각하고 있다. 오늘의 시가 갈망하고 있는 것은 가장 현실적이면서도 그 시대를 극복한다는 것이다. 그런데 요즘의 시인은 이러한 시 입문의 정리(定理)도 파악 못하고 사회적 명성과 자기도취에서 의식만으로의 편견으로 태만의 단계를 걷고 있다.

일찍이 우리의 시는 봉건과 특권에 작별을 하고 민족적인 창조 정신 속으로 들어갔으나 지금까지의 작품을 볼 때 암담하기 짝이 없다. 창조 정신이란 곧 인민의 것이요, 여러 가지의 우리의 소유임에 틀림없다. 물론 오늘같이 압제 밑에서 살고 있는 시인들이므로 완전한 시의 기능을 보일 수는 없으나 시의 자유 정신의 유동은 이와는 반대되는 것이다. 우리는 형상적 생명에 현실적 정신을 부합시키지 못하고서는 처음부터 시를 쓸 자격이 없는 것이다.

처음부터 시단을 부인하지 못한 나로서는 주관만 세워가지고 시단과 타협할 생각이었다. 그러나 조선 시단이 가장 젊은 세대의 시인의 독점 아래서 움직이고 있다는 것을 생각할 때 기쁜 반면 시의 시련의 필요성을 주창하고 싶다. 안일하게 지낸다는 것이 생활에 위기를 빚어내듯이 시의 위기 직전에는 감상적인 안일성이 있다. 시단 시평이라는 제(題)를 들고 이러한 글을 쓰게 되었다. 재래적인 시인의 나열만으로, 작품의 인용구만으로서는 도저히 엄정한 성질의 시평이 되지 못한다. 시대 조류 속에서 똑바른 세계관과 참다운 시정신을 망각하고서는 현대시의 필수조건을 잃어버리게 되는 것이다.

(『신시론』 제1집, 1948. 4. 20)

후기

　어느 날 다방에서 T. S. 엘리엇의 「황무지」의 번역에 관하여 이야기하고 있는 분을 쳐다보았더니 그는 내가 잘 아는 C씨의 친우인 김경희(金景熹) 씨라는 것을 알게 되었다. 며칠 후 전기(前記) 다방에서 잡담 비슷한 동인지의 말을 하고 있었는데 우연히도 나타나신 분이 장만영(張萬榮) 씨다. 장 씨는 곧 당신네들이 새로운 시 운동을 끝끝내 하신다면 넉넉지 못한 재정이나마 힘자라는 데까지 협력을 하여주겠다는 믿을 수 없는 선의의 말이었다. 그리하여 그 길로 임호권(林虎權) 씨 김경린(金璟麟) 씨를 찾았다. 얼마 되어 김경린 씨가 부산에 내려가 김병욱(金秉旭) 씨에게 연락을 하였다. 참으로 우연한 소(小) 사건이었다. 이리하여 '신시론(新詩論)'이라는 제호(題號)는 탄생하였다.

　『신시론』은 절대로 상업잡지가 아니다. 시와 문화의 새로운 발전을 위해서 상기(上記)의 시인들이 먼저 동인이 되고 거기에 새로운 시와 시론의 기고를 기재할 뿐이다. 그러므로 동인이 되고 싶으신 분은 이러한 점을 이해하시고 극력 참가하기 바란다. 그러나 그전에 작품을 산호장(珊瑚莊)

내 『신시론』 편집부로 보내주면 고맙겠다.

　날이 갈수록 우리들의 문학적 운동의 중량은 증대하여 하나의 가속도로서 새로운 시의 바다로 진행할 줄 믿는다. 나는 『신시론』을 일종의 선입감으로서 보든가, 전연 이해하지 못하고 있는 사람을 문제하지 않는다. 시의 청춘은 항시 그러한 사람들을 무시하고 앞으로 나가는 것이다.

　이번 제1집은 짧은 시간과 여러 가지의 불충분한 점으로서 최초의 플랜대로 되지 못했으나 실망하지는 않는다. 마라톤의 스타트는 속력의 볼륨을 말하고 있지 않다. (박인환)

(『신시론』 제1집, 1948. 4. 20)

김기림 시집 『새노래』 평

    침체한 시대에서 성장해 온 김기림(金起林) 씨는 시집 『새노래』를 우리에게 던지었다. 『기상도(氣象圖)』 이후 조선의 시 문화의 새로운 발전을 위해 애써온 씨는 낡은 이미지의 형식을 깨트리고 언어의 구성에 그의 지혜를 바쳐온 것이다.

    씨는 『태양(太陽)의 풍속(風俗)』 서문에서 "나는 항상 나의 시정신의 유동과 발달을 위해서는 새로움을 지향해 전진하겠다"는 뜻의 말을 쓰셨는데, 에즈라 파운드에서 출발하신 씨는 에즈라 파운드마저 부인하여왔던 구시대의 보수적인 시의 사고를 씨의 현학(衒學)한 입장에서 우리에게 노래하여주며 요구하고 있다. 어느 한 시대에 있어서 씨는 완전한 의미의 서구적 지성의 혼혈 시인이었다. 그리하였으므로 해방된 오늘 선두에 나서 침해된 문화를 재건시키기 위하여 선전성과 자극성의 시를 파운드의 이태리에 있어서의 비극을 심각히 상기(想起)하여가며 로브라우[1]의 개

---

1 lowbrow : 교양 없는. 저속한. 반대어는 highbrow.

념에서 말하고 있다. 그러나 지난날 조선의 시의 기사(騎士)였던 씨는 아직도 무수한 무기를 가지고 있으니 그것은 사회학적, 정치학적, 과학적 인식에 있어서의 시적 구성의 위력(威力)이다. 시정신의 퇴각에 이반하여 『새노래』는 건축에서 보는 몽타주적인 표현을 모든 시의 요소로 하고 있다.

오늘날 조선과 세계의 진실한 코스는 결정되어 있으므로 『새노래』의 시에 있어서의 존재는 그리 중요한 것이 못 된다. 시간의 제한에서 막연한 사색을 가치 있게 본다면 이 시집은 지리학(地理學) 편견을 타파할 수가 없을 것이다.

씨는 어느새 풍토화되어버렸다. 지적 정서를 아직도 상실하지 않은 시인 김기림 씨는 시사(時事) 문제를 정리 못 하고 있는데 이것이야말로 가장 위기한 내일을 초래할지도 모른다.

파운드가 지적하여왔던 대학 교육이 오늘날 동일의 위치에서 벗어났다면 『새노래』는 우수한 프로페서용이며 시의 초보를 벗어난 시인의 유쾌한 매혹의 대상이 될 것이다. (아문각(雅文閣) 발행, 정가 2백 원(圓))

(『조선일보』, 1948. 7. 22)

사르트르의 실존주의

　정치나 경제뿐만 아니라 문화면에 있어서 전쟁이 던져주는 영향은 재언
(再言)할 바도 없이 막대한 것이었다. 그것은 형태의 여하를 막론하고 전후
(戰後)의 불안을 반영 또는 표현하고 있다고 볼 수 있다. 제1차 대전이 끝
난 다음 대전이 야기시킨 정신적 고민은 일부의 시인으로 하여금 자기(自
棄)와 파괴의 속에 몸을 던지게 하였다. 루마니아의 청년 트리스탕 차라[1]
가 명명한 다다이즘은 "폭풍과 같이 구름과 기도의 장막을 파괴하여 참화
(慘禍), 화염(火焰), 해체의 장대한 광경을 준비한다"는 운동이었다. 이 운
동은 여러 동지의 응원을 얻어 기관지 『문학』을 출판하게 되어 구라파 문
단의 일각(一角)을 차지하게 되었다. 그러나 이러한 다다이즘의 운동은 결

1　Tristan Tzara(1896~1963) : 루마니아계 프랑스 아방가르드 시인, 수필가, 행위미술
　가, 작곡가, 저널리스트, 영화감독. 반체제 다다이즘 운동의 창립자이자 핵심 인물.
　스페인 내전과 제2차 세계대전 때 레지스탕스 활동. 작품집 『25편의 시(詩)』『근사적
　(近似的) 인간』『안티 두뇌』 등.

국에 있어 자기들의 최저 대항선(對抗線)도 만들지 못하고 1922년에 다다이즘에 속하여 있던 유능한 시인들의 반항 정신으로 해체를 면치 못하였다. 다다이즘에 속하여 있던 앙드레 브르통[2]은 '초현실주의 제1선언'을 발표하고 기관지 『초현실주의 혁명』을 출판하며 초현실주의의 발전적 논리와 이론적 지도자로서 일파(一波)를 주창하였는데, 여기에 모인 사람은 태반이 다다이즘 운동을 하였고, 또는 그 아류에서 헤매던 필리프 수포[3], 루이 아라공[4], 폴 엘뤼아르[5], 프랜시스 피카비아[6] 등이었다. 이들은 제1차에 있어 인간 해방과 세계 재건을 위해 선악 · 미추 · 가정 · 조국 · 종교 등의 모든 기존 가치와 교의(教義)를 파괴하여 문학적으로는 이지와 논리를 배격하고 잠재의식에서 우러나오는 자동기술(自動記述) 속에서 절대를 탐구하기로 하였다. 그리고 이 운동은 출발점을 프로이트의 정신분석, 마르크스의 이론과 헤겔 변증법에 두었다. 초현실주의 운동은 국제적 코스를 찾기 위해서 우선 영국으로 건너가고 미국 그리고 일본과 조선까지도 도달

2 André Breton(1896~1966) : 초현실주의를 대표하는 프랑스의 시인, 미술이론가. 시집 『사라진 발자국』, 소설집 『나자(Nadja)』, 수필집 『연통관(連通管)』 등.

3 Philippe Soupault(1897~1990) : 프랑스의 시인 · 소설가. 다다이즘 운동 주창자. 초현실주의 운동의 중심 멤버로 활약. 자동기술법 작품 「자장」 발표. 저서 『전시집』 『샹송』 등.

4 Louis Aragon(1897~1982) : 프랑스의 시인, 작가. 제1차 세계대전 뒤 다다이즘과 초현실주의 운동. 반파시즘 운동 참가. 제2차 세계대전 때 레지스탕스 운동. 전국 지식인 동맹 서기장. 시집 『우랄 만세』, 연작소설집 『현실세계』, 평론집 『스탕달의 빛』 『소비에트 문학론』 등.

5 Paul Éluard(1895~1952) : 프랑스의 시인. 다다이즘 운동과 초현실주의 시인으로 활동. 스페인 내전 때 인민전선에 참가. 시집 『시와 진실』 『독일군의 주둔지에서』 등.

6 Francis Picabia(1879~1953) : 프랑스의 화가, 시인, 편집인. 다다이즘 작가. 작품집 『우드니』 『지상에서 매우 보기 드문 그림』 등.

하였다. 제2차 대전 전 서반아 화가 살바도르 달리[7]의 출현은 전 세계의 회화인으로 하여금 경탄치 않을 수가 없었다. 그리고 영국의 전위 회화의 지도자 허버트 리드[8]는 '예술과 무의식'에 관하여 그의 초현실주의적 입장을 공개하였던 것이나, 그들의 매니페스토[9]의 기억은 루이 아라공이 극좌(極左) 작가연맹 AEAR[10]에 가입함으로 말미암아 위기와 망각의 기로에 서게 되었다. 아라공은 불란서 인민전선 정부가 수립된 1936년에 『아름다운 지역(Les Beaux Qartiers)』을 발표하여 새로운 휴머니즘과 새로운 코뮤니스트의 방향을 지침하고 휴머니즘적 이론에서 빅토르 위고의 작품에 지시되었던 사회성의 재인식을 대두시키었다. 그는 르노도상(賞)[11]을 받은 다음 일로(一路) 모스크바로 출발하였다. 같은 1938년에 폴 니장[12]은 『음모(La Conspiration)』를 발표하였다. 아라공은 『아름다운 지역』에서 "수염투성이의 알만이 축제의 날 사람 많은 곳에서 그의 친구 앙드리앙과 만났다. 이 친구는 군인이 되어 있었다. 그리하여 앙드리앙이 관계하고 있는 우익 단체와 연결이 되어 있는 비넬의 공장에 소개받기로 되었다. 알만은 대단한 기쁨으로 그곳의 직공이 되고 보니 그 공장은 스트라이크 중이었다. 그는 자기도 모르는 사이에 스트라이크를 방해하는 사람이 되어 있었다. 그러

---

7 Salvador Dalí(1904~1989) : 20세기 초현실주의 화가.

8 Herbert Read(1893~1968) : 영국 시인, 예술 비평가. 저서 『벌거벗은 용사』『예술의 의미』 등.

9 manifesto : 성명서. 선언문.

10 프랑스의 혁명예술가협회 : AEAR(Association of revolutionary writers and artists).

11 기자들이 수여하는 프랑스의 문학상. 프랑스 최초의 신문인 『가제트』를 발간한 테오 프라스트 르노도(T. Renaudot)를 기념함. 1926년부터 수여.

12 Paul Nizan(1905~1940) : 프랑스의 소설가. 소설 『음모』, 기행수필 『아덴 아라비아』 등.

나 3일 후 그 반동적인 역할을 완전히 의식하였을 적에 그는 곧 공장을 뛰어나와 동맹 파업 본부를 찾아갔다. 그때 벌써 노동자 측은 실패하고 있었으나 투사들은 이 젊은 동지의 참가로 미래에 대한 빛나는 이상을 가질 수가 있었다. 지금이야말로 알만은 자기가 지금까지 먹지도 못하고 방황하던 파리의 '아름다운 지역'에서 멀어져가려는 의욕을 확실히 느끼게 되었다."라고 말하고 있다. 아라공은 지금까지의 자기의 문학적 생활환경을 이러한 아름다운 지역에 두고 자기뿐만이 아니라 모든 초현실주의의 사람과 부르주아 계급에서 사는 사람과 반동적인 요소를 다분히 가지고 있는 사람들도 인간의 이성적인 의욕에서 지금까지의 위치를 벗어난다면 살 수 있다는 것을 명시하고 있다.

지금까지 기술한 것은 1차 대전 후 사회적인 불안과 동요 속에서 가장 현저한 문화 곧 문학의 운동을 말하였는데, 지금 표제에 건 '사르트르의 실존주의'는 제2차 대전 후 구라파뿐만 아니라 미국에서 특히 논의되고 환영을 받고 있는데, 말하자면 2차 대전 후의 최대 문학 운동이라고 할 수 있다. 소련의 작가 일리야 예렌부르크[13]는 "세계의 중심을 이루는 것은 '생제르맹' 가(街)이고 또 거기에 있는 두 개의 카페이다. 그중의 하나 '카페 레 두 마고'[14]에는 백발을 휘날리는 '초현실주의자'들이 여명(餘命)을 아끼고 있고, 다른 한 개 '카페 드 플로르'[15]에는 전자(前者)의 적(敵)인 '실존주의자'들이 진을 치고 있다"고 하였다. 그러면 오늘날 불란서 문학계

---

13 Ilya Grigoryevich Ehrenburg(1891~1967) : 소련의 작가, 저널리스트. 소설 『홀리오 후레니토와 그 제자들의 이상한 모험』 『파리의 함락』 『9번째 파도』 등.
14 Les Deux Magots : 파리의 대표적인 카페.
15 Café de Flore : 레 두 마고의 바로 옆에 있음.

의 초점이며 제1차 대전 후 발생한 다다이즘과 초현실주의와 같이 제2차 대전 후 새로 나타난 J. P. 사르트르가 제창한 실존주의(Existentialism)는 어떠한 것이냐? J. P. 사르트르는 1905년에 출생하여 그가 처녀작『구토(*La Nausée*)』를 1938년에 발표하기까지는 노르망디의 르 아브르[16]의 중학교 교원이었다. 그는 일찍이 데카르트, 야스퍼스, 키르케고르 등의 철학을 전공하였다. 그리하여 그는 이 소설에서 허무에서 존재에의 정신의 변태(變態)를 미묘하게 그려냈다. 그의『구토』를 처음 읽은 사람은 "여기에는 생(生)·사(死)·자아·시간 등 여러 가지의 철학적인 문제가 취급되어 있음을 안다. 이것은 현상학적인 소설이다."라고 말하였다. 사르트르의 출세작인 이 소설은 일기체로 쓰여 있는데 그 주인공은 세계 각국을 여행한 다음 로르봉 후작(侯爵)의 연구에 몰두한다. 로르봉 후작은 마리 앙투아네트는 그를 '원숭이'라고 불렀다. 외교·정치·실업 각 방면으로 활약하고 러시아 체재 중에는 폴 1세의 암살에도 힘을 쓴 사람이다. 사르트르는 아래와 같은 것을 쓰고 있다.

"가장 좋은 일은 하루하루의 일기를 쓰는 것이다. 물품을 명료하게 보기 위하여 일기를 쓰는 것이다. 암만 가치 없게 보이는 것이라도 세심히 정신을 기울여 분류해야 된다. 이 책상, 거리, 사람들, 담배 주머니 등을 내가 어떻게 보고 있는가를 쓸 필요가 있다. '그것들은 변화한다' 그 변화의 범위와 성질을 정확하게 한정하지 않으면 안 된다. 그러나 일기를 쓰기 위해서 만사를 과장하며, 항상 주목하며, 사실을 강요하는 위험이 있다는 것을 나는 알고 있다."

"무엇인가 변화하였다. 나 자신이 변화한 것이 아니면 이 방, 이 거리,

---

16 Le Havre : 프랑스 서북부, 대서양에 면한 항구도시.

이 자연이 변한 것이다. 변한 것은 내 자신이라고 생각하는 법이 간단하다. 그러나 이것은 가장 불유쾌한 사고의 방법이다. 지금까지 건드려 보지 못했던 근소한 변태가 무수히 내 마음속으로 스며들고 그것이 갑작스럽게 표면에 나타난다. 그러했으므로 내 생활의 외관은 이렇게 불통일하며 지리멸렬하게 되었다."

"즐거운 마음으로 이야기하고 있는 젊은 사람 속에 끼여 나는 벌써부터 눈앞에 있는 비어 컵을 보지 않으려고 노력하고 있다. 그대로의 비어 컵이다. 그러나 무어라고 말하면 좋을까? 여기에는 다른 무엇이 있다. 나는 물속에 공포의 쪽으로 점점 끌려가는 감(感)을 갖는다. 처음으로 고독이 나를 괴롭게 한다."

"오늘 아침 도서관에 가는 도중 길가에 떨어져 있는 종잇조각을 집을까 했으나 집지 못했다. 그것이 지금까지 나를 괴롭히고 있다."

"나의 얼굴의 미추(美醜)는 아무래도 좋다. 조각(彫刻)과 다르니깐 미추 같은 것은 문제가 안 된다. 그러나 오래도록 보고 있으니 대단히 재미있다. 자기의 눈, 코, 이마를 보고 있으면 어린 시절 아주머니의 말씀 '거울만 보고 있으면 얼굴이 원숭이처럼 됩니다'라는 것이 생각난다."

"아, 안 되겠다, 안 되겠다. '구토'가 난다. 이번에는 카페에서 일어났다. 지금까지 카페는 나의 유일한 피난소였다. 이러다가는 이제는 갈 곳이 없다. '철도의 집'으로 가보니 마담은 없었다. 여급인 마들렌이 무엇을 먹겠느냐고 물을 때 나는 '구토기(嘔吐氣)'가 났다."

"나는 또 어제의 명상을 계속하고 있다. 모험이라는 생각이 없었다 하면은 또다시 생활할 필요가 있다. 생활을 하고 있을 때에는 어디로 여행을 하여도 항상 모든 것은 동일한 것이다. 배경이 변하고 인간이 출입할 뿐이다. 그러나 생활을 이야기할 때에는 모든 것이 변화한다. 모든 사건이 어떠한 의미를 가지고 온다. 시간을 역행하면서 이야기를 하면은 대수롭지 않은 사건이라도 모험적으로 된다. 모험 같은 것은 없어지고 남은 것은 '이야기' 뿐이다."

"카페 마블리의 내부를 유리창 밖에서 들여다보니깐 손님들이 가득 찼다. 내 머리와 같이 갈색 머리의 카운터의 여자가 있었다. 이 여자는 악성(惡性)의 병이 들어서 그 육체가 부패되어갔다. 그 여자를 보고 있으니 전신에 악감(惡感)을 느끼게 되었다. 저것이다. 저것만이 오늘 하루 동안 나를 기다리고 있었다. 카운터에서 미소하고 있는 여자의 얼굴! 모든 것이 정지되었다. 나의 생활도 정지되었다. 나는 행복스러웠다. 그러나 곧 괴로운 회한뿐이 남았다."

"물과 같이 투명한 추상적인 사념으로써 자기를 세탁하고 싶다. 모험의 감정은 사건에서 발생치 않는다. 시간의 흐름을 느끼게 하는 데서 온다. 보통 여자를 보고 여자가 늙어 간다고 생각하여도 그 나이 먹는 것을 보지 못한다. 그러나 어느 때 그것을 보고 자기도 함께 늙어 가는 것을 느끼게 된다. 그것이 모험의 감정이다. 그것은 시간의 비가역성의 감정이다."

"모든 것이 현재의 것이 아니면 존재치 않는다. 과거는 존재치 않는다. 사물이나 사상(思想)에서도 동일하다. 지금까지 나에게 있어서는 과거는 피난소였으며 별도의 생활 방법이었고 휴가와 무위(無爲)의 상태였다. 로르봉 후작은 나의 마음속에 살아 있고 움직이고 있다. 나는 그를 위해 살아왔다. 그는 존재하는 데 내가 필요하였고, 나는 자기의 존재를 느끼지 못하기 위하여 그가 필요하였다. 그러나 지금에선 그는 죽어버렸다. 허무에 돌아가고 말았다. 그의 두 번째의 죽음을 맞이했다. 로르봉 사건은 끝났다. 참으로 열렬했던 연애 사건 모양 과거는 죽어버렸다. 이 앞으로서는 어찌할까. 우선 움직이지 않을 것이다. 대기하여 있던 '물상(物象)'이

급히 모여 나에게 뛰어든다. 그것은 나의 육체 속을 흐른다. 지금 '물상'은 바로 나다. 해방되었던 존재가 내 가슴 위에 역류한다. 나는 존재한다. 허나 만일 사색하지 말고 지낸다면 더욱 좋을 것이다. 사상은 참으로 소용없다. 육체보다 소용없다. 사상에는 언어가 있다. '나는 존재한다'고 하는 것은 나다. 육체는 혼자서 자란다. 사상은 내가 지속하지 않으면 안 된다. 나는 존재한다. 존재한다고 생각한다. 나는 생각하고 싶지 않다. 나는 생각하고 싶지 않다고 생각한다. 나는 생각하고 싶지 않다고 생각하면 못쓴다. 어디까지 가도 같은 사상이다. 나의 사상은 나다. 그러므로 나는 정지할 수가 없다. 나이프로 손을 상하게 했다. 백지 위에 피가 흐른다. 그러나 그 피는 벌써 나의 피가 아니다."

"그는 대전 중(1차 대전) 포로였다는 것을 처음으로 말한다. 그때의 생활로서 그는 인간을 사랑할 줄을 알게 되고 누구든지 형제처럼 포옹하고 싶어졌다고 말한다. 그때부터 그는 군중 속에 있는 것을 즐겨하고 전연 모르는 사람의 장식(葬式)에도 참렬(參列)할[17] 때도 있다는 것이다. 지금은 사회주의의 단체에 가입하고 있다고 떳떳하게 말하였다. 나는 벌써 혼자가 아니라고. 그는 행복스러웠다. 그는 인도주의자다. 나는 비인도주의자는 아니나 인도주의자도 아니다."

"나는 존재의 비결, 나의 '구토'의 열쇠, 내 자신의 생명의 열쇠를 찾아냈다. 바람에 흔들리는 나뭇가지를 쳐다보는 사이에 모든 존재의 탄생을 배웠다. 운동이라는 것은 절대로 존재하지 않으나 그것은 추이(推移), 두 개의 존재의 중간, 미약한 시간이다. 허무는 머릿속의 관념에 지나지 못한다. 거대한 속에 흔들리며 존재하고 있는 관념에 지나지 못한다. 허무

---

17 참렬하다 : ① 그 자리에 참여하다. ② 어떤 신분이나 등급의 차례에 참여하다.

는 존재의 앞에는 나타나지 않았으니깐 — 다른 많은 존재의 다음에 나타나는 것처럼 일종의 존재다."

"나는 변하지 않는다고 그 여자는 말했으나 그 여자는 확실히 변화하였다. 변하지 않는 나는 그 여자가 어느 정도 변화하였다는 것을 말하는 도정표(道程標) 같다고 말한다. 그 여자는 늙었다. 피곤한 모습을 하고 있었다. 런던에서 무대에 선 일이 있다고 한다. 지금은 여행만을 하고 있는 모양이다. 패트런[18]도 있다는 것이다. 책상 위에 그 여자의 옛날부터의 애독서인 미슐레[19]의 『불란서사(佛蘭西史)』가 놓여 있다. 그러나 그 여자의 옛날부터의 이상이었던 '최상의 시간'의 실현은 불가능하다는 것을 안 모양이다. 그는 그 자신으로 '존재'를 발견한 것이다. 옛날의 애니(그 여자의 이름)는 소멸하고 말았다. '나는 한 눈까지 변하였어요.'라고 그 여자는 말한다. 이상형의 소녀가 현실적인 여자로 되고 말았다. '나는 생창피를 당하고 있어요.'라고 말할 때 그의 얼굴은 눈물도 연민도 없었다. 말라버린 절망을 나타내었다. 그렇다. 이 세상에는 모험도 '최상의 시간'도 없는 것이다. 우리들은 두 사람 모두 꿈을 잃어버렸다. 두 사람이 다 같은 도정(道程)을 하여왔다. 다 함께 변한 것이다. 그러나 나에게는 그 여자를 설복시킬 힘이 없었다. 우리들은 말없이 차를 마셨다. 두 사람은 말할 것이 없어지고 말았다."

"나는 자유다. 나에게는 벌써 아무 생존 이유도 남지 않았다. 나는 어떠한 강렬한 구토 때에라도 애니라면 구원하여줄 것으로 믿어왔다. 그 희망

---

18 patron : 작가들이 창작 활동을 할 수 있게 경제적으로 지원해주는 사람.

19 Jules Michelet(1798~1874) : 프랑스의 역사가. 『프랑스사(*Histoire de France*)』는 그의 기념비적인 저서.

도 사라졌다. 로르본 씨도 죽었다. 나의 과거는 죽었다. 나는 고독하며 자유다. 이 고독은 어느 정도 죽음에 흡사하다."

　"최후에 또 한 번 저 자스의 레코드를 들려주는 〈철도의 집〉에 가서 마담과 작별하였다. 그 흑인녀의 절망적인 노래가 지금까지 알지 못하였던 일종의 즐거움을 알려주었다. 오늘부터 이 시간부터 모든 것이 시작된다. 나는 소설을 쓰자."

　『구토』에 나타난 사르트르가 암시하는 것은 실존이란 무동기(無動機), 불합리, 추괴(醜怪)이며 인간은 이 실존의 일원으로서 불안·공포의 심연에 있다는 것이다. 이 심연에서 구원을 신에게 찾는 것이 키르케고르이나 무신론자 사르트르는 행동에 의한 자유를 찾지 못하고서는 구원은 없다고 한다. 이러한 것을 최근 미국에서는 "신이 없는 키르케고르"라고 말하고 있다. 그리고 사르트르는 '완전한 순간'이라는 것을 귀중하게 알고 있다. "우리들은 기계적 인간도 아니며 악마에 시달린 것도 아니다. 가장 불행한 것은 우리들은 자유인 까닭이다." 사르트르는 이렇게 말하는데 실제에 있어 자유라는 것은 중량의 부담이었다는 것을 사르트르는 사무치게 느끼었던 것이다. 사르트르는 오직 육체 자체의 사고만을 이야기하는 것처럼 보이나 실은 이지(理知) 이상의 지적인, 혁명적인 의미가 있다고 보는 사람도 많다. 사르트르의 사상과 문학이 불란서에 발생한 필연은 패전 후의 불란서의 고민의 제상(諸相)이었고 사르트르 개인의 철학 전공과 프란츠 카프카(1883~1924)의 작품 영향도 있다. 그는 『변신』에 있어 철저적인 허무주의의 경향을 그렸고 장편 『아메리카』는 그가 죽은 다음 막스 브로트[20]의

---

20 Max Brod(1884~1968) : 작가, 비평가. 프란츠 카프카의 친구. 자신의 작품을 불태우라고 카프카가 당부한 것을 무시하고 미발표 원고들을 출판해 세계적인 작가의

손으로 발표되었다. 스티븐 스펜더[21]는 그를 평하여 "카프카의 인간적 경우는 연옥에서 낙원에 도달한다. 그러나 주인공은 동일하다. 그의 죄악과 무지(無智)와는 그의 소신 속에 있다. 어디엔가 인간의 행동이 심판되는 옳은 규칙이 있다고 그는 신망(信望)하고 있다."고 말한다. 불란서에서는 지금까지 암흑은 철저한 암흑 사상을 만들고, 고민은 철저한 고민의 작품을 만들었다. 근대에서 확립된 '인간'이 작품 위에 그 모습이 완전히 묘사된 나머지 사르트르에 이르러서는 도대체 인간의 존재는 무엇이냐, 인간의 존재는 우연이냐 필연이냐, 인간은 자유인가 그렇지 않으면 자유스럽지 못한가. 이 끝끝내 파고들어 간 정신은 불란서 파국의 속에서 실존주의를 발생시켰다. 그리고 같은 1938년에 공쿠르상을 받은 앙리 트루아야(Henri Troyat)[22]의 『거미(L'Araigne)』도 불란서 청년의 정신적 말로와 지식계급의 회의(懷疑)와 무의지와 반항과 자살을 그린 작품이었다. 그가 현실을 그리는 것은 현실의 추(醜)와 불합리를 표현하는 데 있다. 그의 성적(性的) 묘사, 추악 폭로는 그의 철학적 현실관의 이면이라고도 볼 수 있다. 사르트르는 『구토』를 발표하기 전 『상상(想像)』이라는 순철학적인 저서가 있었고, 『N. R. F.』[23]지에 2편의 중편소설을 발표하였다. 그 후 서반아 내전(內戰)을 주제로 하여 『벽(Le Mur)』이라는 작품을 발표하였는데 주인공 파블로 이비에타와 라몬 그리스의 반(反) 프랑크전(戰)을 묘사하였다고 한다. 사르

반열에 올려놓음.

21 Sir Stephen Spender(1909~1995) : 영국의 시인이자 비평가. 시집 『시집』, 시극 『재판관의 심문』, 비평집 『파괴적 요소』 등.

22 앙리 트루아야(1911~2007) : 러시아계 프랑스 작가. 아카데미 프랑세즈 회원.

23 프랑스의 문학 잡지 『신 프랑스 평론(La Nouvelle Revue Francaise)』.

트르는 이외에도 여러 가지 희곡을 발표하였다. M. 체-보-[24]의 말을 옮기면 "사르트르의 근작 『분묘(墳墓)가 없는 사자(死者)』가 앙투안 좌(座)에서 상연되었는데 이것은 반독(反獨) 항거 부대의 작품이다. 이 희곡은 우선 민병(民兵)과 항거 부대에 반의(反意)를 보이고 있으나 민병이 참혹하게도 항거 부대를 전멸시킨다. 무대에서 상당히 오랫동안 병정을 때리는 장면이 나온다. 극장 내는 막 떠드는 비난의 소리로 소란해진다. 사르트르파(派)는 사르트르를 변호하여 "독일병과 파르티잔에서라도 그들이 체포한 불인(佛人) 포로를 이렇게까지 학대했는가 안 했는가 제군(諸君)에게 질문하고 싶다."라고 떠들었다. 물론 이 질문에 대해서 "그렇다. 독일인은 그러한 학대를 하였다."라고 대답하지 못한다. 그러나 연극적인 입장에서 말한다면 이러한 문제 제공은 악취미인 것이다. 그러나 철학자 사르트르는 죽게 되며 또는 벌써 그 형(刑)을 받은 인간 속에 나타나는 여러 가지의 반동(리액션)을 연구하려고 한다. 그가 취급하고 있는 문제는 심리적이며 형이상학적이며 거기에는 정치적인 그 아무것도 없다. 사르트르는 이 무서운 분위기 속에서 긴 회화(會話)로 이것을 표현하고 있는데 이 자체는 훌륭한 아름다움이라고 볼 수 있다. 그리고 때때로 연극의 유일의 가치라고도 볼 수 있는 감격도 보이고 있고, 이 무서운 희곡 외에도 여러 가지 활발한 소희극(小喜劇)을 우리에게 던져주었다. 이 작품들에서는 철학이 작품을 해독(害毒)시키지 않고 처음으로 사르트르의 탁월한 극작가로서의 가치를 발휘하고 있었다."라고 한다.

근착(近着)의 『뉴욕타임스 매거진』은 '실존주의자의 햄릿'이라는 제(題)

---

24 원본대로 표기함.

아래 사르트르의 신작 『더러운 손(*Les Mains Sales, Dirty Hand*)』[25], 『정열의 범죄(*Crime Passionel, Crime of Passion*)』[26] 등이 파리와 런던에서 인기 집중에 있다고 하고, 뉴욕의 다음 시즌은 그의 작품 『붉은 장갑(*Red Gloves*)』이 상연될 것을 전하고 있다. 이것은 햄릿형(型)의 코뮤니스트의 생활과 내면을 주제로 한 것이다.

　이러한 점으로 생각할 때 사르트르의 실존주의는 구라파와 미국에서 히트하고 있다는 것을 알 수 있는데, 불란서에 독일의 진격으로서 나타난 사르트르의 작품이 어찌하여 미국과 같은 전승(戰勝) 국가에서 환영을 받고 있는지? 이것은 전쟁을 하였던 데서 정신적 불안과 혼미한 세상(世相)이 풍속화적으로 지적되고 있다는 데 공통성이 있고 아메리카인의 독자적 문화 배경의 저위(低位)를 말하고 있다. 실존주의의 운동은 현재 사르트르를 제외하고서는 어느 정도인지는 모르나 금년 5월 10일의 『라이프』지가 소개하고 있는 비엔나 출생의 화가 헨리 코르너(Henry Koerner)[27]는 현재 미국에서 회화 위에 실존주의의 여러 가지 요소를 가미시키고 있다. 사르트르는 1946년 11월 1일 소르본대학에서 열린 국제연합 교육과학문화기관인 유네스코 대회에서 일장의 연설을 하였다. 이날은 '카페 드 플로르'가 대학에 장소를 옮긴 감이 적지 않았다. 사르트르는 요지 아래와 같은 말을 하였다.

　"작가가 자기의 작품을 우수한 것으로 하려는 것은 그것을 단순한 울부

---

25 사르트르의 희곡 작품. 제2차 세계대전 이후의 지적이고 참여적인 연극의 경향을 대변함. 1948년 4월 파리의 앙트완느 극장에서 초연.

26 1948년 사르트르의 희곡 작품.

27 Henry Koerner(1915~1991) : 오스트리아 태생의 미국의 화가. 그래픽 디자이너.

짖음에서 창조의 역(域)까지 높이겠다는 욕망에서 오고 이때 작가는 당연 집필하기 위한 자유를 필요로 한다. 그와 동시에 독자의 그 작품에 관한 비판의 자유도 불러본다. 문제는 문학이 존재할 수 있는 곳은 자유의 풍토에서 뿐이며 그 이외에는 모두가 선전(宣傳)이다. 일부의 부유(富有) 유식계급부터 애독되고 기독교라는 강고한 이데올로기에 의하여 지지되었던 15세기의 작가는 과도기적 시대에 있어 시민계급(부르주아지)의 대표자였던 18세기의 작가에 비한다면 그 책임은 경(輕)한 것이었다. 그러나 오늘날의 상태는 대단히 변화하였다. 아직도 작가는 시민계급에 속하고 있고, 그들로 하여금 읽히고 있는데, 허나 지금 이 계급은 그 이데올로기의 붕괴기(期)에 직면하고 있다. 그리하여 이데올로기의 재건이 작가의 의무로 되고 책임으로 되었다. 그러나 그들은 사회의 가장 중요한 부분, 즉 농민·노동자층까지 도달하지 못하고 있다. 노동자의 사회는 가끔 사상의 자유를 부인한다. 그러므로 작가는 그들을 대상으로 하는 한 선전가로 될 수밖에 없다. 이 의미에서 작가는 노동자의 사회를 거부할 뿐만 아니라 같은 의미에서 현존의 다른 계급까지도 거부하게 된다."이 일문(一文)으로써 충분히 사르트르의 사회관과 사상도 알 수 있다. 또다시 예렌부르크는 말하기를 이런 것은 모두 시대착오이며 과거의 변태적인 현상에 지나지 않는다고 한다.

　다다이즘이 부서진 후 초현실주의가 나타나고 쉬르레알리스트의 혁신 시인들은 불란서 전통을 지키기 위하여 건설적인 노동자의 계급으로 달려갔다. 그것은 문학인뿐만이 아니고 화가 피카소, 알베르 마르케도 참가하였다. 루이 아라공, 엘뤼아르는 대독전(對獨戰)에 있어 영웅적인 투쟁을 하여온 초현실주의 최초의 사람이었다. 그러한 그들의 반파시즘 항전(抗戰)이 격렬하였을 적에 나타난 J. P. 사르트르는 철학적 회의와 현대 인텔

리겐치아의 취약한 정신과 사고(思考)의 입장에서 실존주의를 내세웠다. 앞으로 이 고독한 실존주의 주창자는 어떠한 방향으로 전진할 것인가. 혼란된 불란서뿐만 아니라 미국에 있어 실존주의는 과연 존재하며 육체를 만들지? 예렌부르크가 말한 반동적인 무신론자들은 오늘 자유의 포물선상에서 괴기한 절망을 바라볼 날도 멀지 않았다. (끝)

(『신천지』 3권 9호, 1948. 10. 1)

김기림 장시 『기상도』 전망

　가장 단적인 새타이어[1]의 시인 김기림 씨는 그의 새타이어의 정신을 제일 먼저 개념에 대한 파괴 운동으로 개시하였다.

　1936년 속도와 쉬르레알리슴의 시인 이상(李箱) 씨는 유형화되어버린 현대시의 기술과 사고를 완전히 회전(廻轉)시키기 위해 김기림 장시 『기상도(氣象圖)』를 위요(圍繞)[2]하고 있는 로브라우 세계에 포탄처럼 던지고 지구의 끝으로 도주하였다.

　1948년 겨울, 시와 서적의 조직학적 연구가 장만영 씨와 시와 서적의 조형적 설계자 김경린 씨는 이데아[3]와 앰비셔스[4]를 위해 혼미한 시의 세계에서 또다시 두 번째의 모험을 감행하였던 것이다.

1　satire : 풍자.
2　위요 : 어떤 지역을 빙 둘러서 쌈.
3　idea : 발상. 생각. 견해. 신념. 느낌. 목적.
4　ambitious : 야심 있는. 야심적인.

『기상도』는 조선의 시적 활동이 처음으로 전통(완전히 전통이 없는지도 모른다)의 중압에서 이탈한, 말하자면 문명 비판적인 인식의 세계관 위에 형성되어 있다. 우리들의 관념으로 사랑하던 시의 형식과 사고를 김기림 씨는 에즈라 파운드 그리고 T. S. 엘리엇의 복합 작용으로서 반작용을 일으켜 놓고 어떠한 새로운 정통을 발견하기로 노력하였다. 그러했으므로 『기상도』는 가장 국제적인 조선 시의 선조인 것이다.

새타이어와 연애하고 있는 모더니스트 김기림 씨는 요리인(니그로)[5] − 전쟁−무솔리니−송미령(宋美齡)[6] etc 이러한 하이브라우[7]의 보캐뷸러리[8]로 시의 음악과 이미지의 기구를 매그로−그[9]처럼 자연스럽게 연결시킬 수 있는 실력을 가졌으며 동반구와 서반구의 시의 거리를 기상대의 예보처럼 거지반 정확하게 우리들에게 보도하여 주었던 것이다.

세계 선수 김기림 씨는 시와 육체의 건강과의 밀접한 관련성을 『기상도』에서 주창하였으며 시적 인식에 있어 생리의 위치를 사색한 조선 최초의 시인인 것이다.

1930년대 신영토(新領土) 집단의 시인들과 시의 호흡을 동시에 하여온

---

5 Negro : 흑인.

6 쑹메이링(1897~2003) : 중화민국 여류정치인. 총통 장제스[藏介石]의 후처. 남편이 대원수와 국민당의 당수가 되자 그의 영어 통역 및 비서로서 활동. 중국의 정치에 참여하여 신생활 운동을 일으킴. 대미 관계 조정에 수완 발휘. 1966년 대한민국의 독립을 지원한 공으로 건국훈장 대한민국장 받음.

7 highbrow : 식자층의. 교양 있는. 반대어는 lowbrow.

8 vocabulary : 어휘. 용어. 어휘 목록.

9 원본대로 표기함.

김기림 씨는 그때 사회주의 경향에 흐르기 시작한 S. 스펜더, 데이루이스, 조지 바커[10] 들과 정신적 교류를 주고받았다. 어느 시대에 있어서도 시인은 진리를 지각할 수 있는 시적 시각과 모순의 속에서 통일을 찾아내는 것이 시적 상상의 성질인 것처럼 그는 시인의 투시력을 『기상도』에서 자랑하였다. "너무 흥분하였으므로 내복만 입은 파시스트, 그러나 이태리에서는 설사제(泄瀉劑)는 일체 금물입니다. ― 독재자는 책상을 때리며 오직 단연히 ― 단연히 한 개의 부사만 발음하면 그만입니다."라는 윈손이 부려져 더욱 알레고리를 품기는 형용을 해가며 그의 사상적 입장을 문화적 체계에 옮겨 시로서 표현하고 있는 것인데, 그는 이러한 데서 새로운 세계도(世界圖)를 찾았고 신구사상(新舊思想)에 대해서도 적극적인 풍자의 묘사를 하였다. 이와 연대를 같이하여 S. 스펜더가 오스트리아에 있어서 파시스트와 코뮤니스트의 대립을 그린, 코뮤니스트에 대한 관심을 나타낸 그의 시집 『vienna』[11](1935)를 발표하였다는 것은 참으로 좋은 대조일 것이다.

그러하므로 『기상도』는 시대의 현실에 대한 에르네적[12] 정신의 반응으로 볼 수 있는 것이다. 이것은 씨의 사회 관심이 지니는 필연적 결과이다. 그의 사고는 항상 사적표(射的標)를 향해 유동하였다. 시의 새로운 정신이 구성과 기교의 정신에 있었던 시대에 있어 그는 청춘의 타협으로 『기상도』를 공개하고 no-man's-land 행의 국제열차를 타고 엘리엇의 사보텐

---

10 George Granville Barker(1913~1991) : 영국의 시인, 소설가. 시집 『초기시 30편』 등.
11 『비엔나』 : 4부로 구성된 장시로 오스트리아의 우파에 대한 좌파의 혁명이 실패한 사건과 이를 극복하려는 의지가 반영됨.
12 원본대로 표기함.

랜드(荒蕪地)에서 기묘한 토속의 노래를 부르며 오든, 데이루이스, 스펜더와 함께 또 하나의 황무지를 찾기로 약속하였다.

『기상도』는 오늘날 완전한 현대시의 바이블(또는 고전)로 되어버렸다. 지금부터 13년 전 그가 처음으로 문화적 재산으로 이것을 사회에 기증하였을 적에 아마 누구 한 사람 이것에 박수한 사람은 없었을 것이다. 그 이유는 명확하다. 데이루이스가 문학에 있어서의 혁명에서 말한 바와 같이 현대의 정치, 경제, 과학과 문학(특히 시)은 밀접한 관계를 가지고 있다는 것처럼 『기상도』는 그때까지 조선 시에 있어 처음으로 실험된 이러한 것이었으므로, 그때까지 보수적 시의 전통과 그 인습에서 벗어나지 못했던 시대인 만큼 당연한 일이라 할 수 있다. 그러므로 『기상도』는 도화역자(道化役者)[13]의 노래도, 고독한 상인의 웃음, 시민의 망향곡도 아니었던 것이다. 그는 민주 정신에 불탄 현대의 마르코 폴로 모양 미지의 토지로, 신영토로 시의 편력을 한 조선어를 말하는 코스모폴리탄이었고 『기상도』는 그의 보고(報告)와 이미지네이션을 조화한 김기림 씨의 사랑의 일기였던 것이다.

조선에 있어 참다운 현대시가 존재하고 있다면 그것은 『기상도』외 몇 시집과 현존하는 몇 시인들의 작품일 것이다. 우리의 자연 발생적(센티멘털) 시와 무시학적(無詩學的) 시의 홍수 속에 끼여 김기림 씨만이 처음으로 새로운 시와 그에 따르는 모든 요소를 혁신 또는 창조하였다는 데 중요한 의의와 가치가 발견된다.

곤란한 물질 타격을 받아가며 오늘날의 시집으로서 출간된 『기상도』는

---

13 道化役者 : '익살꾼'의 일본식 한자어.

아마 이렇게 혼란된 시대와 무질서한 시의 운동에 있어 커다란 경종을 울릴 것이다. 지금 『기상도』가 복간되었다는 것은 진정한 시의 발전을 위해 모든 사람들이 희구하였던 고전 부흥(이것은 재래적 의미가 아님)의 소리에 응낙하여 출판된 것이라 하겠다.

　새롭게 의상을 바꾸게 해준 장만영 씨와 이 시집의 의상 고안과 배치에 관해 전력을 다한 건축가이며 시인인 김경린 씨는 초지(初志)하였던 구성, 기술을 인쇄난, 인쇄 잉크난, 용지난 등으로 수성(遂成)치 못한 것은 참으로 유감이라 할 수 있다. 이유는 커버에 있어 카-르 샴페그리아[14] 씨의 벽화 선택이 이 시의 이미지와 전연 이반되어 있고, 사진의 레이아웃의 부정확성, 그리고 제자와 사진의 색채 조화가 이미 현대의 정신에서 작별한 것이었다. 표지에 있어서는 컬러 페이퍼의 반대 위치, 그 다음 본문 인쇄의 활자와 활자 간이 너무도 폭이 넓은 점이다. (산호장 발행, 사백 원)

(『신세대』 4-1호, 1949. 1. 25)

14　원본대로 표기함.

장미의 온도[1]

　나는 불모의 문명, 자본과 사상의 불균정(不均整)한 싸움 속에서 시민 정신에 이반(離反)된 언어 작용만의 어리석음을 깨달았었다.

　자본의 군대가 진주(進駐)한 시가지에는 지금은 증오와 안개 낀 현실이 있을 뿐……. 더욱 멀리 지난날 노래하였던 식민지의 애가(哀歌)이며 토속의 노래는 이러한 지구(地區)에 가라앉아간다.

　그러나 영원의 일요일이 내 가슴속에 찾아든다. 그러할 때에는 사랑하던 사람과 시의 산책의 발을 옮겼던 교외(郊外)의 원시림으로 간다. 풍토와 개성과 사고의 자유를 즐겼던 시의 원시림으로 간다.

　아, 거기서 나를 괴롭히는 무한한 장미들의 뜨거운 온도.

(『새로운 도시와 시민들의 합창』, 도시문화사, 1949. 4. 5)

1　『새로운 도시와 시민들의 합창』(도시문화사, 1949) 서문

조병화 시집 『버리고 싶은 유산(遺産)』

오늘의 젊은 세대의 공동 체험일 수 있는 인식의 불안과 절실한 환상과 그에 따르는 모순을 어느 하나의 지성의 영역의 지점에서 발견할 수 있는 시인이 있다면 이는 우리 시단을 위해서 참으로 즐거운 일일 것이다. 지금까지 우리 시단은 무능한 선배들의 반역과 태만과 그들의 복합작용적인 무수한 장해(障害)로 말미암아 참으로 불건전한 관념의 비애 속에 허물어지고 말았던 것인데, 이에 시집 『버리고 싶은 유산』을 걸머지고 그 불통일된 질서 없던 시의 세계의 한촌(寒村)에서 작별하여 시의 수도(首都)를 향해서 출발한 시인 조병화(趙炳華) 씨는 어떠한 공동 체험을 여지껏 하여 왔으며, 그의 의식과 그가 본 지대(地帶)의 모순은 어떠하였나?

이 시인은 강력한 태양 아래서 정신의 발광을 두려워하였다. 그의 솔직한 표현력을 두뇌의 장난(作亂)으로밖에 생각지 않고 어느새 그가 애착하여 온 사물의 관찰에 애정을 기울였다. 그는 자기를 위요(圍繞)하고 있는 평범한 해안에서 절망의 기억을 더듬으며 밀려드는 파도에 사고의 불안을 느끼는 것이었는데, 그가 직면하고 있는 사회 현실은 끊임없는 물결과 거품과 바람과 순수한 체험의 중첩이었다.

그는 남모르는 전설인 줄만 알고 이를 애인에게 꿈과 같이 아름답게 말하였다. 그는 미개지(未開地)에서 사유의 평등을 주장하는 한 편호자(便豪者)스러운 노스탤지어를 손 가는 대로 기록도 하였으나 후문(後聞)에 의하면 세계의 레코드는 그보다 가속도였다는데, 유쾌한 비명을 울리고 최초의 피처(避處)에서 이동하기로 결정하였다.

◇

시인 조병화 씨의 처녀 시집은 그가 진정으로 우리 시단에 방매(放賣)[1]하는 그의 편력의 재산이다. 그는 이러한 순간과 과거를 청산하기 위해서 '무수한 장해'를 무릅써가며 재산목록 작성에 노력하여왔다. 그는 앞으로 우리 대한(大韓)으로 하여금 세계의 한촌으로 만들기를 싫어할 것이다. 그가 꾸준히 지켜온 '정신의 존엄과 그 영토'를 마음속으로 탈출하여 나간다는 것은 그의 희망일 뿐만이 아니고 이 시인의 출발을 축복하는 우리들 젊은 세대의 공통된 희망일 것이다. (장정 김경린, 발행 산호장)

(『朝鮮日報』, 1949. 9. 27)

1　방매 : 물건을 내놓고 팖.

전쟁에 참가한 시인

— 기욤 아폴리네르 회상[1]

(하)

그해 가을 그는 여류화가 마리 로랑생과의 사랑으로 고민하였다. 로랑생은 그를 버리고 젊은 독일인 화가와 결혼하여 전쟁이 발발(勃發)하였을 때 스페인으로 떠났다. 아폴리네르는 마리와의 이별을 슬퍼하고 그를 배반한 여자를 잊으려고 하지 않았다.

이러한 '후방의 광경'은 드디어 그로 하여금 큰 충동을 주었다. 그의 국적은 파란(波蘭)[2]이며 하등 전선에 나갈 의무도 없는 그는 참전할 것을 생각하여 어느 날 □□ □□□에게 어떻게 해서 생활을 해야 옳을지 모른다. 전쟁은 적어도 앞으로 3년간은 계속되겠지, 가장 좋은 방책은 병사가되는 것이다, 말한 후 야전대에 입대하여 20일에는 포병장의 과업을 배우

---

1 이 글의 상편(上篇)은 자료를 발굴하지 못함.
2 파란 : '폴란드(Poland)'의 음역어.

기 시작했다. 이 새로운 군직(軍職)에 관해서 그가 표명하고 있는 만족 ─
즉 군복이 방사하는 위광(威光), 승마연습, 35세였던 신병(新兵) 아폴리네
르는 어린애와 같은 즐거움과 로맨틱한 앙분(昻奮)[3]으로 하나의 정신적 건
강을 영위할 수 있었던 것이다.

주보(酒保)[4]의 연기는 닥쳐오는 밤과도 같다. 높은 소리, 무거운 소리,
이곳저곳에서 포도주가 피처럼 넘쳐 흐른다. 나는 동무들 앞에서 자유롭
게 파이프를 내놓는다.

그들은 나와 함께 전장(戰場)에 출□할 것이다.

그들은 비처럼 쏟아지는 별 하늘 아래서 잠들 것이다. 그들은 나와 함
께 같은 명령에 복종할 것이다. 그들은 숭고한 군악대에 반할 것이다. 그
들은 내 옆에서 틀림없이 나는 그들 옆에서 죽을 것이다.

그들은 나와 함께 추위와 태양에 고생할 것이다. 그들은 나와 함께 남
자의 법칙에 따른다. 그들은 거리를 통행하는 여자들을 본다.

그들은 그 여자들을 욕구하나 나는 가장 고상한 사랑을 가지고 있다.

(주(註) ─ 이 시는 앙드레 루베루 씨에 의하여 인용된 미발표의 시)

(필자 소개 ─ 시인, 경향신문 기자)

(『평화신문』, 1951. 3. 26)

---

3 앙분 : ① 매우 흥분함. ② 분하게 여겨 앙갚음할 마음을 품음.
4 주보 : ① '군매점(軍賣店)'의 이전 말. ② 술을 파는 사람이나 가게.

현대시의 불행한 단면

시인은 시인인 동시에 다른 사람들과 같은 것을 먹고 동일한 무기로 상해를 입는 인간인 것이다. 대기(大氣)에 희망이 있으며 그것을 듣고 고통이 생기면 그것을 느낀다. 인간으로서 두 개의 세계에 처함으로써 그는 시인으로서 두 개의 불(火) 사이에 서 있는 것이다. 그러나 시인은 민감한 도구이지 지도자는 아니다. 관념이라는 것은 그것이 실제적인 정신에 있어서 상식으로 되지 않는 한 시인의 재료로는 되지 않는다. 십자로에 있는 거울(鏡)처럼 시인은 서서 교통(交通)을, 위험을, 제군(諸君)들이 온 길과 제군들의 갈 길 — 즉 제군들 자신의 분열된 정신 — 을 나타내는 것이다.

— C. D. 루이스

우리들의 가난하고 정력적인 그룹 '후반기'의 발전과 그 사회적인 효용을 위하여 『주간국제(週刊國際)』지가 의욕하고 있던 대담한 특집 계획을 나는 처음부터 찬성하였다. 과거나 현재나 또는 미래에 대하여 아무 자신도 가지고 있지 않는 나와 우리의 멤버는 오직 경의와 이에 문화적 의의가 더욱 존재하고 있다면 감사할 뿐이다.

×   ×

'후반기'에 속하는 시인의 대부분은 1920년대에 이 불안의 세계에 태어 났다. 이들의 어떠한 한 사람도 그들이 성장되고 사고하는 방법이 그 기 반을 황폐한 정신적 풍토에 두었다는 것을 부인치 않는다. 그리하여 우리 들의 최초의 결합과 종말의 목표는 항시 동일한 지적(知的) 불안에서 이루 어지고 있는 것이다. 1922년 구라파의 공황을 초래한 제1차 대전이 끝난 후 현대 문명과 사회의 불안정, 거기에 붕괴되어 가는 낡은 서구 문화와 그 전통을 그려낸 T. S. 엘리엇의 「황무지」는 발표되었다. 하버드대학 시 (時) 산타야나¹에게 철학을, 배빗²에게선 문학을, B. 러셀³에게서는 논리학 을 배운 엘리엇은 1913년 런던에 이주하여 시와 평론을 쓰기 시작하였는 데, 그가 착안한 최초의 것은 현대의 '어두움과 현대 문명을 이끌어온 구 라파 문명의 종말에 대한 의구'이었으며, 동 작품이 『크라이티어리언』⁴지 에 게재되자 건조된 지성의 리리시즘⁵은 전쟁으로 피폐한 인간(청년)에게 큰 공감을 주었던 것이다. 그리하여 현대시의 불행은 시작되었다. 여기서

---

1 George Santayana(1863~1952) : 스페인 태생 미국의 철학자, 시인, 평론가. 하버드 대학을 졸업하고 교수가 됨. 1912년에 사직하고 영국, 프랑스에서 살다가 1925년 이 후 로마에 정착. 산타야나의 사상은 실재론과 관념론을 결합시키려는 것이었음.

2 Irving Babbitt(1865~1933) : 미국의 비평가. 하버드대학교와 파리의 소르본대학교 에 수학한 뒤 1894년부터 하버드대학교에서 프랑스어와 비교문학 강의. 신인문주의 로 알려진 문학 비평을 이끌었음.

3 Bertrand Russell(1872~1970) : 영국의 철학자, 논리학자, 수학자, 역사학자, 사회비 평가.

4 *The Criterion* : 1922년부터 1939년까지 발행된 영국의 문학 잡지. 시인, 극작가, 문 학평론가인 T. S. 엘리엇이 창간함.

5 lyricism : 서정성. 서정시체.

나는 우리의 지금까지의 옳은 역사와 이념이 영광보다도 불행에 더욱 친밀하였다는 것을 자랑하고 싶다.

　재래의 시의 형식과 사고를 전면적으로 거부한 엘리엇은 현대의 불모와 파멸되어 가는 인간의 풍경에서 새로운 세대의 시의 방향을 가리키었다. 암흑과 불안과 정신적인 반항은 외형에 있어서는 혼란된 관념처럼 생각되었으나, 그는 세계의 제 경향을 그의 전통의 완고한 암석과 대비시켜 측량하고, 현대가 지니고 있는 일체의 결함이 더욱 인간 앞에 명확히 나타나 있는 것을 지적하였다.

　"우리의 문명 속에 있는 시인은 우리들의 문명이 현재와 같은 것처럼 난해하지 않으면 안 된다. 우리들의 문명은 많은 변화와 복잡을 포함하고 있다." 현대와 같이 예기치 않은 변화와 복잡이 연속되고 있는 세계에 있어서 엘리엇이 말하고 있는 평론과 그의 시작(詩作)은 구라파 현대 문명(문학)에 커다란 투영이 되었다. 아메리카 인이었으나, 대전 후의 서구의 모든 문화를 몸에 걸치고 예리한 비판적 정신과 창조력으로써 현대의 지적 환멸을 노래한 「황무지」는 그 수법에 있어서 시의 전연 새로운 기축(機軸)이었을 뿐만 아니라 과거의 시에 대한 이단(異端), 또한 일체의 권위에 대한 반역이기도 했다.

×　　　　×

강을 덮었던 장막은 걷히우고
마지막 간당거리는 나뭇잎이 습한 강기슭에 내려앉는다
바람은 소조(蕭條)히[6] 황토 벌판을 불고
수령(水靈)은 어디론지 떠나 버렸다
고이 흐르라 정든 템즈여 나의 노래가 끝날 때까지

물 위엔 빈 병(甁)도 샌드위치 꺼풀도

비단 손수건도 마분지 상자도 궐련 토막도

또 무슨 여름밤의 증거품도 보이지 않는다[7]

— 이인수(李仁秀) 역

웨스턴[8] 여사의 '성배 전설(聖盃 傳說)'에 관한 『의식(儀式)에서 로맨스에』[9]라는 서책을 기초로 한 동(同) 시는 그의 황폐의 관념을 종합하는 동시, 1차 대전에서 오늘에 이르는 세계 문명을 예언도 하고 그 사회의 성장을 축도(縮圖)함으로써 타락된 종교, 공허한 문자로서 일세(一世)를 속이고 있는 철학, 부패한 도덕 — 정신적인, 지적인 확실성이 소실(消失)되고 불안과 공포의 생사에 부딪치고 있는 오늘의 절망적인 현상을 노래하고 있다. ……여기서부터 현대시의 과제와 그 비극적인 숙명은 발족되고 있다.

　　엘리엇의 소리는 구라파에 있어서의 많은 동시대의 사람들에게 말하고 있는 것처럼 생각된다. 그의 작품은 현대 세계에 최대의 영향을 줄 것

6　蕭條히 : 고요하고 쓸쓸한 느낌이 있게.

7　"The river's tent is broken : the last fingers of leaf
　　Clutch and sink into the wet bank. The wind
　　Crosses the brown land, unheard. The nymphs are departed.
　　Sweet Thames, run softly, till I end my song.
　　The river bears no empty bottles, sandwich papers,
　　Silk handkerchiefs, cardboard boxes, cigarette ends
　　Or other testimony of summer nights. The nymphs are departed."
(「황무지」의 제3부 '불의 설교' 첫 부분)

8　Jessie Laidlay Weston(1850~1928) : 영국의 학자이자 민속학자.

9　*From Ritual to Romance* : 초기 이교적 요소와 후기 기독교적 영향 사이의 연관성을 찾으려고 한 책. T. S. 엘리엇의 「황무지」의 제목, 구성, 상징들에 영향을 주었다.

이다.

— S. 스펜더

T. S. 엘리엇에서 발단되었다고 볼 수 있는 현대시는 그 후 수많은 공감자와 유능한 문명 비평가를 성장케 하였다.

물론 엘리엇은 이전에 영국에 있어서는 T. E. 흄[10], E. 파운드[11](흄은 1908년에 'The poet's club'을 창설하였다), H. D.[12], 올딩턴[13] 등이 있었으나, 이들은 새로이 이미지즘(Imagism) 운동을 하였다.

×   ×

1907년 영국의 요크에서 출생한 W. H. 오든[14]은 홀트의 그레섬 스쿨을 거쳐 옥스퍼드의 크리스천 칼리지에서 교육을 받았다. 그는 일찍이 다른 시인과 다름없이 T. S. 엘리엇의 영향을 받고 S. 스펜더, W. 루이스, 세실 D. 루이스[15], 루이스 맥니스[16], 마이클 로버츠, 윌리엄 엠프슨[17], 렉스

---

10 Thomas Ernest Hulme(1883~1917) : 영국의 시인, 비평가.

11 Ezra Pound(1885~1972) : 20세기 초반의 모더니즘 시를 이끈 미국의 시인.

12 Hilda Doolittle(1886~1961, 힐다 둘리틀) : 소설가, 극작가, 번역가이기도 한 미국의 여성 시인.

13 Richard Aldington(1892~1962) : 영국의 시인, 소설가, 비평가, 전기작가.

14 Wystan Hugh Auden(1907~1973) : 영국의 시인.

15 Cecil Day-Lewis(1904~1972) : 영국의 시인.

16 Louis MacNeice(1907~1963) : 영국의 시인, 극작가.

17 Sir William Empson(1906~1984) : 영국의 문학 평론가, 시인.

워너[18], 찰스 매지[19], 조지 바커 등과 뉴 컨트리 운동을 전개하였다. 이는 1930년대에 개시되었던 것인데, 모더니스트의 평론가 G. W. 스토니아는 다음과 같이 언급하고 있다. "엘리엇에 의하여 발견되고, 엘리엇 혼자만이 살고 있던 사보텐 랜드[20](황무지)에서 기묘한 토속의 노래를 부르며 넥타이를 풀고 칼라를 뿌리면서 자전거를 타고 오는 일단의 시인들이 있다. 그 선두에 서 있는 것이 W. H. 오든이며, 그의 말소리를 들으니 'No-Man's land'[21]행의 열차는 언제 출발하느냐는 것이다."

엘리엇이 어드바이저 격으로 있는 런던의 FAF[22]에서 거의 대부분의 저서를 출간한 '뉴 컨트리'파의 지도적 역할을 하여온 W. H. 오든은 시를 기능과 수법 이전의 문제인 사회적 효용의 입장에서 재검토하여 엘리엇과는 단절된 입장에 있었으나, 그의 불안과 전통 문명에 대한 비판, 순수한 표현과 새타이어의 정신은 일관성이 있는 것이다.

그 시대에는 시인이나 작가들이 모두 좌경(左傾)하였으나 오든은 코뮤니즘의 교의(敎義)에 완전한 일치를 보이지 않았고, 1937년 그는 구호(救護) 자동차의 운전사로서 스페인 혁명에 참가하여 동 혁명을 제재로 한 92행의 시를 썼다. 동 작품이 영국황제금패시상(英國皇帝金牌詩賞)을 받게 됨으로써 오든의 지위는 확고하게 되었다. 지금까지 써온 그의 작품은 처녀시집 『Poems』(1930) 이래 『이방인이여, 보라!』 『스페인』 『사(死)의 무도(舞

---

18 Rex Warner(1905~1986) : 영국의 소설가.

19 Charles Henry Madge(1912~1996) : 영국의 시인, 언론인, 사회학자.

20 Sapoten land : 사보텐은 선인장과에 속한 식물을 통틀어 이르는 말.

21 no man's land : ① 서로 대치하는 군대 사이의 중간 지대. ② 소유자 없는 땅. ③ 불명확한 영역.

22 T. S. 엘리엇이 편집장으로 있던 영국의 출판사 Faber and Faber.

蹈)』『신년의 편지』와 10여 권이 있으나, 그중에서도 가장 현대시의 관점과 시인의 사회적 견해를 예리하게 표현한 것은 1948년 퓰리처상을 받은 장편 시집 『불안의 연대』인 것이다.

뉴욕 맨해튼의 주장(酒場)이 배경이며 세 사람의 남자와 한 사람의 여자 사이에 벌어진 대화가 시의 줄거리로 되어 있는 『불안의 연대』는 현대에 있어서 인간은 항시 자기 모르는 곳에 불안과 비극을 가지고 있으며, 급격히 변동하는 현실에 있어서 인간의 죽음이란 언제나 친절한 우인과 같이 찾아온다. 또한 적당한 조건하에서는 몇 사람의 사상적인 교류는 너무도 적확하게 더욱 신속하게 행하여지나 이것도 불안 앞에서는 허물어지고 만다는 일상적인 현대 인간의 환상과 그 절망을 노래하고 있다.

등장하는 사람은 사회적으로 성공하려는 꿈을 버린 선박 회사의 퀜트, 캐나다 공군의 젊은 군의(軍醫) 멀린, 영국 출신이며 백화점 사입계(仕入係)[23]에 근무하고 있는 로제타, 대학 도중에서 해군 장교를 지망한 호남아 엠블, 이 네 명인 바 그들이 주장에서 술을 마시는 동안 라디오의 뉴스는 지구상에서 벌어지고 있는 전쟁(제2차 대전)을 알려준다. 전황(戰況) 뉴스는 네 사람의 생각을 전쟁으로 끌고 간다. 그리하여 그들은 서로 이런저런 이야기를 하기 시작한다. 네 사람은 심리적으로 접근되었다. 주장의 문을 닫을 시간이 되어 로제타는 자기의 아파트에 세 사람의 남자를 초청한다. 로제타와 엠블은 이미 사랑의 매력을 느끼고 있다. 나머지 두 사람은 술의 힘을 얻어 양인(兩人)의 연애를 축복하며 돌아간다. 그러나 로제타가 퀜트와 멀린을 전송해주고 방에 돌아와보니 애인인 엠블은 침대 위에서 차갑게 잠이 들었다. 그는 죽었다.

---

23 사입 : 상거래를 목적으로 물건 따위를 사들임.

그러하여 우리는 로제타가 다음과 같이 노래하는 것을 들을 수가 있다.

> 신부의 베드 위에서
> 그대는 사랑을 넘고 장님이 되어 코를 골고 계십니다
> 내가 진실로 그대 것이 아니었으므로
> 그대는 너무 겁내어 마음을 흐리었습니까
> 내가 만족할 때까지 힘있게 춤추었던 그대여
> 그대는 언제까지나 그와 같은 유쾌한 황제가 될 수 있겠습니까
> 아마 그렇지는 못할 것입니다
> 허나 그대는 훌륭합니다. 네 그러하지요?
> 아직도 왕후의 시체와도 같으시니까
> 그대가 또다시 지배할 때까지
> 그대를 관에 눕히기로 합니다
> 그리고 사랑하는 그대여
> 우리들 두 사람을 위해서 잠을 이룹시다 꿈을 꿉시다
> 그대가 눈을 떠서 커피를 마실 때
> 나는 옷을 입고 있을 것입니다……

오든의 시는 이와 같은 비극에 그치고 있으나, 그는 이 시를 냉안(冷眼)[24]한 풍자의 목적에서가 아니고 인간의 모든 사건을 엘리엇이 말한 바와 같은 '변화와 복잡'의 연속으로 보았던 것이다. 황폐와 광신과 절망과 불신의 현실이 가로놓인 오늘의 세계에 있어서는 『황무지』적인 것이나 『불안의 연대』나 그 사상과 의식에는 정확한 하나의 통일된 불안의 계통이 세

---

24 냉안 : 애정이 없거나 남을 무시하는 차가운 눈초리.

워겨 있다고 해도 과언은 아닐 것이다. 우리가 현대의 사회(정치·문화)를 어떤 불모의 황무지적 관념으로 별견(瞥見)[25]할 적에 거기에 필연적으로 구상되는 것은 현대에 와서 인간의 가능이 모든 도피성을 동반하고 있는 것이며, 이것이야말로 우리의 힘(특히 어떤 천성적인 비극을 걸머지고 살아나가는 시인의 힘)으로서는 필사적인 전력을 경주하여도 빠질 수는 없다. 오든은 그의 사회적인 책임은 시를 쓰는 데 있고, 인간에 성실하려면 이 세계 풍조를 그대로 묘사하여야만 한다고 생각하고 있는 것이다. 이는 오든뿐만이 아니라 현대시의 발전을 위하여 한국의 일각에서 손가락을 피로 적시며 시의 소재와 그 경험의 세계를 발굴하고 있는 '후반기' 멤버의 당면된 최소의 의무일지도 모른다.

×　　　　×

"우리들은 대전(大戰)의 음영 아래서 자라났고, 우리들에게는 전전(戰前)의 번영과 안정된 구라파의 기억은 없다. 그 무렵의 경기(景氣) 좋은 이야기는 우리들에게 있어서 역사 교과서의 자료일 뿐이다. 지금 우리에게는 아무 안정도 없다." 뉴 컨트리의 유능한 이론가이었던 마이클 로버츠의 상기(上記)의 말을 옮기지 않아도 현대시를 이끌어온 여러 영국의 시인은 이와 같은 정신 반항으로 시를 영위하여왔다.

S. 스펜더 그도 불행한 단면의 하나의 인물로 1909년에 출생하여 시집 『비엔나』 『*Poems*』 등을 출간함으로써 사회적 위치는 확립되었다. 그 후 『조용한 중심』 『폐허와 비전』, 최근에 와서는 『헌신의 시』(1946), 『존재

---

25 별견 : 얼른 슬쩍 봄.

의 단(端)』(1949) 등이 있고, 평론으로서는『파괴적 요소』외 수 권이 있다.
『파괴적 요소』는 제1차 대전 후의 구라파 사회를 파멸적 요소의 축적으
로 보고, 파멸적 요소에 일관되었던 영국 작가들을 계열로 취급하여 논평
하고 있으나, 오든을 주도로 하고 있는 현대 사회주의 작가 · 시인(주로 뉴
컨트리파)들이 여하히 파멸적 요소와 싸우며 주체적으로 해결하려고 하는
것은 제3부에 기술되어 있다. 엘리엇과 D. H. 로렌스[26], W. B. 예이츠[27]
등은 제2부이며 이들은 구라파의 파멸적 요소에 침투된 강렬한 개성으로
서 취급되어 있는데, S. 스펜더는 그 당시에 있어서는 공산당에 입당하였
으므로 엘리엇과는 단절되었던 시기이었다. 그래서 그는 폴 발레리와 R.
M. 릴케[28]에 대해 "개인의 순수도의 문제이었던 시대는 지났다"고 언급
한 적이 있다. 스펜더는 또한 다음과 같은 말을 듣게 되었다. "몰락된 양
가(良家)의 자제." 허나 스펜더는 그 후 공산당을 탈당하여「신은 무릎을
꿇는다(The God that Failed)」를 발표하였는데,『존재의 단』에 수록되어 있는
「사람이 만든 세계」에 다음과 같은 구절이 있다.

　　구원의 별조차 없는 어두움 속에서 우리는 있다 그 속에서 우리들은
　듣는다
　　우리들이 지불한 것을
　　우리들이 만든 세계가 또다시 찾아가는 것을

---

26 David Herbert Lawrence(1885~1930) : 영국의 소설가, 시인, 문학평론가. 주요 소설
　　집으로『채털리 부인의 연인』『아들과 연인』등.
27 William Butler Yeats(1865~1939) : 아일랜드의 시인이자 극작가. 주요 시집『오이진
　　의 방랑기』『탑』, 희곡집『캐서린 백작 부인』『고양이와 달』등.
28 Rainer Maria Rilke(1875~1926) : 독일의 시인. 로댕의 비서. 주요 시집『두이노의
　　비가』『오르페우스에게 부치는 소네트』등.

화폐 철 불[火] 묘석
이들은 몸에서 살[처]을 뜯어 가는 것이다.
펄떡펄떡 움직이는 공포의 혓바닥으로 귀를 괴롭히는 것이다

　오든과는 다소 사상적 입장을 달리했으나 엘리엇이 파괴되어가는 세계 문명에 대해 종교적 구제 방법을 구한데 반하여 그는 정치적 또는 심리학적인 구제를 구했다. 그들은 열심히 희망에 넘쳐 미래의 무한의 가능성을 직시하였다. 인간관에 있어서도 르네상스 이후 인간에게 절대적인 신뢰를 주었던 휴머니즘을 감상주의와 개인주의에 타락된다고 부정하고 인간에의 신뢰를 회복하려고 하는 '뉴 휴머니즘'을 취하였다. 그들은 시작(詩作) 이외에 정치와 사회에 큰 관심을 경주하여 시인이란 그 사회의 사람들을 계몽하여 지도하는 특별 임무를 지닌 사회적인 책임 있는 인간이라고 생각하였다. 그들은 순수한 개인적인, 지방적인, 전통적인 주제를 전연 선택치 않고 폐쇄된 공장, 황폐한 도시, 고대 탑문(塔門)과 같은 인간의 역사의 진전의 표상이 되는 것을 주제로 하였는데, 이와 같은 독자(獨自)의 표현과 이미지는 1930년대와 1914년의 '복잡과 변화' 많은 세계에 있어서 현대시만이 가질 수 있었던 자랑이었다.

　오늘에 와서 뉴 컨트리파의 작업은 일종의 '공동 의식의 집단'으로 우리에게 커다란 시사만을 줄 뿐만 아니라 인생의 처지가 사회와 정치 앞에 지극히 위기롭게 된 이 불안의 세계에 있어서 시와 이에 부수되는 일체의 문명 기구를 절실한 자유 인간의 조건으로 하였다.

　현대시가 그 불운의 생명을 오늘에 이끌어오기까지에는 허다한 박해를 입었다. 항시 구세대의 유산과 개념적 순수에 굴복하여 온 고립주의와 자연 발생주의의 침해를 입었으며, 사고의 규준(規準)이 틀린 이들은 난해하

다는 것을 스스로의 자랑과도 같이 말하였는데, 이들의 지적 빈곤은 현대시에 있어서는 무식으로밖에 취급할 수 없다.

광범한 견지에서 현대시를 논의할 시 폴 발레리, R. M. 릴케, A. 랭보의 세계와 그 방법에 관해서도 언급할 수 있으나, 우리들의 현실의 시야에 전개되어 있는 모순과 살육과 허구와 황폐와 참혹과 절망을 현대의 문명을 통해서 반영할 적에 우리들로 하여금 강요케 하는 것은 '황무지적 반동(The waste land's reaction)'이며, 전후적(戰後的)인 황무지 현상과 광신에서 더욱 인간의 영속적 가치를 발견하는 데 현대시의 의의가 존재한다고 생각된다. 그러므로 우리의 그룹 '후반기'의 대부분의 멤버는 T. S. 엘리엇 이후의 제 경향과 문제를 어떻게 정리하느냐는 것이 오늘의 과제가 될 것이며, 나의 표제 '현대시의 불행한 단면'도 엘리엇의 영향을 입은 두 사람의 현대시의 개척자 오든과 스펜더의 단편을 소개하는 데 조그마한 가치가 있는 것이다.

(『주간국제』 6호, 1952. 6. 16)

조병화의 시

　조병화의 작품을 대할 때마다 나는 이상스러운 경쾌한 기분을 느낀다. 그의 로브라우의 정신이 시에 있어서 놀랄 만큼 정확히 묘출(描出)되어 있는 것과 직감이나 소재, 테마나 사고가 우리의 체험과 신변 그리고 시정(市井)과 일상의 생활에 기반을 두고 있는 까닭에 쉽게 공감할 수 있다. 그리하여 그의 대부분의 시작들은 주제가 그러한 것과 같이 독자로 하여금 매혹의 정을 초래시키는 것인데, 이것은 시로서의 완성을 의미하는 것과는 달리 하나의 중대한 의의를 완수하고 있다고 나는 생각한다.

　그의 초기의 작품은 소묘의 형식을 취한 '바다'를 주제로 하였으나, 최근 내가 받은 그의 제3시집 『패각(貝殼)의 침실(寢室)』은 '바다'의 시대를 경과하는 동안에 얻은 존귀한 현대의 감수성과 표현상의 기술로써 근대 사회의 문명 형성의 발상지이며 상징인 도시와 그곳에 사는 인간의 제상(諸相)을 노래한 것이 중요 작품으로 되어 있다.

　그러나 그의 출발의 영향은 전 작품에 큰 음영을 주며 반대로 이와 같은 이유 때문에 그의 시의 입장은 유리하게 전개된다. 예를 들면

초침을 따라
전쟁이 짓밟고 간 나의 피부는

— 「비치파라솔」에서

여자들이 모두 빨간 입술들을
긴 목 위에 앉혀놓고
만국기 아래 상품들처럼 나열한다

— 「결혼식장」에서

와 같이 통속적인 평이한 언어의 작용을 연속하면서도 그는 그의 시적 표현을 효력 있게 만든다. 물론 어디까지 그의 두뇌나 정신이나 감각을 지배하는 것은 천성적인 시인으로서 비극인 까닭에 그의 정신에 부수되는 일체의 고민은 인간으로서의 내성과 견문에 대한 진지한 비판이 진실한 형태와 시기(時機)에 있어서 시로써 형성된다고 나는 오래도록 생각하여 왔다. 물론 이와 같은 처지는 비단 조병화뿐만의 것은 아니다. 그의 시 「미시즈와 토스트」「나 사는 마을」「위치」 등은 이 시인만이 관념적인 비판으로 일상의 소재를 정리하고 있는 것이라고 나는 믿어진다.

그는 시에서 철학이나 문학을 이야기하기보다 다른 우선 '인생'을, 아니 '인간'을 발견하는 데 주력하고 인간과의 대항적인 배열은 회화(繪畫)로 선택하였다. 그리하여 회화 속에는 '도시', '바다', '식목'과 같은 고정된 미의 반영과 실신한 사람이 중얼거리는 이야기처럼 아무 '맥'은 없으나 아름답게 들리며 이에 독자는 공감하게 된다.

현대에 있어서 더욱이 전시하 피난 온 부산의 불모의 육지에 있어서 조병화뿐만 아니라 대부분의 시민은 그들의 정신을 각종의 불안 때문에 콤플렉스의 경지에 빠뜨리고 말았다. 그의 시의 각 절은 특수한 몇 편을 제외하고서는 '착란'의 릴레이를 한다. 낡은 시의 전통만에 젖은 독자는 "이것은 시가 못 된다"고 공격할지 모르나, 나는 이러한 것이 도리어 그의 우위로 될 것이며 현대시만이 가질 수 있는 모험적인 시험이라고 믿는다. 원래 시에는 하등의 일정한 표현의 규정이 있지도 않으며 새로운 세대의 의욕적인 시인은 자기 마음대로 시를 변형할 수 있는 권리가 있다고 확신한다. 그리하여 『패각의 침실』은 전체의 시의 구도가 각종 각색인 것처럼 그는 전절(前節)과 연관되지 않는 다음 절을 콤플렉스의 정신으로 묘출할 수가 있고 또한 이에 능숙하여졌다.

지금 그의 시집을 통독하여 보니(물론 잡지, 신문에서 읽은 일이 있으나) 이 시인은 절망하면서도 미래에 대하여 그가 늙어가는 것이 싫은 것과 같이 대단한 애착을 가지며, 정말 자체가 무척 즐거운 것처럼 믿고 인생과 대결하고 있다.

> 그것은 꼭 타야 할 최종 열차를
> 놓쳐버린
> 우울과 같은 것
> 권태와 같은 피곤

그는 아무 불평도 한탄도 없이 인간이 사는 사회가 우리의 현실이 아름답지 못하다는 것을 즉각적으로 판단한다. 이것은 시인으로의 조병화의 건전성을 노정시키는 방법인바, 나는 처음 말한 바와 같이 그의 사고와 체험이 일상의 생활에 부동한 기반을 두고 있는 데서 생기는 요인이라고 한편 생각한다.

대상은 말만 들어도 시와 같고 이야기는 즐겁고 표현은 어떤 지적인 경쾌미를 주고⋯⋯. 조병화는 그의 사람됨이 원만한 것과 같이 시를 쓰는

데 탁월한 묘법이 생긴 것 같다. 도시에 사는 사람이 우울을 견디지 못하여 주점에 가는 시를 씀에 있어 도시의 불안이나 주점의 복잡을 그는 몇 마디의 간결한 언어로 종결지어버린다.

"눈 내리는 주점에 기어들어 나를 마신다."

이러한 표현이야말로 도시에 사는 누구나 체험할 수 있는 일이 아닐까?

지금 병화는 그가 가지는 시대 의식과 비판의 정신으로 현대시의 새로운 영역을 개척하고 있다. 일상적인 언어(국어체 실현)에서 일어나는 제상을 그리 중대히 고심하지도 않으며(그는 간접적인 자기 분열이라고 하나) 오직 천성의 비극에 진실하기 위하여 시를 쓰고 있다.

"생의 종말적인 광장"이라고 대단히 문학적인 용어로 이룬 표현은 역시 시가 못되며, 그는 현대의 지식인이 느끼는 솔직한 고발을 평이한 표현으로 노트한 것이 좋은 시가 되었고, 또한 이 집결체가 제3시집 『패각의 침실』이란 이름으로 세상에 나타나게 되었다.

병화의 이름이 시의 역사에 남을 것과 같이 그의 대부분의 시의 독자는 현대에 있기보다도 미래에 있어야 할 것이다.

(『주간국제』 13호, 1952. 9. 27)

S. 스펜더 별견(瞥見)

― 시의 사회적 효용을 위하여

(상)

우리나라 문학인에겐 금시초문에 가까운 영국의 시인 스펜더(Stephen Spender)에 관한 최근의 소식을 유네스코에 참석했던 오영진(吳泳鎭), 김말봉(金末峰) 양씨(兩氏)에 의하여 알게 되었다. 지극히 경하스러운 좋은 이야기라고 필자는 생각하는 바이다. 왜 그러하냐 하면 나는 오래전부터 S · 스펜더 씨의 시 작품과 그 문예비평, 또한 그의 시인으로서의 사회적 참가에 크게 공명(共鳴)한 나머지 해외의 시인으로서는 그의 오랜 친우인 W. H. 오든과 아울러 가장 존경했고, 건방진 표현이긴 하나 크게 영향을 받은 바 있다고 스스로 자부했기 때문에, 그가 오늘날 유네스코 문학분과 위원 회장으로 활약했다는 것은 웬일인지 필자의 자랑인 듯싶어서 즐겁기 한이 없었다.

　S. 스펜더는 1909년에 영국에 태어났다. 1933년에 런던에서 사화집 『뉴 컨트리』가 출간되었는데 이것은 제1차 세계대전 중에 성장한 영국의 작가 급(及)[1] 시인의 젊은 집단이었던 뉴 컨트리파의 최초의 앤솔러지이며, 기중(其中)에서 C. D. 루이스, 크리스토퍼 아이셔우드, W. H. 오든과 아울러 S. 스펜더가 주요 멤버(집필자)였다는 것은 오늘날 동(同) 앤솔러지로 하여금 현대시 발전의 정신적 기반으로 자타가 인정하게 된 요인이 되는 것이다.

　동 앤솔러지에 우리의 S. 스펜더는 「시와 혁명(Poetry and Revolution)」이란 에세이를 발표하고 있다. 이것은 그들의 젊은 세대가 대결하였던 제1차 대전 후의 과제와 사회주의 시인으로서 시를 쓰게 된 후 직면한 최초의 과제에 대한 해답이라고 볼 수 있으며, 동시에 뉴 컨트리파 시인의 입장을 제시하는 대표적 매니페스토라고 할 수도 있었던 것이다. 여기서 S. 스펜더는 다음과 같은 내용의 의사를 표시했으며 이는 논리적 근저로써 결정되어 있다 해도 과언이 아니다.

　시를 쓴다는 행위가 순수한 개인의 그리고 개인의 순수도(純粹度)의 문제였던 시대는 떠나가고 있다.

×   ×

1　及 : 문장에서 같은 종류의 성분을 연결할 때 '그리고', '또', '및'의 의미를 나타내는 말.

시를 쓴다는 행위는 지주나 상인이나 자본가의 행위와 동일 평면, 이것이라고 고찰하며 이것이야말로 우리들의 전형적 형태이다.

×　　　　　×

그럼으로써 S. 스펜더는 제1차 대전 후의 구라파에 발생한 수많은 시의 무브먼트가 거의 시의 기능과 수법에 관해서 노력을 경주했을 때 이와는 반대로 '기능과 수법 이전의 문제'인 '사회적 효용'이란 견지에서 재검토할 것을 주창하였다. 여기에서 S. 스펜더는 그들의 선배인 엘리엇이나 E. 파운드 등의 의견과 단절하게 되었다.

S. 스펜더의 이론적 우인(友人)이었고 또한 동 앤솔러지의 편집자인 M. 로버츠는 뉴 컨트리 일파(一派)의 전체적 동향에 관해서…… "우리들은 대전의 그늘 아래서 자랐으므로 우리들에게는 전전(戰前)의 번영과 안정되었던 유럽의 기억은 없다. 그 전의 경기 좋은 이야기는 우리들에게 있어서는 역사 교과서의 자료에 불과하다. 오늘 우리들에게는 하등의 안정도 없다."……라고 말하였다. S. 스펜더는 W. H. 오든 등과 이러한 불안의 시대를 어떤 정신적인 배경으로 믿고 사회주의에 경사된 대개의 시인이 취한 명확한 선전(프로퍼갠더)적인 방향은 부정하면서 신사회주의적 시를 썼으나…… 그는 어디까지 재래의 프롤레타리아 예술에 대해서 동의하지 않았다.

그는 프롤레타리아의 예술은 오리지널리티가 없고 오직 관념주의적 선정성과 부르주아 예술의 형식을 차용하고 있다고 비난하였다.

이러한 혁명적 시인 S. 스펜더는 1939의 독소(獨蘇) 불가침 조약의 협정을 보고 "과거 10년간의 좌익적인 서적은 완전히 무의미하게 되었다"고

외치며 그가 오랫동안 정치적으로 신봉할 수 있었던 공산주의적 이념에서 탈피하게 된 것은 지극히 그가 민주주의적인 사회주의자였다는 것을 반증할 수가 있다.(여기에 관하여 그는 *The God that failed*(을유문화사 역)란 서책 속에서 자기가 1936~37까지 영국 공산당원이었다는 것을 말하고 또한 전향하게 된 동기를 발표하고 있다.)

(하)

과거의 시에 대한 S. 스펜더의 혁명은 그로 하여금 1차 대전 후의 가장 위대하고 박력 있는 사회주의적 시인으로서 오랫동안 그의 지위를 확립하게 하였으며, T. S. 엘리엇에 의하여 발견된 '황무지'는 뉴 컨트리파의 시인들에 의하여 그 개발을 보게 된 것이다.

스펜더는 1933년에 그의 처녀시집 『비엔나』를 발간했으며 이는 전통적 부르주아 예술과 새로운 사회 혁명 사이에서 있었던 시인의 입장을 명시하고 있다.(김기림 씨의 장시 『기상도』는 스펜더의 『비엔나』에서 크게 영향을 받고 있다.)

스펜더는 시에 대하여 다음과 같이 말한 적이 있다.

"시는 혁명가가 강력히 반대하는 관념주의라는 지적 활동을 가진다."

$$\times \qquad \times$$

사회주의에서 공산주의를 신봉하게 되었던 스펜더는 전기(前記)한 바와 같이 독소협정 이후 영국 공산당을 탈퇴하였으나 그는 서반아 내란 당시는 W. H. 오든 등과 스페인에 의용군으로 진출하였다. 2차 대전 중 그는 오든, C. 아이셔우드의 도미(渡美)에 따르지는 않고 그들의 대부분의 서적을 출판한 파버(F&F)의 "작가가 기여할 수 있는 국민적 봉사는 글을 쓰는 것이다." 라는 뜻을 받들며 폭격하의 영국에서 거주하였다.

그는 2차 대전은 "가장 특별한 혼란이다. 이런 속에서 각국 측은 자국의 통제를 상실하기 전에 상대국에 먼저 혼란을 초래시키기 위해서 싸우고 있다. ……나에게 무엇을 하라고 다른 사람들이 말하지는 않으나…… 내 자신을 저작에 아마는 나의 유작집(集)에 제공할 수 있을 것이다."(*Time*, Oct. 30. 1939)라고 비창한 결심을 하였다.

『조용한 중심』『폐허와 비전』 등의 시집은 대전 중에 발간되었으며 이에 수록된 시편 등은 감상주의와 개인주의에 타락(墮落)[2] 된 인간을 구제하고 순수한 개인적인, 지방적인, 전통적인 주제를 부정한 작품이다.

『희신(犧身)의 시(詩)』(1947)[3] 다음에 출간된 『존재의 단(端)』(1949)이란 시집 속에서 스펜더는 "외부의 피부를 두들기며 그 속에 아직도 정신이 있는지 없는지를 물어본다. 우울은 스며들고 우리들의 수단이 우리들의 목적이 된다."라고 노래하면서 오늘의 세계에서 인간이 지니는 애절한 극을 한탄한다.

$$\times \qquad \times$$

구라파에 나치즘과 파시즘의 격렬한 바람이 불기 시작했던 시절, 이러한 불길한 정세에 직면한 시인들의 당연한 관심은 사상에 또는 정치, 경제상의 문제에 경주했다. 더욱이 영국의 젊은 지식적인 시인이 택한 것은

---

2 원본에는 "수락(隨落)"으로 되어 있음.
3 시집명은 *Poems of Dedication*.

공산주의에 가까웠던 급진적 사회주의의 입장이며, 더욱이 이들의 공동의 집결체는 뉴 컨트리파였으며, 그중에서도 스티븐 스펜더는 어떠한 다른 시인보다 급진적이었다.

이들의 그 문학적인 전반의 사고(思考)는 T. S. 엘리엇, E. 파운드 등에 영향되었으나, 두 사람이 붕괴되어가는 세계에 대하여 종교적인 구제 방법을 구한 데 반하여 이들은 정치적 또는 심리적인 것을 구했다.

"시인이란 그 사회와 사람들을 계몽하여 인도하는 특별 임무를 지닌 책임 있는 인간들이다"라고 생각한 뉴 컨트리파의 시인들은 여러 가지 정세의 변동에 처해서는 언제나 실제 행동을 했다. 그 후 1938년의 뮌헨 회담, 1939년 12월의 스페인 프랑코 총독의 취임, 스페인의 대한 영불(英佛)의 불간섭 정책 등…… 불순한 정치적 플레이를 목격한 이들은 시인이 생각하고 있는 것과 같이 정치는 단순하고 정직한 것이 못 된다고 반성하며 정치에서는 손을 떼고 각자의 갈 길을 택한 것인데, 여기서 스펜더는 공산당을 탈퇴하고 오든은 아메리카로 출발하게 된 것이다.

오늘날 현대시의 지배적 요소를 가진 T. S. 엘리엇의 영향 아래 자라난 뉴 컨트리파의 대표적 시인 S. 스펜더는 1930년대에서 현재에 이르기까지 영국에서 가장 문제되는 시인일 뿐 아니라, 그의 현대 문명에 대한 통렬한 비판적 시 작품은 전 세계에 공감을 주었다. 그리하여 이것이 일본에 있어서의 '신영토(新領土)' 이후의 현대시로 전개되었고, 한국에 있어서는 김기림 이후의 새로운 시로써 그 결실을 보게 된 것이다.

영국의 대표적 모더니스트 시인 S. 스펜더가 지난 유네스코 회의에 문학분과 위원장으로 선출되었다는 것은, 전 세계의 문학인이 얼마나 모더니스트의 시와 스펜더의 문학에 경의를 표하고 있는가를 입증하고 있다.

(『국제신보』, 1953. 1. 30~31)

이상(李箱) 유고(遺稿)

고 이상 씨의 이 미발표 유고는 그 가족(누구인지 알 수 없다)의 손에서 또 다시 고 윤곤강(尹崑崗) 씨의 손으로 넘어간 것이었는데, 윤 씨는 당시의 『시학』 지에 싣기 위하여 김정기(金正琦) 씨(시학사 주간)에게 주었으나 계속 발간을 보지 못하여 여기 20년이라는 세월을 김 씨의 세간살이 한구석에 잊어버린 채 있었던 것이다.

1934년이면 이상 씨가 처음으로 우리 글로 작품을 발표하기 시작한 해이며 당시 그는 25세이었다.

그해 가을에는 구인회(九人會)에 입회했으며 난해시 「오감도(烏瞰圖)」를 『중앙일보』에 발표했다. 원래 이 시에는 제(題)가 없는 것을 우리들은 「이유 이전(理由以前)」이라고 붙이기로 했다. 왜냐하면 그의 감상 단편 「19세기식」의 '이유(理由)'의 전문은 다음과 같은 것으로서 이 유고 직후에 쓴 것이 명백하기 때문이다.

나는 내 아내를 버렸다. 아내는 "저를 용서하실 수는 없었습니까." 한다. 그러나 나는 한번도 '용서'라는 것을 생각해본 일은 없다. 왜? "간음한 계집은 버리라"라는 □칙에 □감을 가지는 내가 아니다. 간음한 계집이면 나는 언제든지 곧 버린다. 다만 내가 한참 망설여가며 생각한 것은 아내의 한 것이 간음인가, 아닌가 그것을 판정하는 것이었다. 불행히도 결론은 늘 "간음이다"였다. 나는 곧 아내를 버렸다. 그러나 내가 아내를 몹시 사랑하는 동안 나는 우습게도 아내를 □ □하기까지 하였다.

"될 수 있으면 그것이 간음은 아니라는 결론이 나도록" 나는 나 자신의 □ □ 앞에 애걸하기까지 하였다.

끝으로 지금은 □ □한 김정기 씨의 맏아들 즉 시인 김호(金浩) 군(시집 『수액(樹液)의 저자』)의 호의로써 그의 유고가 세상에 또다시 나타나게 된 것을 우리들은 즐거워하여야만 될 것이다. (박인환)

(『경향신문』, 1953. 11. 22)

현대시와 본질

— 병화(炳華)의 『인간 고도(孤島)』

조병화가 시를 쓰고 그 시집을 낸 것은 나와 처음 만나던 해부터이며 그 후 6, 7년간에 이미 4권의 좋은 시집을 냈다. 참으로 읽기 쉬운 시, 아름다운 시, 정서의 노래, 그리고 인간의 향수를 알려주는 그의 여러 작품을 나는 언제나 읽고 남에게 권한다. 그래서인지 그는 나와 친하고 터놓고 이야기하는 친구다. 그가 시인이 된 것은 물론 그의 어떤 천성에서 기인되는 일이라 할 수 있으나, 내가 보기에는 고난한 현대의 사회나 그 제상(諸相)이 준 것 같다. 병화는 시에서 언제나 대상과 그 그림자를 표현하고 있으며 어두운 투영은 항상 병화의 가슴을 찌르고 있는 것이다. 바다나 명동이나 가을이나 또는 비 오는 포도(鋪道)에 그는 고절(孤絶)된 그의 의식의 상태를 발견하고 집에 들어가서는 몰래 그 흐름과 감정 또는 마음의 애수를 시라는 형태로서 기록하는 것인데, 이것이 맛이 나고 슬프고 공감을 우리에게 주는 데는 그의 재능의 힘이 있는 것 같다. 봉래(奉來)와 경린(璟麟)이는' 원래부터 병화를 잘 알고 있지만 간혹 나와 모이면 '통속적', '쉽게 쓴다', '감상적'이라고 한다. 나도 이에 동의하고 있는 한 사람이지만 역시 좋은 점으로 돌릴 수밖에 없다. 아무나 다 알게 쓰기 위해서는 통속적일 수도 있고 그의 기품과 생활은 그를 쉽게 쓰게 만들지도 모른다. 나는 건전한 그리고 낭만적인 센티멘털이 너무 우리나라 시에 없는 것을 걱정할 때도 있다. 그런 견지에서 병화의 시는 "가랑잎 내리는 오후의 잡초원 같은 내 가슴에", "인생은 짧고 고독은 길고", "지구 저쪽 야간열차 속에서 전쟁에 혼자된 여인의 찬 기침 소리가 들린다"는 등 참으로 순박한 그리고 건실한 페이소스가 짙다.[2] 시를 쓴다는 것은 그의 마지막 인간에 대한 성실성이고, 우리가 그의 시를 읽을 때 시에 이중으로 나타나는 그의 인간상을 본다. 그는 시에서 사교도 하고 연애도 하고 울기도 하고 멋도 내고 그런가 하면 철학자처럼 명상도 하고 아버지처럼 고민도 한다. 이런 것을 조금도 속이거나 가리지 않고 독자에게 터놓은 것이 병화의 자랑이며, 그것을 시의 기교나 표현으로 만들어내는 데서는 그가 아마 우리나라에서는 제일가는지도 모른다. 「인간 사장(砂場)」, 「남포동」, 「통근버스」와 같은 그의 심변(心邊)의 현상에서 착상한 시는 모두 그 수준에 있어 훌륭한 것이며, 아직까지의 시의 사고의 개념에서는 찾을 수 없는 독자의 세계를 만들고 있다고 보는 것이 타당할 것이며, 나는 병화가 그의 마지막 페이지를 위하여 「사랑이 가기 전에」 같은 시를 쓴 데 대하여 머리를 숙이는 것이 예의가 될 것 같다. 병화는 후기에서 대단히 힘든 말을 했으나 그까짓 소리를 우리는 들을 필요는 없

---

1 이봉래 시인, 김경린 시인.
2 원본에는 '긴다'로 표기됨.

고, 그저 심심할 때에 또는 실패나 인생이 외로울 때에 그의 시를 읽는다는 것은 하나의 정신적 위안을 주지 않을까. 그리고 우리나라 현대시의 어떤 발전 수준을 병화의 시집 『인간고도』에서 쉽게 찾을 수 있다는 것을 부언하고 싶다.

(『시작』 2집, 1954. 7. 30)

버지니아 울프 인물과 작품

— 여성들이 좋은 소설을 쓰기 위해서는 최소한의 생활비와 자기가
전유(專有)할 수 있는 방이 보증되어야 한다 —

버지니아 울프는 1920년대에서 30년에 걸쳐 신심리주의 문학이 낳은
극히 중요한 여류작가이다.

그는 총명하고 남성에게 지지 않는 교양과 재능을 구비하고 특이한 작
품을 남겼으나, 결국 여류작가였기 때문에 더한 의의를 가지고 있었다고
생각된다.

울프의 문학적 경력을 살펴보기로 하자. 그의 부친은 유명한 문예비평
가인 레슬리 스티븐[1]이다.

---

1 Sir Leslie Stephen(1832~1904) : 영국의 비평가, 문인. 『영국 인명사전』의 초대 편집
자. 『콘힐 매거진(*The Cornhill Magazine*)』 편집장. 저서 『18세기 영국 사상사』 『영국
의 공리주의자』 『18세기 영국 문학과 사회』 등. 첫 부인 해리엇 메리언과 사별 후 줄
리아 잭슨과 재혼해 버네사 벨(화가)과 버지니아 울프(소설가)를 포함한 네 자녀를

스티븐은 일시 『콘힐 매거진』 지의 주필(主筆)을 하고 19세기 후반의 영국 문단에 일(一) 세력을 보유하고 있었으므로 그 살롱에는 당시의 일류 문학자, 예술가가 출입하고, 소녀 시대의 울프는 그러한 가정의 분위기에서 감득한 것이 적지 않았다.

1904년 부친이 사망하고 그는 언니가 되는 버네사와 같이 런던의 중심부인 블룸즈버리[2]에 거주하게 되면서부터는 이 두 사람의 젊고 아름다운 영양[3]의 주위에는 새로운 지식인이 모이게 되어 블룸즈버리 그룹을 만들었다.

미술비평가인 클라이브 벨,[4] 정치경제평론가인 레너드 울프,[5] 소설가인 E. M. 포스터,[6] 전기(傳記) 작가인 리턴 스트레이치[7] 등은 누구나 이 일군(一群)에 속하고 그들의 활동으로 인하여 블룸즈버리라는 것은 하이브라우를 의미하게 되었다.

(특히 블룸즈버리 그룹은 그 귀족적 성격으로 인하여 일부에 반감을 가지게 된 것도 사실이며 윈덤 루이스는 그들을 비웃고 있다.)

두었다.

2 Bloomsbury : 런던 캠든 구에 위치한 지역.

3 令孃 : 남의 딸을 높여 이르는 말.

4 Clive Bell(1881~1964) : 영국의 미술평론가. 20세기 초 영국에서 후기 인상주의 미술이 인정받는 데 이바지함. 버지니아 스티븐(레너드 울프와 결혼하여 버지니아 울프가 됨)의 언니 버네사 스티븐과 결혼. 저서 『19세기 프랑스 회화의 이정표』 등.

5 Leonard Sidney Woolf(1880~1969) : 영국의 공무원, 정치 이론가, 출판업자, 작가. 버지니아 울프의 남편.

6 Edward Morgan Forster(1879~1970) : 영국의 작가, 비평가. 주요 작품 『전망 좋은 방』 『하워즈 엔드』 『인도로 가는 길』 등.

7 Giles Lytton Strachey(1880~1932) : 영국의 작가, 비평가. 주요 작품 『저명한 빅토리아 시대』 『빅토리아 여왕』 등.

그동안 규수화가인 버네사는 클라이브 벨과 결혼하고 버지니아도 1912년[8]에 레너드 울프와 결혼하였다.

그리고 울프 부처는 런던 교외인 리치먼드에서 호가스 프레스[9]라는 조그마한 출판서점을 경영하기로 되었다.

이 호가스 프레스에서는 문학 급(及) 문화비평에 관한 진보적인 양서가 많이 간행되었다.

예를 들라면 후에 뉴 컨트리파라고 하는 새로운 시인들의 출발점으로 된 앤솔러지 『신서명(新署名)』(1932)도 이곳에서 나온 것이다.

또한 그중에 뉴 컨트리파의 신진 시인으로 서반아 전선에서 전사한 줄리안 벨[10]은 벨 부처의 아들로 즉 울프의 조카이다. 버지니아 울프의 저작도 대개는 호가스 프레스의 출판이고 가끔 버네사가 표지의 도안도 그리고 있다.

울프는 20세부터 소설을 썼으나 약한 신체이므로 조금씩밖에는 쓰지 못하였고 본래 양심적인 탓으로 처녀작을 발표한 것은 34세이다.

그러나 그 후부터는 차차로 창작력이 강해져서 일작(一作) 일작으로 새로운 경지를 개척하여 20세기의 영문학에 오리지널한 실험의 족적을 남기게 되었다.

소설은 전부가 11편이고 그 외에 대소의 에세이가 약 10권이나 달하고 있다.

습작 시대의 『항해』(1915)와 『밤과 낮』(1919)은 그리 주목할 것은 없으나,

---

8 원본에는 '1921년'으로 표기됨.
9 Hogarth Press : 1917년 레너드 울프와 버지니아 울프가 설립한 설립한 출판사.
10 Julian Heward Bell(1908~1937) : 영국의 시인.

전자에는 생생한 감수성이 보이고 후자에는 제인 오스틴의 영향이 많다.

『월요일이나 화요일』에서 돌연히 하나의 변화를 보였다. 이것은 스케치류의 단편을 모은 것이며, 외계에 있어서의 사소한 현상이 내면의 심리에 어떠한 파문을 던지고 그곳을 모자이크 같은 시적 산문으로 실험한 것이다.

이것을 하나의 테마에까지 가지고 간 것이 『제이콥의 방』(1922)이다.

주인공인 제이콥의 유년 시대에서 청년기의 여러 가지 경험하는 도정을 제이콥 자신이 아니고 제이콥의 존재로 흔들리는 공기로 가득 찬 제이콥의 방으로 인하여 암시하려고 하였으나 결과는 성공하지 않았다.

그러나 그 후의 『댈러웨이 부인』(1925)과 『등대(燈臺)로』(1927) 이것으로 인하여 울프는 그 아름다운 유연한 형식을 연마할 수가 있었다.

『제이콥의 방』은 제임스 조이스의 『젊은 날의 예술가의 초상』에 닮은 형적[11]이 있으나, 『댈러웨이 부인』은 명백히 『율리시스』의 일(一) 베리에이션[12]으로 볼 수가 있다.

52세의 대의사(代議士) 부인 클라리사 댈러웨이의 하루에 일어나는 것을 내부적인 드라마를 중심으로 하여 전개시키는 방법은 이곳에서 잘 성공하였다.

즉 개인의 순간순간에 업혀 가는 충동, 기억 정서를 나타내는 것으로 그 성격 그것에 축적된 과거가 차차 풀리어 나타나는 것이다.

『율리시스』보다는 훨씬 스케일이 작으나 울프는 울프의 스타일로 그의 한계 내에서 그 특이성을 발휘하고 있는 것이다.

---

11 形跡 : 사람이나 사물이 뒤에 남긴 흔적.

12 variation : 변화, 변주.

울프의 유수와 같이 아름다운 그리고 투명하고 서정적인 스타일은 결국『등대로』에서 완벽에 달하였다고 볼 수가 있었다.

특히『시일(時日)은 지나간다』의 1장은 20세기 영문학 중에서도 드문 아름다운 산문이다. 그것과『등대로』의 청려[13]함은 전면에 넘치는 플라토닉한 이념에서 동경이라고 할까, 청명한 정신에 인한 것이 많을 것이다.

그러한 의미에서『등대로』는 울프 문학의 최고봉이라 할 수 있다.

조이스의 영향도 물론 있으나『댈러웨이 부인』과『등대로』에 있어서의 과거에의 회상적인 수법은 마르셀 프루스트[14]에 배운 것이라고 상상된다.

또한 이와 같은 2개의 작품과 그 후의『올랜도』(1928)[15] 등에 보이는 '시간의 관념'에는 베르그송[16] 철학이 들어 있는 것을 어떤 비평가는 지적하고 있다.

또한 그의 전려(典麗)한[17] 스타일은 어디서 온 것일까?『월요일이나 화요일』에서 일변한 그것은 생각건대 1915년 전후에 영미 시단에 대두한 이미지즘에서 온 것이라고 생각된다.

또한『등대로』에서 볼 수 있는 리리시즘은 빅토리아 시대 문학에서 들어온 것일지도 모른다.

울프는 지적인 여성으로서는 전(前) 시대의 깊은 인습을 버리고 자유스

---

13 淸麗하다 : 맑고 곱다.

14 Marcel Proust(1871~1922) : 프랑스의 작가. 주요 작품『잃어버린 시간을 찾아서』등.

15 원본에는 '1923'년으로 표기됨.

16 Henri Louis Bergson(1859~1941) : 프랑스의 철학자. 주요 작품『창조적 진화』『형이상학 개론』등.

17 전려하다 : 격식에 맞고 아름답다.

러운 생각을 하는 두뇌를 가지고 있으나, 일면에서는 이와 같은 빅토리아 시대 후기의 로맨틱한 심미주의를 부활시키고 있는 것이다.

그의 실험의 이면에는 이와 같은 영문학의 전통도 숨어 있는 것을 알아야 할 것이다.

『등대로』에서 일전하여 『올랜도』, 『파도』(1931), 『플러시』(1933)와 계속하는 세 편의 작품은 일견 기발한 그의 재기를 대담하게 제시하고 있는 것이다.

『파도』는 6명의 남녀의 유년 시대에서 중년에까지 인생 경로를 모놀로 그의 배치에 의한 희곡적 형식으로 표현한 것으로 재미있는 착상이나 조금 무리한 것이라고 생각된다.

또 『올랜도』와 『플러시』는 '전기(傳記)'라고 되어 있으나 두 개가 다 허구의 전기, 즉 전기의 형식을 빌린 소설인 것이다.

『올랜도』의 주인공은 엘리자베스 시대의 귀족으로 현대에까지 살아 있으나 아직 30여 세밖에는 되지 않았다. 그리고 이 인물은 도중에 남성에서 여성으로 전신하여 그 일생에 양성의 생활을 하는[18] 것이다.

이러한 성 의식 외에 이 작품에서는 영국 3백 년에 걸친 지적 문화의 역사가 들어 있고, 그것을 올랜도의 반생 30년과 결합시킨 '시간의 교류'가 기획되어 있다.

이와 같이 유동적인 시간에 염두에 둔 것은 확실히 베르그송이즘이다.

『플러시』는 시인 브라우닝의 부인으로 된 엘리자베스 버렛[19]의 애견을

---

18 원본에는 '아는'으로 표기됨.

19 Elizabeth Barrett Browning(1806~1861) : 영국의 시인. 1846년 Robert Browning(1812~1889) 시인과 결혼.

주인공으로 하여 제종[20]의 문헌을 인용해가며 개[犬]의 심리를 창조하고 있다.

그 후 울프는 만년이 되어 『세월』(1937)과 『막간(幕間)』(1941)의 대작을 내놓았다.

거기서는 그의 심리주의적 수법은 일층 원숙하여 또 심화되었다고 볼 수 있을 것이다.

비평가에는 『막간』을 격찬하는 사람도 있으나 『세월』이 더 큰 가치를 가진 것으로 생각된다.

『세월』은 『댈러웨이 부인』에서 얻은 테크닉을 더 한층 확대하여 스포트라이트에 나타나는 등장인물은 50명에 달하고 470페이지에 걸치는 장편이다.

영국의 상중층(上中層) 계급에 속하는 퇴역 대좌(大佐)[21]의 일가가 차차로 생장하여가는 계보를 연대기적으로 1880년에서 시작하여 현대에 이르게 하고 있다.

이것은 말하자면 근대 영국 사회의 일(一) 파노라마인 것이다.

평면적인 사실(寫實)과 외측의 서술은 일체[22] 피하고 인물 각자의 의식 중에 깊이 잠입하여 상호의 연결과 조응 중에 인생의 도형을 묘출한 것이다.

전에는 심리주의의 초점을 개인에게 두고 있었으나 이곳에서는 그것을 집단적 취재에 옮기어 작자 자신은 자연 중에 숨어 세월이 흘러가는 것을

---

20 諸種 : 여러 가지.

21 대좌 : 일본에서 쓰인 군인 계급의 하나. 우리나라의 대령에 해당됨.

22 원본에는 '일절'로 표기됨.

보고 있는 감이 있다.

『세월』은 확실히 울프 문학의 일대 집대성이라고 하여도 좋다.

울프의 에세이에 대해서는 상세한 것을 기술할 여지가 없으나 그 작품과 불가분의 것이 적지 않다.

초기의 『베넷 씨와 브라운 부인』(1924)에서는 베넷, 웰스, 골즈워디 등 남성의 선배 작가를 '유물론자'라고 공격하고, 또 『보통 독자』(1925) 중에서도 그의 새로운 소설론을 제시하고 있다.

그중 가장 흥미 깊은 것은 『자기 하나만의 방』(1929)이며 여기서는 영국의 과거에 있어서의 여류작가의 고뇌를 설명하고 부인이 좋은 소설을 쓰기 위해서는 최소한의 생활비와 자기가 전유할 수 있는 방이 보증되어야만 한다라고 말하고 있다.

울프는 제1차 대전 후의 새로운 지각을 가진 여성의 대표적인 일인이다.

그리고 그가 『3기니』(1938)를 쓰고 남성이 일으키는 전쟁에 어찌하여 여성이 참가하여야 하는가라고 항의하였음에도 불구하고 제2차 대전은 일어났다.

런던은 밤낮 공습을 받고 섬세한 그의 신경은 그것에 이길 수가 없었는지 1941년 템스강에 투신하여버렸다.

(『여성계』 3권 11호, 1954. 11. 1)

그레이엄 그린 작(作) 『사건의 핵심』

우리나라에서는 영화 〈제3의 사나이〉로서 넓혀 알려진 그 원작자 그레이엄 그린'은 1949년의 여름 소설 『사건의 핵심』을 발표하여 영미 문단에 큰 센세이션을 일으켰다.

그는 원래 스토리 작가로 템포가 빠른 이야기를 구성해가고 있으며 현존의 작가 중에서 그 이상 정신적으로 민감한 사람은 없으며 잉글랜드류의 명문가(名文家)인 것이다.

이러한 것은 그의 『힘과 영광』에도 나타나고 있으나 그것을 가장 높이고 강하게 한 것은 이 『사건의 핵심』인 것이다.

이 작품에는 그린의 성격이 잘 나타나고 있을 뿐만 아니라 그가 자기의 독자층을 완전히 잡은 것도 이 작품 때문이었다.

그린은 소위 대중작가도 아니며 소수의 지식층만이 읽는 하이브로우의

---

1 Graham Greene(1904~1991) : 영국의 소설가, 극작가. 『런던 타임스』의 부주필로 있으면서 작품활동. 작품집으로 『권력과 영광』 『조용한 미국인』 『제3의 사나이』 등.

작가도 아니다. 그의 소설에는 스토리가 있고 탐정소설에서 배운 테크닉이 있다. 그러한 것이 이『사건의 핵심』의 큰 매력이 되며 그 때문에 많은 대중에게 인기를 얻고 있다.

더욱 이 작품의 또 하나의 매력은 가장 내적(內的)인 것이 작품의 본질이라고 할 수가 있다.

그린은 이 작품에 의해 근대문학의 전형적인 테마 ─ 종교를 포함한 개인의 정신적인 고뇌와 갈등 ─ 를 강력히 표현하고 있다. 그리고 이러한 일은 그린으로 하여금 20세기의 영미 작가 중에서 가장 걸출된 적어도 특이성이 있는 작가의 위치에 올려놓게 되었다.

그린은 가톨릭교도이다. 『사건의 핵심』에서 그는 한 사람의 가톨릭교도가 연애 문제를 통해서 가책 없이 자기비판을 하는 것을 그리고 있다. 이런 의미에서 같은 영국의 가톨릭 작가 에벌린 워[2]와 일맥상통되고 있는 것은 워의 『브라이즈헤드 재방기(再坊記)』와 비교하면 잘 알 수 있다. 단지 그린의 입장은 가톨릭교도 이외의 사람에게도 확실히 이해되며 공명(共鳴)을 주는 보편성이 있는 것이 특징이다.

1.

『사건』의 중심인물은 제2차 세계대전 중에 아프리카 서안의 영국 식민지에 주둔하는 경찰관인 스코비란 45, 6세의 남자이다. 이 소설은 그의 생애의 최후기인 6개월간의 사건을 그린 것이다.

---

2 Evelyn Arthur St. John Waugh(1903~1966) : 영국의 작가. 당대 최고의 풍자작가로 평가받음. 주요 작품 『쇠퇴와 타락』 『더러운 사람들』 『브라이즈헤드 재방문』 등.

가톨릭교도 — 출생했을 때부터의 세습적인 것이 아니고 처 루이스와 결혼하기 직전에 생각하는 바 있어서 개종했다 — 스코비는 15년 전에 아프리카 서안(西岸)의 영(英) 식민지에 부임한 전형적인 경찰관이며, 토인(土人)[3]에게도 존경을 받고 여하한 물적 유혹에도 빠진 일이 없는 공정 무사한 인물로서 상관의 신용도 영국인들 간의 평판도 대단히 좋았다.

그런데 1941년의 여름 — 어떤 일련의 사건이 이 남자로 하여금 소위 정도(正道)에서 벗어나게 한다. 이 일련의 사건이란 서로 상호의 관련이 있는 것이 아니다. 그러나 스코비에게 있어서는 큰 '죄'를 범하게 하는 것이었다.

경찰관으로서의 스코비가 밀매상의 거두 시리아인인 유세프에게서 돈을 차용한 것은 죄에 가까운 일이었으나, 가톨릭교도로서의 그에게서 보면 더욱 근원적인 죄가 그의 처 루이스와의 관계에서 엿볼 수 있다. 유세프에게서 빌린 200파운드는 스코비가 이젠 도저히 동거할 수 없는 지경으로 애정을 잃은 처를 여행시키기 위한 여비이었다.

스코비는 유세프에서 돈을 빌리는 것도 그린은 매력 있는 인간 묘사를 해가며 독자를 끌고 가고 있다. 유세프가 그에게 돈을 빌려준 것도 단순히 사욕에서뿐이 아니었다. 두 사람은 성격적으로 매력을 느끼고 있었다. 유세프와 스코비의 관계는 동류(同類)하게 느끼는 공명이 아니고 스코비의 극단적인 청렴과 인간성에 직관이 빠른 이 무학(無學)에 가까운 시리아인이 아무 뜻 없이 반해 버린 것이며, 가장 재미있는 인간 대조를 우리는 발견한다.

---

3 토인 : (1) 대대로 그 땅에서 오래도록 사는 사람. (2) 문명이 미치지 않는 곳에 사는 미개한 사람.

스코비가 빠진 제2의 죄의 관념은 그에게 있어 가장 근본적인 아내 루이스에 대한 기만이다. 그리고 이것이 처음부터 끝까지 이 소설의 주제이다.

제3의 도덕상의 실책은 포르투갈 선(船)의 선장이 교전국인 독일에 사는 딸에게 보낸 편지를 검사 시(時) 발견하였음에도 불구하고 이를 고발하지 않고 내버려두고 그 편지를 태워버린 일이다. 이것은 영국의 경찰관으로서는 명확한 실수였다. 스코비는 과거 12년간에 이러한 일을 한 번도 하지 않았다. 사세(些細)⁴한 아무도 모르는 이러한 일도 그에게 있어서는 깊은 고뇌의 하나였다.

스코비의 제4의 죄악감은 헬렌 롤트라는 젊은 미망인과의 관계에서 일어났다. 표면적으로는 보통 있는 삼각관계이긴 하나 실제의 삼각관계는 신(神)…… 그것과의 관계였다.

이와 같은 현실에 있을 수 없는 순결성을 가진 인간을 그리고 현실에 타당할 수 있도록 잘 나타내고 묘사하고 있다는 것은 그린의 수완이다.

2.

그 타당성의 요소의 하나는 윌슨이다. 더 정확히 말하면 윌슨이라는 영국 정부에서 파견한 다이아몬드를 취급하는 스파이에 대해 스코비가 취한 태도이다.

'사건'이 처음 벌어질 때 윌슨은 부임한 참이며 토지의 유일한 영국 호텔 베드퍼드의 베란다에서 철로 만든 난간에 기대어 거리를 내다보고 있

---

4 사세하다 : 보잘것없이 작거나 적다.

다.

마침 일요일로서 가톨릭 사원의 종이 울리고 본드가(街) 화려한 옷을 입은 여자들을 데리고 흑인들이 줄이어 사원을 가고 있었다. 월슨의 해에 타지 않은 흰 피부는 그가 이 토지에서 새로운 존재라는 것을 말하고 있었다. 또 그의 오연(傲然)한[5] 백인적 태도는 토지의 여자들에 대한 흥미가 조금도 없다는 것을 나타내고 있다. 베란다의 바로 앞은 여학교이다. 영화배우와 같이 검은 머리를 지진 여학도들이 왔다 갔다 한다. 월슨의 눈은 그들의 존재를 무시하고 있다.

"실례이지만, 월슨 씨가 아닙니까."

뒤에서 소리가 났다.

"그렇습니다."

"나는 해리스라고 합니다. 잘 부탁합니다."

좁은 식민지에서는 그것을 구성하는 한 사람 한 사람의 영국인이 내각의 각료와 같은 중대성을 가지고 있었다. 적어도 중대성을 가지고 있는 것처럼 태도를 취했다.

"이곳에 오랫동안 계십니까…… 월슨."

"18개월이나 됩니다. 니거[6]와의 생활엔 이젠 아주 싫증이 납니다. 이곳 니거는 본격적인 흑인도 없습니다. 나는 인종적 편견에서 말하는 것이 아닙니다. 사실 이곳 흑인 때문에 경찰관들도 골머리를 앓고 있으니까요. 경찰관이라면 스코비가 통하지요. 혹시 스코비 씨를 아십니까? 그자는 흑인들을 사랑하고 있습니다."

---

5 오연하다 : 거만하여 다른 사람을 업신여기는 듯하다.
6 Nigger / Nigga : 일반적으로 흑인을 경멸하며 가리키는 명칭.

"더욱 시리아인들이 귀찮게 굴지요."

"시리아인이라니……."

"이곳은 마치 세상에서 말하는 바벨의 탑입니다. 서인도인, 시리아인, 영국인, 스코틀랜드인, 아일랜드인, 불란서의 승려들까지."

"시리아인은 무엇을 하고 있습니까."

"돈을 벌고 있습니다. 상점이란 상점은 거의 시리아인이 배경입니다. 다이아몬드도 그들이 쥐고 있습니다."

"다이아는 상당히 있습니다."

"독일인이 비싸게 사 갑니다."

"스코비에게는 아내가 있겠지요?"

"그럼요. 만일 내가 그의 처와 같은 것을 데리고 산다면 나는 니거의 여자들과도 자겠습니다. 그 여자는 도시의 인텔리로 그림을 잘 그린답니다. 나는 스코비를 불쌍한 놈으로 여깁니다."

이런 회화(會話)에서 윌슨은 아직 보지도 못한 스코비의 처에게 흥미를 갖는다. 런던 출생인 윌슨은 자신 엉터리 시를 쓰는 것이 도락(道樂)이며, 사람들 앞에서 확실히 눈에 대울 개성을 나타내는 것을 꺼리키고 있는 인물이다.

얼마 후 좁은 식민지의 사교계에서 윌슨은 대망의 스코비의 처 루이스와 만나게 되는 기회를 얻었다.

스코비가 처를 런던에서 데려왔을 때 환영회가 열렸다. 루이스는 이곳 사회에서도 인기 있는 존재는 아니었다. 최초의 파티에서 윌슨을 알게 된 루이스는 곧 그에게 접근되어갔다.

스코비는 조금도 사랑하지 않는 처에 대해서 도리어 무거운 책임감을 갖고 있었다. 인기가 없는 루이스의 상대로 되어준 유일의 남자로서 윌슨에게는 일종의 호의를 가지고 있었다.

어떤 날 사무소에서 윌슨을 만났을 때 그는 루이스를 위하여 그를 만찬에 초대했다.

윌슨은 처에게 전화를 걸고 있는 스코비의 표정을 바라보고 있었다. 마치 연극의 대사를 읽고 있는 것처럼 표정과 말이 분리된 회화이다. 윌슨이 본 눈에는 틀림이 없었다.

"루이스는 당신과 시에 관해서 이야기하고 싶어 합니다. 오늘 오후 좀 선선해지거든 오지 않겠소. 숲속을 당신과 루이스가 산보하는 동안에 나는 칵테일을 만들어놓겠으니까. 그리고 저녁 식사도 꼭 하시도록 부탁합니다."

이런 후로 스코비는 거의 계획적이라 생각할 수 있는 정도로 윌슨과 처를 접근시켰다.

3.

그러기 위해서는 또 하나의 직접적인 이유가 있었다. 스코비는 루이스에게 약속한 여비를 은행에서 조달치 못했다. 은행의 지배인 로빈슨에게 보기 좋게 거절당한 후 돈의 조달은 당분간 가망이 없었다. 연극과 같이 그날그날을 마주 앉아서 처와 지낸다는 것은 내심 스코비에게는 힘이 들었다.

더욱 좋지 않은 일은 이런 심정을 루이스가 알고 있으나 그렇다 하여 두 사람이 모두 그것을 솔직히 인정한다는 것은 도저히 할 수 없는 일이다. 가톨릭교도로서 특히 세속적인 야심이 많은 루이스에게 있어서는 불가능했으며 그렇다 하여 그에게 다른 남자가 있는 것도 아니었다.

스코비에게는 다른 중요한 이유가 있었다. 10년 가까이 직무 때문에 자기 쪽에서 루이스와 별거하고 있는 그에게 있어서 이제 지금에 와서야 루이스가 감정적으로 불필요한 존재라고 해도 도리어 그것 때문에 책임을 느끼지 않으면 안 된다. 루이스를 상심케 할 권리는 자기에게는 없다.

이러한 생각과 영국적 가톨릭교도의 관습이 스코비의 처에 대한 행위를 익숙한 연극처럼 만들고 있는 것이다.

야반(夜半)[7]에 열대지의 폭서(暴暑)[8]로 스코비는 눈을 뜨는 수가 많았다. 시계의 젠마이[9]처럼 쪼그리고 옆에서 자고 있는 루이스에게 손 하나 댈세라 조심하며 어두움 속에서 눈을 크게 뜨고 생각에 잠긴다. 가장 위험한 것은 오전 2시경이다. 그 시간에 루이스가 눈을 뜨지 않게 하기 위해서는 참으로 노력이 필요했다. 처의 코 고는 소리를 엿들으며 조용히 하고 있다. 3시 반이 되면 이젠 걱정이 없다. 밤이 새고 항구의 초계(哨戒)[10] 시간이다.

루이스는 스코비를 '티키'라는 애칭으로 부르고 있었다. 부부간의 공기가 흐르면 스코비는 자기를 부르는 데 티키를 썼다. 루이스의 감정을 풀기에는 이것이 가장 적절했다.

루이스가 자기가 먼저 여행을 하겠다고 꺼낸 것은 그가 이 거리의 사교계에서 인기가 없다는 것을 깨달았기 때문일 것이다. 문제는 여비이다. 은행에서 차용하지 못했으니 제2의 수단을 생각하여야 한다. 가장 좋은

---

7 야반 : 깊은 밤.
8 폭서 : 매우 심한 더위.
9 ぜんまい : 태엽. 고비. 용수철.
10 초계 : 적의 습격에 대비하여 망을 보며 경계함.

방법은 윌슨을 루이스에게 접근시키는 일이다.

그러나 이런 스코비의 계획도 그리 잘되지 않았다. 루이스가 윌슨의 열(熱)에 응하지 않았다. 어떠한 날 밤 윌슨은 예(例)의 산보를 할 때 루이스에게 자기의 사랑을 고백했다. 루이스는 그리 감동하지 않았다. 그래서 윌슨은 우정[11] 스코비를 티키라고 불렀다. 루이스의 손은 그의 뺨을 쳤다.

"스코비를 티키라고 부르는 것은 나 혼자뿐이어요. 쓸데없는 말버릇하지 말아요."

윌슨에 대한 루이스의 마음에는 이외에도 부정적인 것이 있었다. 그는 윌슨이 어딘지 수상한 그림자를 가진 존재인 것을 눈치채고 스코비에게 주의하라고 했다.

"그 사람은 이곳에 동무가 아무도 없다고 하지만 커미셔너도 알고 있으며 신부님과도 친해요. 어디선지 자주 만나고 있는 것 같아요." 루이스는 간혹 이렇게 말했다.

스코비는 할 수 없이 마음을 먹고 시리아인 유세프에게서 일정한 금리로 200파운드를 빌려 루이스를 여행에 출발시켰다.

루이스를 멀리하기 위해 시리아인에게서 돈을 구면(具面)했다고[12] 생각한 윌슨은 약점을 잡고 어떤 날 스코비에게 도전했다. 그것은 무더운 불쾌한 저녁때였다. 뒤에서 부르기 때문에 스코비는 몸을 돌렸다. 상당히 취한 윌슨이 서 있다.

"내가 그날 밤 루이스에게 키스한 것을 아십니까?"

---

11 우정 : '일부러'의 강원 방언.

12 구면(苟免)하다 : 재난이나 위험을 간신히 벗어나다. 원본의 한자와 다름. くめん(工面, '돈 마련')의 오기로 보이기도 함.

"식민지의 스포츠지요. 그것은……."

스코비는 윌슨을 노하게 하고 싶지가 않았다. 그가 말하는 것을 아무 뜻 없는 것으로 생각하고 다음 날 아침 서로 만나면 기분 상하지 않게 하기 위해서였다.

일기가 더우면 누구나 조금 머리가 이상해진다. 새로운 영국인에게 잘 있는 일이라고 스코비는 자기에게 타일렀다.

"그 여자는 자네에겐 너무 과해." 윌슨은 아직도 도전해 왔다.

"우리들이라고 하는 것이 적합하네. 자네와 나 사이에서는……."

스코비는 조용하게 대답했다.

4.

이런 일이 있은 얼마 후 영국을 내항(內航)하는 기선(汽船)이 난파되어 승객이 구조되었다.

스코비는 그 구조 감독을 했다. 승객 속에는 아직 20세가 되지 않은 헬렌 롤트라는 여자가 있었다. 신혼한 남편은 난파 시 죽고 자기는 1개월여 표류로 거의 빈사 상태로 육지에 구출됐다.

스코비는 그리 아름답지도 못한 이 여자가 힘을 잃은 손에 절수(切手)[13] 앨범을 꼭 쥐고 그의 안전(眼前)에 — 그리고 그의 생애에 — 나타난 순간이 죽는 날까지 잊어지지 않았다.

난파의 일행에는 병자가 많았다. 토지의 영국인 부인들이 여러 가지 일을 보아주는 것을 스코비는 지도하는 데 여념이 없었다.

---

13 절수 : 일제강점기에 '우표(郵票)'를 이르던 말.

4, 5세의 계집애가 열병으로 죽게 되었다. 그는 매일 병실에 찾아가 책을 읽어주었다. 마지막 날 그는 손수건으로 토끼를 만들어 보여주었다. 토끼 귀를 흔들면서

"자, 어서 자자."라고 타이르는 스코비에게

"그만하세요."라고 간호부가 쉰 목소리로 말했다. "이 애는 벌써 죽었습니다."

이러한 항구에도 독일군의 공습은 점점 빈번해졌다. 최초의 경보가 있던 밤 스코비는 영국인 바라크의 일대를 순찰했다. 하급 관사의 한 집에서 불빛이 보였다. 그는 내려 퍼붓는 비를 맞으며 차에서 내려 그 집으로 가까이 갔다.

소리를 쳐도 풍우(風雨) 때문에 들리지 않기 때문에 그는 노크를 했다. 나타난 것은 헬렌. 병원 생활이 싫어서 겨우 부탁하여 집을 구했다는 것이다. 그 여자는 너무 여위어서 17, 8세밖에 되어 보이지 않았다. 스코비는 권하는 대로 앉아서 여러 가지 이야기를 했다. 절수를 줄 약속도 했다. 여학교를 갓 나온 헬렌은 학교 이야기만 했다.

"나는 그리스어는 참 못했어요. 버질[14]을 읽는 것도 힘이 들었고……"

"버질은 나전어(羅甸語)[15]가 아닌가?"

스코비는 우스웠으나 참았다.

---

14 Virgil : 고대 로마 시인 베르길리우스. 그의 작품은 서양 문학에 광범위하고 깊은 영향을 끼침.

15 나전어(羅甸語) : '라틴(Latin)어'의 음역어. 인도 유럽 어족의 하나인 이탤릭어파(Italic 語派)에 속하는 언어. 고대 로마 제국의 공통어. 현대의 프랑스어, 이탈리아어, 에스파냐어, 포르투갈어, 루마니아어 등의 근원이 됨. 원본에는 '나전어(羅典語)'로 표기됨.

"아, 그래요. 나는 호머를 이야기한 거예요. 고전은 참 싫어."

"바스켓볼 이외에는 무엇을 잘했소."

"수학이에요."

스코비는 이 여자에 너그러운 기분으로 대할 수가 있었다. 그도 어린애와 같은 투로 스코비가 참으로 좋다고 말했다. 두 사람이 친우 이외의 어떠한 것도 될 수 있다는 것을 스코비는 잘 알고 있었다. 그 여자의 남편이 죽은 것도 아직 얼마 되지 않으며 자기에게는 처가 있다. 그 여자의 부친은 런던에서 목사 일을 보며 거기에 헬렌의 취미는 절수(스탬프) 컬렉션이다.

근 30년이 연령이 틀린다. 스코비는 절수를 모아서는 헬렌을 찾았다. 헬렌은 미인은 아니었다. 키는 크나 어딘지 약하다. 아직 세상을 잘 모르는 이 여자에 대해 점점 책임을 느끼게 되었다.

그는 아름다운 것이나 강한 것에 대해서는 하등의 감정도 갖고 있지 않았다. 자기가 만일 돌보아주지 않으면 냉담한 세상에서 의지할 곳 없는 이 여자를 볼 적마다 스코비는 깊은 동정으로 애정을 갖게 되었다.

헬렌과 스코비는 이러한 데서 출발한 연애 관계에 들어갔다. 식민지의 사람들이 얼마 되지 않는 영인(英人) 사회에서는 남들의 입에 오르기 쉽다. 스코비는 매일 밤 헬렌과 만나고 나서는 자기 집에 돌아왔다. 어린애처럼 생각했던 헬렌도 교제해보니 여성 특유의 간지(奸智)[16]와 질투심을 루이스에 못지않게 가지고 있는 것을 알았다. 때때로 눈을 감고 헬렌이 하는 말을 듣고 있으면 루이스와 구분할 수 없는 것처럼 생각되었다.

스코비는 어느 사이 헬렌에 대한 마음과 루이스에 대한 마음이 근본적

---

16 간지 : 간사한 지혜.

으로 동일하다는 것을 느꼈다. 사랑이 문제가 아니라 책임의 문제로 되고 있었다.

스코비는 자신의 감정의 비극을 자각했다.

5.

루이스가 돌연 여행에서 돌아왔다. 어느 사이 헬렌과의 사랑을 듣고 온 것이다. 아내의 귀택(歸宅)은 사태를 더욱 복잡하게 했으며 루이스는 입에서 말을 띠지 않았으나 스코비에게 감시의 눈초리를 게을리하지 않았다.

어느 날 헬렌은 스코비에게 편지를 보내왔다. 어린애와 같은 사랑의 고백과 명예도 버리고 그를 사랑하겠다는 의미의 것이었다.

스코비에게 있어서 동정과 정열이란 거의 같은 뜻의 말이었다. 그는 자기가 잘못으로 이끈 두 여성의 행복을 지킬 책임이 있다고 믿었다. 더욱이 헬렌은 루이스와 달라서 자신을 버리고 부당한 사랑을 받아들이고 있다. 그 여자만에게 희생을 강요하고 자기만이 안한(安閑)할[17] 수는 없다. 스코비는 자기의 존재가 이 두 여성에게 불행과 절망 이외의 어떠한 것도 주지 못한다는 것을 생각했다.

금후 백 년을 더 산다 하더라도 헬렌과 자기와의 관계에는 변함이 없을 것이다. 자기가 죽으면 처는 윌슨의 사랑을 받아들일 수도 있고, 헬렌에게는 그 여자를 좋아서 따라다니는 영국인 젊은 장교가 있다.

스코비는 차차 자기의 입장이 어떠한 것을 아는 거와 같은 마음이 들었다. 문제는 어떻게 하여야만 자살이라고 남들이 알 수 없는 자살을 하느

---

17 안한하다 : 걱정이나 탈이 없어 편하고 한가롭다.

냐는 것이다.

가톨릭에서는 자살은 죄이나 스코비가 그 동기를 숨기려고 한 것은 그 때문이 아니라 루이스의 마음을 상하게 하는 것을 피하기 위해서였다.

그래서 병이 난 것처럼 그는 일기를 썼다. 일기를 쓰는 습관은 전에서부터 해온 일이니 남에게 의심받을 이유가 없다. 두통과 불면을 일기에 쓰기 시작했다. 동시에 의사에게서 수면제를 매일 필요량만 얻어가지고 모아두었다. 십 일간만 모으면 코끼리라도 죽을 수 있는 칼모틴[18]이 모인다.

자살 결행의 당야(當夜), 스코비는 몰래 헬렌의 집을 찾았다. 헬렌은 없었다. 무엇인가 써놓고 가고 싶다. 절수의 앨범 이외는 아무것도 없는 쓸쓸한 그 방을 그립게 훑어본 후 스코비는 그 앨범을 손에 들었다. 발작적으로 조지 6세의 절수 위에 그는 '아이 러브 유'라고 쓰고 말았다. 이 절수에서 그 문자가 지워지지는 않을 것이다. 비참한 웃음을 띠며 그 후 20년간 그 여자의 입술이 다른 사람의 것으로 된다. 오늘밤부터 자기와 헬렌은 묘지를 사이에 두고 생활을 하게 된다고 생각했다.

스코비는 저녁 식사를 루이스와 전과 다름없이 함께했다. 최후까지 눈치를 채지 않도록 해야 한다. 그는 건강이 좋지 않으니 사직한 후 영국에 돌아가 루이스와 함께 전원 생활을 하자고 했다. 루이스는 즐거워하며 여러 가지 시적(詩的)인 계획을 세웠다. 가공의 집과 마을을 그리기 위해서 스코비는 모든 의지의 힘을 썼다. 최후까지 연인과 같은 따스한 말씨를 쓰고 잘 자라는 밤 인사를 한 후 스코비는 처가 침실로 들어가는 것을 보고 있었다. 그리고 모아두었던 치사량의 칼모틴을 한꺼번에 마셔버렸다.

---

18 calmotin : 냄새가 없는 흰색의 결정성 가루. 진정·최면 작용이나 불면증·신경 쇠약·구토·천식 따위를 치료하는 데 쓰임.

이 소설의 마지막 페이지에는 신부(神父) 랭크와 루이스와의 의미 깊은 대화가 있다.

랭크…… "스코비와 같이 잘못한 짓을 한 남자를 평하기에는 좀 이상한 표현일지 모르나 내가 생각하기에는 그는 진실로 신(神)을 사랑한 사내다."

루이스는 약이 올라서

"남편이 사랑한 것은 다른 어떤 것도 아니에요."

그레이엄 그린이 그린 스코비라는 남자는 이러한 것이다. 세속적으로는 믿기 어려운 순결한 혼을 가진 이러한 인간이 가톨릭의 전통 속에 존재하고 있는 것은 사실이다. 거기에 스코비는 근대인이 직면하지 않을 수 없는 유혹과 용감히 싸우고 있다. 스코비의 자살은 파괴도 허망에의 도피도 아니라고 본다. 왜냐하면 그린은 이 소설 속에서 스코비의 인간에 타당성을 주기 위하여 가장 힘을 경주하고 있다. 그리고 그는 확실히 그것에 성공하고 있으며 인간의 혼의 순결성을 지킨 이 사나이를 떳떳하게 긍정시키고 있다.

스코비의 직업이 식민지의 경찰관이라는 데서 내가 여기에 소개하는 것이 아니라 그는 인간의 본능적인 양심과 죄의 의식 때문에 고민한 인간이기 때문이다.

끝으로 그레이엄 그린의 작품의 대부분이 영화화된 것처럼 〈사건의 핵심〉 역시 1953년에 제작되었다.

(『民主警察』 44호, 1954. 11. 15)

1954년의 한국시

— 『시작(詩作)』 1 · 2집에 발표된 작품

저널리즘과의 작별과 시의 우위적인 독립을 위하여 『시작(詩作)』지는 계간의 형식으로 1954년에 걸쳐 본호를 합해 3집을 발간했다. 제1집 '주장' 란에 본지는 어데까지나 시인들의 지도적인 역량과 의욕과 작업에 의하여 결정될 것이며 순수한 공동체로서 조직되어야 한다고 기록되어 있으며 이것은 성실한 시의 잡지로서의 정당한 주장이라는 것을 나는 수긍하는 바이다. 따라서 제1집과 제2집에 발표된 시는 현재 한국에서 활약하고 작품 활동을 지속하고 있는 전(全) 시인의 반수(半數)에 가까운 26명이며 이는 즉 금년도에 있어서의 한국시의 경향과 수준을 제시하고 있는 것이다.

제1집

신석정(辛夕汀)…「황(篁)」이라는 시는 관념적인 서정의 세계를 벗어나지 못했다. 이 시인의 시는 언어의 뉘앙스만 위하여 현대나 그 속에 사는 인간의 위치가 전연 막연해지고 만다. "난 밋밋한 대와 나란히 서서 쏟아지는 태양의 파란 분수를 마시는 것이 좋다"라는 구절은 시의 난해성도 못 되며 이 시인이 얼마나 자신의 사념의 혼란 속에서 정리를 못 하고 있는가를 말한다. 그것은 즉 다음 구절 "대에 섞인 나를 나는 잊어버리고 대 대랑 산다"에서 그치는 것처럼 어떤 관념의 정신이 그의 시의 표현을 복잡화시키고 읽는 사람이 무엇을 읽었는지를 모르게 한다.

유치환(柳致環)… 나는 이분의 요즘 시가 그전에 쓰여진 어떠한 작품보다도 확연한 시대의식을 가지고 있는데 대단한 관심을 갖는다. 더욱이 「돌아오지 않는 비행기」는 그의 대표적인 작품의 경향을 말하고 있는 것이다. 물론 시의 스타일로서는 어색한 부분이 한두 군데가 아니다. "어느 지점에 불시착을 하였단 말인가" "위대한 X국(國) 해군의 힘마저 빌려 반드시 있어야 할 범위 안을……" 등 신문기사의 한 토막 같은 내레이션은 시의 경우로서는 피할 수도 있을 것이다. 그리고 양식(良識)한 이 시인은 그의 지금까지의 작가적인 권위로서 우정 이렇게 쓸 수도 있으나 역시 표현의 방법이 낡다. 허나 후반의 절창은 이 작품이 얼마나 아름답고 현대의 절망이 우리에게 얼마나 가열한 정신적인 충격을 주고 있는가를 말하고 있다.

김용호(金容浩)… 「어느 환상 (4)」은 그분의 작품으로서는 실패작이다. 전쟁 후 이분은 과거의 여러 환경에서 많이 탈주했다. 그러나 시의 사념은 훌륭해도 표현의 방법이 유치하다. "용호야 용호 용ㅎ 용요 ㅇ…… 다시 우우우…… 하고 내게로 달려오는 나…… 어느 것이 내냐!" 결코 현대시는 이러한 것이 아니다. "공중에서 분해하는 나의 육체에 홍소의 만가를 보내는 악마의 합창대가 있었다"는 마지막 구는 이 시인이 대단히 로브라우하다는 것을 말하고 있다.

함윤수(咸允洙)… 「거머리」는 상징화된 형식으로 한국의 현실과 그의 심경을 표현하고 있다. 시인의 슬픔과 인생의 애수가 간략한 몇 줄로써 이렇게 노래할 수 있다는 것은 이 시인이 얼마나 실력이 훌륭하다는 것을 좌기(左記)하는 것이다. "오랜 세월 두고 그리던 곳 언어와 풍습이 같을 뿐"이 한 구절만 해도 이 시가 내포하고 있는 정신이 무엇을 의미하고 있는가를 짐작한다.

이설주(李雪舟)… 시란 적어도 우리나라 시는 이분의 「독백」과 같은 것에서 출발하지 않았을까? 이러한 출발이 좋은 뜻에서나 나쁜 뜻에서나 지난날 있었던 것만은 사실이다. 마치 보들레르의 시를 읽는 것과 같이 처참하고 불길하다. 어떤 의미에서 쓴 것인지 알 수 없으나 현대적인 시의 감각이나 사유에서 볼 때 무척 떨어져 있는 것을 느끼는 반면에 한 편의 시로서 충분히 세련되어 있다고도 할 수가 있다.

정진업(鄭鎭業)… 나는 이분의 시를 많이 읽어보았다. 별로 우수한 것이 없었다. 하지만 「혼」은 좋은 시다. 이것은 잘 정리되어 있으며 언어의 배열이나 이미지가 아름답다. "이렇게 못 잊어 그리다가 저렇게 애태우며 죽어갔다는 것이다…… 근시안이던 그 소녀는……" 시인에게 있어서 절실한 체험을 노래할 적에 왕왕(往往)히 빠지기 쉬운 설명적인 수법을 잘 피하고 있으며 읽는 사람에게 감동을 주게 하는데 "아아 들려오는 소리 피울음 소리"는 너무 생(生) 것이 되어 감상에 흐르고 있는 느낌도 있다.

홍윤숙(洪允淑)··· 신진 여류시인으로서는 그의 작품이 단연 훌륭하다. 그에게는 여성으로서의 유달리 섬세한 관찰력이 있으며 느끼고 있는 것을 잘 표현할 줄 아는 힘이 있는 것이다. 물론 이러한 것이 시인으로서의 최초의 무기라고 할 수 있는데 전연 이러한 것도 없이 달려드는 시인이 많은 요즘에 와서는 문제가 된다. 「하나의 약속을」은 전반적으로 완성된 작품이라고 할 수는 없다. 무척 산만한 곳도 감상에 기울어진 점도 있다. 그러나 무엇을 이야기하겠다는 것만은 역력히 느낄 수 있는 것이다. 이 작품을 내가 본 그의 수 편 중에서 그리 좋은 작품은 아니나 이 여류시인의 다감성은 놀랄 만한 것이었다.

김춘수(金春洙)··· 「인인(隣人)」은 릴케의 영향을 많이 받은 이 시인의 과정을 알려준다. 물론 그의 시에 깊은 사념은 없다. 하지만 그가 생각하고 표현하고 있는 것은 서구적인 리리시즘과 상통되고 있다. 이러한 시인의 태도는 무척 진실한 것이며 꽃과 같이 곱다. "죽을 적에도 우리는 모두 하나 하나로 외롭게 죽어가야 하기 때문입니다" 이러한 노래는 어떤 인간에게 있어서나 고독을 간직하고 있을 때에는 공통된 심리이며 이를 쉽게 더욱 알아들을 수 있게 노래하는 이 시인을 우리나라에서는 별로 찾기 힘이 든다. "그들이 나의 이웃이 된 것은 그들에게 죽음이 있기 때문입니다" 나는 여기에 많은 공감을 가지며 너무 안이하게 이 시인이 생각하고 있다면 자칫 통속성으로 흐르지 않을까 걱정이 된다.

김수돈(金洙敦)··· 「오후」의 전반과 후반은 의미가 통하지 않는다. 일시적 콤플렉스라고 할 수도 없고 어떤 시감(詩感)에서 이렇게 되었는지 궁금하다. 그는 이미지의 투영에 그저 자신을 내던지고 만 것 같다. "나의 주증(酒症) 같은 순수가 첫날밤의 홍치맛자락에 구토질을 해도 막아낼 약 한 톨이 없다" 암만 잘 생각해도 나는 모르겠다. 그 책임은 누구에게 있는 것일까? 이러한 때 시의 의미보담도 이해가 앞설지 모른다.

박기원(朴琦遠)… 이렇게 험난한 시대에 「생명」과 같은 시를 쓰는 이 시인은 한편 부럽다. 지금으로부터 십 년 전 작품인지 이십 년 전 작품인지 그 시대성을 전연 찾지 못하는가 하면 인생주의에 빠진 이 시에는 황홀한 시인의 환상이 잘 그려져 있다. "사뿐 등촉(燈燭) 밑에 앉으면 숨결은 부드러운 육향(肉香)"…… "나비는 훨훨 새벽바람에 떠났어도 파란 생명은 화심(花心)에 커가고 있다."…… 젊은 시인들이 잘 모르는 우리말을 곱게 다듬어서 시를 쓴다는 것도 무척 즐거운 일일 것이다.

양명문(楊明文)… 「거리」는 애절한 노래다. 솔직한 말과 감정이 흐르는 시다. 그러나 시인의 반성은 이러한 데 있다. 그대로 마음먹고 느끼고 있는 것은 시의 안이성을 의미할 뿐이다. 이분은 바리톤 가수처럼 굵은 목소리로 노래할 줄 알면서도 음조를 모르는 때가 많다. 그것은 비극이다. 이 시에서도 그런 데가 많이 있는 것은 할 수 없는 일이다. 끝에 가서 더 높은 데로 올라가 고향을 생각하는 것은 너무도 시의 효과를 노린 것 같은 느낌이 있으나 월남한 이 시인의 현실성을 말한다.

김규동(金奎東)… 여러 가지 견지에서 이 시인은 문제를 제기시킨다. 여기에 발표된 「헬리콥터처럼 하강하는 POESIE는 기관총 진지를 타고」는 아마 난해할 것이다. 현대시는 왜 난해하냐 하면 그것은 현대의 제상(諸相)이 복잡하고 난해하기 때문이라고 나는 생각한다. 그는 자기의 환상과 현실을…… 신념과 망각을…… 과거와 미래를…… 그리려고 노력했다. 하지만 그의 자동기술법이 트리스탕 차라류의 다다이즘으로 변한 것은 유감된 일이며 이런 방식 때문에 그의 작품이 실패할 때가 있다. (나는 여기서 말하고 싶은 일은 최근 일부의 시인들은 현대시는 다다이즘이나 쉬르레알리슴의 사고와 표현 방법을 하는 줄로 생각하고 있는데 이것은 그 시인이 얼마나 무식하다는 것을 말하는 것이다.) 그의 이 시에는 보통 사람이 전연 상상치도 못할 기발한 점이 많다. 그리고 그것은 이채로운 것이며 비약적이다. 그러나 성공한 시가 못 된다.

장수철(張壽哲)…「종점에서」는 그것이 비단 시의 제목이 아니라도 우리는 정막과 고적을 느낀다. 이 시에서 그는 역시 이러한 것을 그리려고 했고 그 데생은 정확하다. 하지만 이러한 주제와 대상은 지금까지 많은 시인들에 의하여 노래가 불려져왔으며 누구의 마음 한구석에도 간직되어 있는 것이다. 너무도 시적인 시…… 라고 하면 그는 나를 욕하지 않을 것이다.

박화목(朴和穆)… 그는 너무 시를 쉽게 생각하고 있다. 단지 하나의 반항 정신이나 실존의식이 뚜렷하면 시가 되는 줄 생각하고 있는 모양이다. 처음에 시작되는 구절과 "이런 경각(頃刻)[1]에 내가 만나고 싶은 여인이여…… 피아노의 81건(鍵)을 자재(自在)로이[2] 튀기어서 「베토벤」의 월광소나타를 울리라"는 몹시 모순된 상념인 것 같다. 시에 있어서의 시인의 희

---

1 경각 : 아주 짧은 시간. 또는 눈 깜빡할 동안.
2 자재로이 : 속박이나 장애가 없이 자기 뜻에 따라 마음대로.

망은 감상에 지배되는 것이며 이미 그러한 시대는 지났다. 나는 여기서 S. 스펜더의 말을 빌리고 싶지는 않으나 왜 많은 자기의 말을 다 쓰려고 하는지 모르겠다. "단음부들의 선율은 정치가나 권세 잡은 자들을 감동케 못한다"는 좋다. 그러나 잡음과 같은 여러 이야기는 시의 권태를 의미할 뿐이다.

장호(章湖)…「신문」이란 시는 이분의 이름을 독자에게 오래 기억하게 한다. 시가 성장하는 동안…… 적어도 한국과 같이 보수적인 토지에서 이러한 시가 나타난 것은 그 표현에는 아직 미숙한 점이 있으나 반가운 일이다. 그것은 시의 혁명을 초래할 수도 있으며 낡은 세대와 시인에게 보내는 매서운 도전이기도 하다. "혹은 너는 테러리스트 불덩어리 같은 너의 초호(初號) 활자는 시방 메마른 늑골(肋骨)[3] 앞에 주먹을 내민다" 언어의 박력과 구성을 아는 시인이 별로 없는 오늘의 한국에서 이 시인의 장래가 많이 촉망된다.

김영삼(金永三)…「꿈의 시간」은 아름다운 착상이다. 그리고 무척 시각적인 이미지로 구성되고 있다. 허나 "달러를 치러야 하는 애정을……" 운운(云云)은 도리어 어색하여 새로 시를 쓰는 분들이 벗어나지 못하는 약점이다. 그는 현실의 비극을 그리기 위하여 생생한 이펙트[4]를 그대로 가지고 왔으나 하늘이 푸른 것을 다 알고 있는데 그대로 하늘이 푸르다라고 쓰는 것이 얼마나 우스운가를 모르고 있다. "반영되는 거울 속 미지수

---

3 원본에는 '助骨'(조골)로 표기됨.
4 effect : 효과. 영향. 결과.

― 꿈의 시간에서 이별한 애정을 설명시킨다" 이런 구절은 이 시가 우위성에 가까웁다는 것을 말한다. 여하간 새로운 시의 방향을 그가 모색하고 있는 것만은 틀림없다.

제2집

김현승(金顯承)…「러시아워」는 시대 풍자를 위한 시가 아닐까? 그렇지 않으면 이 시인의 언어를 위한 새타이어의 세계인가? 오래 시를 쓰면 확실히 매너리즘이 생긴다. 멋쟁이 말과 재미있는 수식사(修飾詞)로 이루어진 이 시는 영화의 해설문 같다…… 내가 이런 표현을 했다고 실력 있는 이분은 조금도 겁내지 않을 것이며 도리어 건방진 놈 하고 웃을지 모르나 나는 조금도 우습지가 않다. 시인이 시를 쓸 적에 먼저 제목을 붙인다면 이러한 시가 생길지도 모른다. 여하간 김 시인은 관찰력이 강하고 언어의 위트를 살리기에 애를 썼다. "수도(首都)의 결손 부대…… 즉흥에 넘치는 맥주의 거품…… 그러나 우리들의 구매력은 1943년제(製)의 헬멧을 쓰고" 그저 멋있는 말이라고 하기에는 좀 긴박한 세상이 되었다.

김차영(金次榮)… 그의 여기에 실린 시는 참으로 놀라운 작품이다. 아마도 지금까지의 다른 어떤 사람의 것보다도 훌륭한 작품일는지 모르겠다. 그는 시에 있어서 모든 문화적인 체계를 조리 있게 세우고 있으며 그리하여 철학도 얘기하고 사회학도 얘기하고 사랑도 하고 눈물도 흘린다. 「마법의 꽃은 사탄에 의하여 꺾이었다」…… 건방진 제목이다. 하지만 그의 시가 가지는 훌륭한 가치 때문에 건방질 수도 있고 그는 입술을 다물고 목을 끄떡거릴 수 있다. "그의 청춘은 육체에서 좌절되었고 바람과 세월과 고통이 거기 구배(勾配)[5]져갔다. ……그것은 영원이었다. 나의 현실에서는 하늘이었고 바다이었고 푸른 초원이었다…… 나는 갠지스강의 그 정적을 젊음으로 거부하였었다…… 그러나 5월은 갔다 카리에스[6]를 앓던 소녀도 갔다. 단조(短調) 화현(和弦)[7]의 교착도 사라지고 헤라클레이토스[8]의 말처럼 그냥 만물은 흘렀다. 나는 태양계의 습성으로 오늘에 서식하고 있었다. 에피쿠로스[9]의 유혹도 아베마리아[10]의 노래도 이제는 없다". 제한된 매수임에도 불구하고 나는 그의 시의 절반을 인용했다. 우리들이 손쉽게 엿볼 수 있는 것은 현대인으로서의 냉철한 감정의 억제이다. 그는 비극을 말함에 있어 조금도 이성의 동요를 느끼지 않고 있으며 흥분된 기색이 없다. 인간에게 있어서의 영원은 알 수 없는 것이다. 그러나 우리가 하늘을 바다를 초원을 영원이라고 할 때 시의 영원성은 어떠한 것이냐고 반문할 사람이 있을 것이다. 나는 서슴지 않고 이러한 시라고 대답하겠다. 그는 비단 이 작품뿐만이 아니라 다른 작품에서도 좋은 기재(氣才)를 보이고 있다.

이경순(李敬純)…「나 돈키호테 탄생일」은 그의 작품으로서는 대단히

---

5 구배 : 수평을 기준으로 한 경사도. 원본에는 '勾配'로 표기됨.

6 caries : 치아나 뼈가 썩어서 파괴되는 질환.

7 화현 : 둘 이상의 높이가 다른 음이 한꺼번에 울릴 때 어울려 나는 소리.

8 Heraclitos(BC 540년경~BC 480년경) : 그리스의 철학자. "만물은 유전한다"고 주장하였고, 불이 우주의 기본 요소라고 믿었다.

9 Epicurus(기원전 341년~기원전 271년) : 고대 그리스의 철학자. 에피쿠로스학파 창시자. 철학의 목적은 행복하고 평온한 삶을 얻는 데 있다고 주장함.

10 Ave Maria : 로마 가톨릭교회에서 불러온 성모 찬가.

재미있는 시다. 시인이 늙으면 세상일이 우스꽝스럽게 보이고 자신을 자학할 수도 있고 희화화(戱畵化)하게 되는 모양인데 아마도 그렇게 되기도 힘이 들 것이다. 하지만 이 시는 읽으면 읽을수록 심각한 생각이 든다. 차츰 허무해지고 눈물이 흐를 것 같다. "인생이란 때 묻은 봇짐을 짊어지고……" 여기에는 인생의 희비가 섞여 있는가 하면 시를 천직이라고 생각하고 사는 시인의 허탈한 정신이 잘 그려지고 있다.

구상(具常)… 나에게 타일러보는 폐허의 꿈 아닌 꿈이라는 결구로 끝나는 이 시는 현실에 대한 영탄과 비분과 절망을 그의 종교적인 관념에서 써 보려고 했다. 허나 "주여 나를 건지소서" 한마디 외친 또 다음 순간 "어느 유화(油畵)에선가 영화……" 운운 "해방과 휴식 속에 내가 편히 누웠다." 이런 구절은 개념의 세계에서 벗어나지 못하고 있는 것이 아닐까? 그가 시에서 말하는 그의 의미의 심연을 알기 위하여 나는 몇 번씩이나 이 시를 읽고 겨우 결론적으로 알게 된 것은 내성과 탈피의 과정에 이 시인이 봉착하고 있다는 것이었다. 형식이 유치한 것은 할 수 없는 일이긴 하나 더욱 눈에 걸리는 것은 "해방"과 "불(弗)"의 대조는 너무 통속적이다.

박훈산(朴薰山)… 언어의 질서라는 것을 생각하며 읽어보았다. 그러나 이 시인의 비애는 잘 형상화되지 못하고 있다. '질서와 형상' 이것이야말로 현대시의 중요한 모멘트라고 하겠다. 그러므로 해서 이 작품이 우리에게 주고 있는 것은 곱게 화장한 여자의 외형 같은 것에 지나지 않으며 그가 무엇을 생각하고 체험해왔는지는 전연 알 수가 없다. 이 시인의 시작(詩作)의 역사는 그를 중견의 위치에 둔다. 허나 그의 작품이 언제나 완성을 피하고 있는 것은 표현의 자유를 얻지 못하고 있는 데 기인되는 것 같다. 여기서 말하는 자유는 에스프리의 문제이다. 무척 압축된 상태를 그리면서도 평이한 언어로 자신을 객관화시키려고 애를 썼다. 그러나 역시 다음에 오는 느낌은 요약해서 상기(上記)와 같은 것이다.

유정(柳呈)… 한때 이 시인은 사상으로 많은 편력의 세월을 보냈다. 그 때문에 우리들은 그의 작품을 접하지 못했고 그가 현재 어떠한 것에 사색의 정열을 기울이고 있는지 참으로 궁금했던 것이다. 그리하여 그는 우리에게 대한 응답의 한 방법으로 「아베 마리아」란 시를 제시해주었다. 나는 이 시를 조용하게 낭독을 하면서 속으로 눈물을 흘렸다면 독자는 어떻게 이 작품을 생각할 것인가? 여하간 고난과 신음의 시대를 벗어나 이 시인은 운명의 곤란을 막연할지 모르나 마리아에게 고백하고 있다. 사상적으로 전향한 서구의 시인들이 가톨릭교에 귀의하듯이 이 시에 넘쳐흐르고 있는 것은 정신적인 귀의의 고백이다. 우선 복잡을 순화시키고 마음의 뉘우침을 냉정히 표현했다. 그가 애태우며 그리워하던 모든 것이 사라지고 현재는 막막한 무형의 존재로 남아 있으나 마음의 구원만은 변함이 없고 즐겁다. 물론 형용에 있어 사고 이상의 쓸데없는 언어가 많다. 그리고 다소 감상적인 것을 면할 수 없다 하더라도 이 시인의 새로운 도정을 바라보고 축복하기 위하여 우리는 이 시를 다시 한번 읽어볼 필요가 있는 것이다.

정영태(鄭永泰)… 「잠을 위한 서곡」은 그의 근작으로서는 성공에 가까운 작품이다. 이 시인은 가장 현대적인 감각과 사고를 하고 있으나 아직 그에게는 표현상의 기술이 부족하다. 물론 그의 시를 위한 언어는 그 누구보다도 새롭고 인상적이다. 말하자면 언어의 투영이 아름답다. 그러나 시의 전부는 이러한 것이 결정짓지는 못하는 것이다. "뢴트겐 사진처럼 희끄무레한 황혼……"에서 시작하는 이 시는 상기(上記)한 어떤 애로(隘路)[11]적인 것을 제외하고서는 제법 현대적인 불안과 시인의 위치를 잘 나타내고 있다.

김상화(金相華)… 시에 있어서의 스타일을 자기적인 것으로 가지고 있는 몇 사람 안 되는 시인 중에 이 시인은 속한다. 그는 새타이어와 위트를 자랑한다. 그것이 무척 효과적으로 작품을 이끌고 간다. …… 그렇던 그가 요즘에 와서 더욱 새로운 것을 향해 과거의 작품에서 탈피하려고 할 때 그 과정기의 작품은 많은 곤경에 빠지기 쉬우며 자신도 모르는 언어와 씨름을 하게 되는 것이다. 시에 있어서의 보캐뷸러리는 마치 사진에 있어서의 '노출'과 같이 중요하다는 것을 부언하고 싶다.

김남조(金南祚) 씨의 「설목(雪木)」과 임하수(林河守) 씨의 「무덤 앞에서」는 신인의 작품으로는 괄목할 작품이다. 모두 잘 정리되어 있으며 그들이 무엇을 이야기(시에서 노래한다와는 별도로)하려는 의욕이 잘 그려져 있다.

×   ×

나는 끝으로 제1집과 제2집을 통독한 후에 결말적으로 느낀 것은 최근의 시인들이 과거와 결별하고 새로운 시대와 그 제상에 대하여 간단없이

---

11 애로 : 어떤 일을 하는 데 장애가 되는 것. 좁고 험한 길.

대결하는 데 애를 쓰고 있다는 점이며 전전(戰前. 6 · 25)의 시인보다도 그 후에 나타난 시인들의 작품이 훨씬 내용적으로 우수하다는 것이다. 이들에게는 오늘의 사회와 현실이 빚어내는 반향(反響)이 무엇이라는 것을 잘 체득하고 있는 것 같다. 시에 있어서의 새롭고 젊은 세대에 대한 영광을 동학(同學)하는 필자가 여기서 바치게 되었다는 것은 참으로 즐거운 일인 것이다.

(『시작』 제3집, 1954. 11. 20)

현대시의 변모

독자… 최근에 와서 우리들이 읽는 시의 형태와 내용이 그전보다 몹시 변모하고 있는데 이것은 시의 발전과 어떠한 관련이 있는 것입니까.

평론가… 원래 평론가는 시와 소설에 관해서 운위할 자격이 없습니다. 왜냐하면 평자의 식견과 독자성이 확연치 않으며 인간에게 있어서 그 개성과 소양이 항시 보편성을 지니고 있다고는 볼 수 없고 더욱 심한 자에 이르러서는 파당성(派黨性)과 개인 감정에 치우치는 일이 많으므로 결국 시가 어떠하다, 소설의 가치가 갑, 을이라고 단정한다는 것은 극히 위태로운 일이라고 믿는 것이 독자로서 현명한 일이며, 그러하므로 내가 앞으로 말하는 것 역시 극히 위태한 상태의 발언이라고 믿으시고 하나의 참고로서 들어주시면 감사하겠습니다. 요즘의 시는 물론 많은 변모를 했습니다. 정지용(鄭芝溶) 씨 이후에 거의 10여 년을 지속해온 자연 발생적인 사상과 스타일을 벗어나고 있는 것이 사실입니다. 그 현저한 예로서는 박목월(朴木月) 씨와 유치환(柳致環) 씨의 경과가 가장 단적인 사실이 되어 있고, 김광섭(金珖燮) 씨와 노천명(盧天命) 씨의 시가 새로운 양식으로 내용을 갖추고 있는 것은 『동경(憧憬)』이나 『창변(窓邊)』의 시집과 최근의 작품을 대조하면 손쉽게 판단할 수 있습니다. 더욱 말하자면 박목월 씨의 지난날의 시는 일본의 근대 서정파(抒情派)의 영향이 많았는데 그 당시는 그러한 영향도 좋았으나 민족적인 감정과 서정의 지배를 오늘에 와서 물리칠 수는 없을 것입니다. 하는 수 없이 그의 시는 많은 혁명을 일으켜야 하며 현대의 불안이나 절박감이 크게 반영되지 않을 수 없습니다. 이것은 시의 생명이며 숙명적인 과제이므로 과거의 형태에서 벗어나는 것만이 최후의 도정일 수밖에 없고 '오늘'은 이미 시에 있어서는 내일을 의미치 못할 것입니다. 그러나 시는 다른 예술보다 그 독자를 미래에 구하고 있는 까닭에 오늘이 영원한 내일이 되도록 애를 쓰기 위해서는 언제나 다시 머무를 수 없는 비약을 해야 할 것입니다. 그것은 행위로서의 창작이며 표현으로서의 새 정신이 요망됩니다. 한국의 문화적 체계에 있어 가장 진전되고 있는 것은 시의 상태이며 그것은 즉 현실에의 비판, 사회적 관심, 인간적인 내성(內省)이 시인에게 있어 조리 있게 처방되어간다는 것을 좌증(左證)하는 일입니다. 일제 시(時)의 시의 방법은 지금은 사멸되었습니다. 해방 후에 『청록집』과 같은 형태의 시는 이미 나타나지 않았고 6·25 이후 —— 격동과 분발(憤發)의 시기를 겪은 오늘의 시의 사유와 그전과는 많은 구분이 되어왔습니다. 구상(具常)의 「폐허에서」는 그의 전(前) 작품과는 완전히 이질적인 것이며, 유치환 씨의 「바닷가에 서서」는 인간을 객관화하고 시대의식을 잘 정리하고 있는 작품이기 때문에 형태와 내용이 불가피 변모하는 수밖에 어찌할 방도가 없습니다.

독자… 소위 모더니스트에 대한 비판은 그 원인이 어디 있으며 그들의 작품이 난해한 이유는 무엇입니까.

　　평론가… 내 자신 여기에 관해서 각별한 주의를 하고 있습니다. 최근 새로 시를 쓰는 대부분이 김기림(金起林) 씨와 이상(李箱) 씨의 영향이 많습니다. 저는 이분들이 지금 살아 있지 않는다고 해서 말하는 것이 아니며, 그분들의 업적에 지대한 존경을 표하는 한 사람이지만 이분들을 시대적으로 오늘에 있어서는 유물적(遺物的) 가치밖에 없다고 생각합니다. 단지 '신기(新奇)'와 '곡예'에 무한한 애착을 느끼었고 그 '신기'에는 정신과 행위가 동반되지 않았습니다.

　　'곡예' …… 이것은 몸부림에 불과했으며 의식으로서 우러난 것이 아니라 남들을 그저 웃기고 울리고 하려는 순간적인 기분이 만든 것이라고 하겠습니다. 이상 씨에는 한국적인 오리지널리티는 있었으나, 기림 씨는 외국 문학의 소개와 그들의 시의 스타일을 이식(移植)한 데 지나지 않습니다. 그 무렵과 같이 고집과 보수가 횡행하던 시대에 있어서 그들은 작은 혁명가이며 저항자라고 훌륭히 여기나 시의 가치는 오늘에서 보면 높은 것이 못됩니다. 기림 씨는 더욱이 시를 과학에 접근시키려고 애를 썼는데 시를 과학과 혼합시키고 과학이 시를 지배하는 듯 말한 것은 유치천만(幼稚千萬)이며 큰 착각입니다. 시는 과학이 있기 이전에 독자적이며 우위(優位)한 경지를 이루고 있었다는 것을 내가 여기에 말하지 않아도 여러분이 더 잘 알고 있을 것입니다. 이런 몇 가지 사태를 오늘의 세대가 좋아한다든가 영향을 받는다든가 해서는 곤란하며 기림과 이상에게 그 반역 정신만 본받으면 그것만으로서 훌륭합니다. 모더니스트라고 하면 반드시 트리스탕 차라, 폴 엘뤼아르, 앙드레 브르통을 중심으로 한 다다이즘이나 쉬르레알리슴의 운동을 지지하는 분도 있는데, 이것 역시 위태로운 일이며 그들이 한 자동기술법의 시대도 1936~9년을 전후하여 자연 소멸되고 말았습니다. 우리들은 전통과 정통을 구분하는 분간력(分間力)을 우선 체득하여야 하며 저는 정통을 택하는 한 사람입니다. T. S. 엘리엇 이후 뉴컨트리파의 운동과 에즈라 파운드나 D. H. 로렌스[1]가 바라다보고 분석한 현대의 제상(諸相)은 하나의 정통적인 세계관으로서 그 후에 많은 시인들에게 큰 영향을 주었습니다. 아직도 훌륭히 일하는 W. H. 오든, S. 스펜더, 죽은 딜런 토머스,[2] 이디스 시트웰[3] 등…… 현대의 정치와 사회의 심연에서 허덕이는 인간의 정신과 행위를 노래한 이들이 훨씬 오늘의 시인이 아닌가 생각합니다. 이에 반해서 최근의 모더니스트의 일부 시는 아직도 기림 씨나 이상 씨, 트리스탕 차라, 앙드레 브르통의 기교와 수법이 현대시의 새로운 형태인 줄 알고 자기들이 가지고 있는 훌륭한 사상과 언어를 도리어 그들과 교환하는 어리석은 일을 하고 있습니다. 그 때문에 혼란되고 자신의 질서가 부조리화되고 읽는 사람에게 큰 콤플렉스를 초래시킬 때가 많습니다. 물론 현대 시인으로서 이러한 과정은 누구나 한번은 경험하게 되는 법인데, 그런 경험으로서의 작품을 발표한다든가 발표해주는 편집자의 책임이 논의될 수도 있는 일입니다. 여하간 대부분의 신인이 이러한 결함에 있으면서도 감상주의에 빠지지 않고 냉철한 주지적인 작품을 목표로 하고 있다는 것은 현재의 비난이 앞으로의 찬사가 될 수 있는 일이며, 한국의 현대시가 더욱 진전해갈 수 있는 가능성을 내포하고 있다고 나는 생각합니다.

---

1 원본에는 'D. H.'로 표기됨.

2 Dylan Marlais Thomas(1914~1953) : 영국 시인. 시집 『18편의 시』 등.

3 Edith Sitwell(1887~1964) : 영국 시인. 시집 『광대들의 집』 등.

독자… 지난 1년간에 있어 문제 될 수 있는 시인은 어떠한 분입니까.

평론가… 1954년은 한국의 시단을 위해서 행운의 1년이라고 우선 말하고 싶으며 본지(『신태양』)의 문예란 특집에서 7월호 이후 매월 4, 5편의 시를 게재했다는 것은 우리로서는 경하해야 될 것입니다. 그리고 이설주(李雪舟) 씨와 김용호(金容浩) 씨가 공편(共編)한 『연간 시집(年刊詩集)』(1953년판), 『현대 시인 선집 · 상하권』, 『한국 애정 명시선』이 간행된 것과 김종길(金宗吉) 씨가 역편(譯編)한 『20세기 영(英)시집』은 우리 시단에 하나의 정리와 자극이 되었습니다. 그리 문제될 것은 못 되지만 60이 넘은 오상순(吳相淳) 씨가 그의 건재를 의미하는 수 편의 작품을 발표했습니다. 물론 관념주의와 자아에 가득 찬 작품이긴 하나 늙으면 시를 못 쓰는 우리나라 시인으로서는 독보적인 존재이며 프로패셔널적인 면을 따지면 그리 저급한 작품은 아닙니다. 김광섭, 모윤숙(毛允淑), 노천명 제씨의 활동도 즐거운 일입니다. 기중(其中) 노 여사는 시감적(時感的)이며 감상주의에 젖은 몇 편도 있었으나 "논개 치마에 불이 붙어"를 이야기한 「곡촉석루(哭矗石樓)」는 옛날의 면목을 일신하는 것이며, 김광섭 씨의 대부분의 작품이 성공된 리리시즘의 경지를 이루고 있는 것 역시 후진(後進)인 여러 시인에게 좋은 교시를 준 것이라고 보는 바입니다.

유치환, 박목월, 구상, 이경순 제씨들은 무척 시대 감각이 예민해진 작품을 발표했습니다. 구상의 허탈된 정신, 목월의 탈피 등은 그들을 좋아하고 모방하여온 여러 사람들에게 큰 경종이 될 것이며, 『청마시집』의 간행을 모멘트로 하여 유 씨는 새로운 세계를 발견하고 사색의 한계를 정하지 않을 수 없을 것입니다. 왜냐하면 그는 너무도 시사적인 주제를 택하였기 때문에 시가 생경한 채로 불완전한 소화를 한 일이 허다했습니다.

다음에 크게 문제 되는 것은 김차영 씨와 박태진(朴泰鎭) 씨입니다. 다른 분들은 이 두 사람에게 큰 관심을 두지 않고 있으나 그것은 너무 신인을 무시하는 행위이며 편견의 노출입니다. 김 씨와 박 씨의 시작(詩作)의 태도는 전연 다르지만 구극적(究極的)으로 도달하고 있는 시의 사념은 같은 것이며, 현대의 불안과 모순을 냉철한 이성으로 노래하고 자기 언어로써 표현한 이와 같은 시인은 별로 드물 것입니다. 지금 저에게 그분들의 관한 자료가 없어서 구체적으로 말할 수는 없으나 몇 편 안 되는 두 분의 시는 오래도록 미래에 독자를 가질 것입니다. 조병화 씨와 김춘수 씨의 작품은 언제나 천편일률적이면서도 그리고 통속적이면서도 '맛'이 있는 인생주의가 풍기고 있습니다. 『인간 고도(人間孤島)』는 조 시인의 절정이 되지 않을까? 생각하면서도 그의 신작 시를 대할 때마다 저는 차가운 미소를 띄우는 것은 그의 시에 페이소스가 있는 때문입니다. "고독하다……외롭다"는 그의 전용어(專用語)가 많이 나오는 것은 결코 그가 고독하지도 않고 외롭지도 않다는 반증이며, 진실로 그러한 사람은 마음속에 간직해 주는 것이라고 봅니다.

이상로(李相魯) 씨, 전봉건(全鳳健) 씨는 다른 각도에서 현대를 고찰하고 있기는 하나 자신의 것으로 소화되지 못하고 있는 것이 불만입니다. 더욱이 전 시인은 너무 객관적으로 통찰하고 있기 때문에 외국시를 번역해서 읽는 기분이 생기는 것은 저의 이해력이 부족한 탓이라고 돌려도 좋습니다. 김규동 씨, 이활(李活) 씨는 다른 기회에 미루기로 하고, 시집 『서정의 유형(流刑)』의 신동집 씨의 절망감은 하나의 신풍(新風)이 되겠습니다. 부산에서 발행된 『현대문학』에 조향(趙鄕), 노영란(盧映蘭), 장현(章鉉), 정영태 제씨가 모두 우수한 작품을 발표했습니다.

「어느 날의 MENU」(조), 「로타리의 어느 날」(노)은 현대시의 대표작들이며 그의 표현의 기법은 놀라운 것이 있습니다. 지난 1년 동안을 회고하는 다른 사람들의 시감(時感)의 김경린 씨와 박인환 씨를 드러낸 사람이 있는데, 사실 이 두 사람은 별로 훌륭하고 가치 있는 작품을 발견치 못했으며 평가가 얼마나 잠재의식적이라는 것을 말하는 태만(怠慢)된 일입니다.

끝으로 고원(高遠) 씨가 주재하는 순시지(純詩誌) 『시작』이 3집까지 나온 것과 『현대예술』지가 3집에 걸쳐 신인들의 작품을 소개한 것은 시가 새로운 세대로 그중 극적[4]인 역할을 전환하고 있다는 데서 의의 있는 일이며, 김종문(金宗文) 씨가 T. S. 엘리엇의 『시와 극(劇)』, 칼 샤피로[5]의 『나의 약설(約說)』을 번역한 것 역시 우리가 축원해야 될 일입니다.

(『신태양』, 1955. 2. 1)

---

4 원본에는 '그 中劇的' 으로 표기됨.

5 Karl Jay Shapiro(1913~2000) : 미국의 시인, 비평가. 제2차 세계대전 중 전투에 참가.
    시집 『유대인의 시』 『백발의 연인』 『사람과 장소와 물건』 『군사우편』 등.

고전 『홍루몽(紅樓夢)』의 수난

― 작품을 둘러싼 사상의 대립

(상)

지나간 수개월 동안 모택동 치하의 적색 중국에서는 널리 알려져 있는 고전소설 『홍루몽』의 평가를 둘러싸고 격렬한 '사상 투쟁'이 전개되어 문화계에 일대 파문을 야기시키고 있다. 처음에 『홍루몽』 학자 유평백(俞平伯)[1]을 지탄하였으나, 목표는 일전하여 대만과 미국을 왕래하고 있는 문학 혁명의 선구자 호적(胡適)[2] 박사에게 화살이 옮겨져 "20년 동안 학술 사상지를 이끌고 온 호적파의 부르주아 관념론을 매장하자"라는 소리에 집약

---

1 위펑보(1900~1990) : 중국의 시인 겸 문예비평가. 작품 『홍루몽』으로 '홍루몽 논쟁'이라는 사상운동이 일어남.

2 후스(1891~1962) : 중국의 사상가, 교육가. 베이징대학교 교수로 실용주의 보급에 힘썼다. 1948년 중국 본토에 공산당 정부가 수립되자 미국으로 망명했다가 대만으로 돌아가 국민당 정부 부총통 등 역임. 1954년 이후 중국에서 그를 관념적 부르주아 사상가로 비판하는 운동이 일어났다. 주요 저서로 『중국 철학사 대강(大綱)』 등.

되었다.

거의 300년 동안이나 중국을 비롯하여 우리나라 및 일본에까지도 많은 독자의 심금을 감동시킨 동양의 대표적 고전『홍루몽』이 공산 치하의 중국에서 탄압받게 되었다는 것은 참으로 놀라운 일이며, 유평백과 호적과 같은 훌륭한 자유주의 학자에 대해서까지 비난의 화살을 그들이 내던졌다는 것은 공산주의의 새로운 반동이며, 중국의 오랜 민족적 사상을 말살하고 전체주의적인 사상으로 전환하려는 포악한 정책이라고 대외적으로도 큰 반향을 일으키고 있는 것이다. 앞으로 소개코자 하는 것은 중공에 있어서의『홍루몽』연구 비판의 일단이며 그 수난의 기록이다.

『홍루몽』은 중국의 유명한 장편소설로서 지금으로부터 약 290년 전 청조(淸朝)의 성세(盛世) 건륭(乾隆)[3] 연간에 조설근(曹雪芹)[4]이 80회까지 쓰고 그 후 40회분을 고악(高鶚)[5]이 썼다고 한다. 가보옥(賈寶玉)이라고 하는 귀족의 공자와 그를 둘러싼 열두 명의 미녀가 대관원(大觀圓)을 배경으로 전개되는 화려하고도 애처로운 그 이야기는『삼국지』와 아울러 가장 훌륭한 소설로 널리 알려졌다. 문장이 살아 있는 구어체였기 때문에 다른 문어의 소설보다도 훨씬 보급의 도가 높았고, 글자를 아는 사람이면 누구나 즐거이 이것을 읽고 소설을 단순한 부녀자의 오락품으로만 생각했던 남

3　건륭 : 청나라 고종 건륭제의 연호로 1736년부터 1795년까지 쓰임. 성세한 건륭제의 시대를 끝으로 청나라는 쇠퇴하기 시작했다.

4　조설근(1715?~1763?) : 어렸을 때는 부유했으나 청나라 5대 황제인 옹정제(雍正帝) 때 부친의 재산이 몰수되어 가난하게 살았다.『홍루몽』을 비롯한 작품들은 그가 세상을 뜬 뒤 알려졌다.

5　고악(1738?~1815?) : 건륭제 때 내각중서(內閣中書) 등의 관직 생활. 주요 저서『고난서집(高蘭墅集)』『난서시초(蘭墅詩鈔)』등.『홍루몽』후반부 40회 속찬함.

자들 사이에서도 "이야기를 할 때 홍루몽의 말을 하지 않으면 암만 시서(詩書)를 읽었어도 마음이 풀리지 않는다."고 말이 되어왔다.

또한 일반 서민 대중의 속에도 극이나 얘기책으로 되어 많은 애호를 받았다.

따라서 이 소설에 관한 고기(考記)도 옛날부터 많아져 '홍학(紅學)'이라는 학문까지 성립되었을 정도였는데, 중화민국 초년의 문학혁명 시대에 호적 박사가 미국에서 배운 실기주의(實記主義)의 입장에서 새로운 조명을 비추어 『홍루몽 고기』를 저술하고, 연정소설로서만 취급되어왔던 이 소설을 작자 조설근이 자신의 일신상의 일을 묘사한 훌륭한 사실(寫實) 소설로서 여기에 '신홍학'을 수립했던 것이다.

유평백은 이 호적의 사상에 크게 영향을 입은 사람이다. 청(淸) 말(末)의 대학자 유곡원(俞曲園)(소주(蘇州)의 한산사(寒山寺)의 유명한 풍교야박(楓橋夜泊)[6]의 시비를 쓴 필자)의 손자이며 시인 산문가로서도 일가를 이루고 있는데, 『홍루몽』에 관해서는 지금으로부터 32년 전인 1923년에 『홍루몽변(辨)』을 저술하고 있다.

연경, 북경, 청화의 각 대학의 교수를 역임, 중일전쟁 때에도 북경에 남아 대일협력을 거부해왔고 해방 후엔 모택동 정권에 끌려서 지금은 북경대학 부속의 문학연구소에 있어서 고전을 연구하고 있다.

50년 말에는 구저를 증보 수정하여 『홍루몽 연구』를 출판했는데 호적 박사가 문학에서 떠난 이후 중국 최고의 홍루몽 학자로서 자타가 인정하

---

6 「풍교야박(楓橋夜泊)」: 당나라의 장계(張繼) 시인이 쓴 작품. '풍교에 정박하다'란 의미. '풍교'는 한산사 부근에 있는 다리 이름. 시의 내용은 "月落烏啼霜滿天/江楓漁火對愁眠/姑蘇城外寒山寺/夜半鐘聲到客船". 달은 지고 까마귀 울고 하늘 가득 서리 내리는 늦가을의 정경과 나그네의 여수를 그리고 있다.

고 있는 그는 요즈음 여러 신문 잡지에『홍루몽』에 관한 글을 많이 썼다.
『신건설』이란 잡지의 3월호에 발표된「홍루몽론」은 그 대표적인 저작이
었다.

×　　　　×

　그런데 이 최고 권위자에 화살을 쏜 반역자가 나타났다. 지난해 가을
『문예보』 18호에「홍루몽 간론(簡論) 그 외에 관해서」라고 제(題)한 논문
이 게재되었다. 서명한 자는 이희범(李希凡)과 남령(藍翎)이며 원래 이것은
산동대학의『문사철 월간』에 전재된 것으로 유평백의 연구를 정면으로부
터 비판한 것이다.

(중)

　필자들에 의하면『홍루몽』이라는 소설은 가보옥과 임대옥(林黛玉)의 연
애 비극을 통해서 봉건 통치계급의 더러운 내막 ― 잔인하며 위선을 표
현한 것으로서 현실에 대한 작자의 격렬한 분노가 나타나 있다. 그런데
유평백은 이러한 작자의 의도를 완전히 무시하고『홍루몽』의 좋은 점은
『수호전(水滸傳)』이 너무 사회에 대해서 분노하고 있는 데 비하여 "노하고
있으나 미워하지 않는다"는 온아한 풍격을 갖고 있는 점이라고 하고, 또
한 작품에 나타나는 인물들은 두 작자의 색즉시공의 관념을 구체화하고
있는 것이라는 것은 완전한 부르주아 관념론이라는 것이 그 논지이다. 이
두 사람은 다시『광명일보』에 유평백을 비난한 글을 발표했다.
　이것에 대하여『인민일보』에는 종락(鍾洛)이란 자가「『홍루몽』연구의

잘못된 관념에 대한 비판을 주요시하자」라고 제하여 유(兪)의 홍루몽관은 호적의 실증주의 철학의 영향하에서 생긴 것이며, 두 사람의 신진의 비판은 "30여 년래 고전문학 연구 분야 있는 호적파의 부르주아적 입장과 관점 방법에 대해서 내던진 귀중한 제1탄"이라고 칭찬한다.

✕   ✕

또 그 후 수일 후의 『인민일보』에는 시인 원수박(袁水拍)이 「문예보의 편자에게 질문한다」라고 제하여, 『문예보』는 이·남의 본문을 전재하는 데 있어서 편자의 소개문을 쓰고 "필자들의 의견은 아직 주도하지는 못하나"라고 한 것과, 동 지가 그것에 유평백의 『홍루몽 연구』를 양서로서 소개한 것은, 호적파의 부르주아 사상에 사로잡혀 권위주의에 빠진 증좌라고 규탄했다.

『문예보』는 곧 이 질문서를 전재하는 동시에 주간 풍설봉(馮雪峰)(노신(魯迅)과도 친근했던 지도적 문예비평가)이 자기의 발설문을 쓰고 "자기는 오늘까지 호적파의 부르주아 관념론식 관점이 고전문학 연구의 영역에 침범하여 마르크스 레닌주의 관념 및 방법의 발전과 승리를 초래하고 있다는 것을 전연 몰랐다"라고 고백하여 아주 머리를 숙이고 말았다.

물론 이것으로서 문제가 수습된 것이 아니라 더욱 확대되었다.

지난해 10월 말부터 『인민일보』를 위시한 각 신문과 잡지는 매일처럼 『홍루몽』에 관한 문학자의 의견을 게재하고 한편 각 대학 문화단체에서는 토론회를 열고 이른바 검토를 했다.

10월 24일에 개최된 중공작가협회 고전문학부의 토론회에서는 유평백의 조수를 하고 있는 왕패장(王佩璋)이라는 여자가 최근 유평백의 이름으로 쓴 『홍루몽』관계의 본문 중에는 자기가 쓴 것이 있다고 고백하는 등 허위적인 일막이 벌어졌었는데, 이것에 관련하여 12월 8일의 『성도일보』(향항(香港)⁷에서 발행되는 국부계(國府系)⁸ 신문)은 「유평백 청산의 내막」이라고 제하고 이번 사건은 정진탁(鄭振鐸)을 중심으로 하는 47명의 작가출판사의 그룹이 유평백을 숙청시키기 위하여 꾸며낸 연극이며, 왕패장⁹ 여사는 공산당원은 아니나 신민주주의 청년단원이며 북경대학을 졸업한 후 유의 사상을 조사하고 행동을 감시하기 위하여 조수로서 파견된 것이다. 작가 출판사에서 발행된 『홍루몽』의 신판이 개편된 것이 많은 것을 지적했기 때문에 유와 함께 함정에 빠진 것이라고 자세한 것을 전하고 있다.

(하)

소위 토론회 중에서도 가장 대규모적이었던 것은 문련 주석단¹⁰과 작가 협회 주석단과의 합동토론회이며, 지난해 10월 31일부터 12월 8일까지 사이에 8회에 걸쳐 개최되었으며, 곽말약(郭沫若)¹¹을 비롯하여 노사(老舍)¹²,

---

7 향항 : 홍콩(Hong Kong).

8 국부 : 1925년 중국 국민당이 광저우(廣州)에 수립한 중화민국 정부. 국민 정부(國民政府).

9 원본에는 '평패장'으로 표기됨.

10 文聯 主席團 : '문련'은 '중국 문학 예술계 연합회'의 준말. '주석단'은 대회나 회의 따위에서 그 사업을 지도하고 집행하기 위해 구성하는 지도자들의 집단.

11 궈모뤄(1892~1978) : 중국의 시인, 극작가, 사학자. 주요 시집 『여신(女神)』 『별하늘』, 연구서 『중국 고대사회 연구』 등.

12 라오서(1899~1966) : 중국의 작가. 주요 소설집 『낙타상자(駱駝祥子)』 『사세동당(四世同堂)』 등.

정령(丁玲)[13], 모순(茅盾)[14] 등 그들의 저명한 문학자가 전부 출석하고 12월 8일의 회에서 대체의 결론을 내렸다.

이날 곽말약은 '우리들의 잘못을 시정하기 위하여' 당연히 부르주아 관념론에 대한 사상투쟁을 전개할 것, 광범한 학술상의 자유 토론을 전개하여 건설적 비판을 내릴 것, 되도록 신인의 역량을 양육하자라는 '3점(點)의 건의'를 하고서, 제2점에 대해서 서로 다른 의견이 있어도 아직까지 충분한 토론이 이루어지지 못했다는 것을 지적하고 그 원인은 우리들 속에는 권위에 굴종하지 못하는 마음이 있다, 마르크스주의를 배운 지 얼마되지 않으나 자기의 의견을 충분히 말할 필요가 있다고 했다. 이 발언은 지금까지 나타난 일련의 의견과 대조하여 볼 때 극히 암시적인 것이며, 문학 이론 전반을 정치와 압력에 의하여 공산주의적 방향으로 끌고 가려는 그들의 흉계가 잘 표시되고도 남음이 있다.

더욱 부언하고 싶은 것은 이 토론회에 유평백도 출석하여 발언도 하였다 한다.

× ×

여하간 이러한 중국 공산주의자의 『홍루몽』에 대한 비판은 자유주의적 사상으로 볼 때 극히 어리석은 해석이며 그 작품에 대한 큰 모욕이라고 할 수밖에 없다. 호적 박사는 오늘날의 자유 중국의 가장 대표적인 문학

---

13 딩링(1904~1986) : 중국의 여류작가. 주요 소설집 『태양은 쌍간강에서 빛난다[太陽 照在桑干河上]』 등.

14 마오둔(1896~1981) : 중국의 소설가, 평론가. 주요 소설집 『임상점(林商店)』 등.

자인 동시 사상가이며 그의 사상의 흐름을 많이 받은 유평백의『홍루몽』
연구도 훌륭한 것이다. 공산주의자들은『홍루몽』을 중심으로 한 자유 토
론의 공기(空氣)를 많이 양성해놓고 그것에 의하여 공산주의 사상을 국민
에게 널리 보급시키려는 목적을 가지고 있다는 것은 틀림없는 일이다.

(『자유신문』, 1955. 3. 18~20)

학생 현상 문예 작품 선후감(選後感)

대체로 만족

대학, 고등학교의 응모 작품을 보면서 나는 즐거웠다. 우선 시를 구상하고 쓰는 정신이 순수하다는 것이다. 허지만 몹시 힘든 일은 습작기의 작품에서 우열을 분간한다는 일이다. 대체적으로 대학생의 작품보다 고교생의 작품이 좋았다는 것은 그들이 아직 혼탁되어 있지 않으며 사물의 관찰과 사고의 방식이 '자기의 것'으로 되어 있는 까닭 같다. 그중에서도 이영순(李英順) 양의 「어린 시인에게」는 미숙한 수사적인 것을 제외하고서는 내 마음에 꼭 들었다.

우선 부드럽고 묘사가 섬세하고 시의 근저[1]에 흐르는 감정이 곱다. 그래서 나는 이것을 서슴없이 특선으로 했다.

다음 가작으로는 이희철(李禧哲)의 「항구에서」, 이중한(李重漢)의 「가로(街路) (3)」, 이제하(李祭夏)의 「꽃」을 드렸다. 물론 「어린 시인에게」 비해

1　원본에는 '근정'으로 표기됨.

서 손색이 없는 작품이긴 하나 부분적으로 표현에 있어서나 이미지에 있어서 결함이 있는 것이다.

이외에도 손세일(孫世一)의 「기도의 장(章)」, 유창렬(柳昌烈)의 「묘(猫)」, 오석봉(吳錫逢)의 「하나의 손실」, 장윤우(張潤宇), 이경순(李京淳)의 작품도 선정에 있어서 나를 괴롭힌 것이긴 하나 좀 더 앞으로 노력해줄 것을 바라는 바이다.

(『신태양』, 1955. 8. 1)

『선시집(選詩集)』

후기

나는 10여 년 동안 시를 써왔다. 이 세대는 세계사가 그러한 것과 같이 참으로 기묘한 불안정한 연대였다. 그것은 내가 이 세상에 태어나고 성장해온 그 어떠한 시대보다 혼란하였으며 정신적으로 고통을 준 것이었다.

시를 쓴다는 것은 내가 사회를 살아가는 데 있어서 가장 지지할 수 있는 마지막 것이었다. 나는 지도자도 아니며 정치가도 아닌 것을 잘 알면서 사회와 싸웠다.

신조치고 동요되지 아니한 것이 없고 공인되어온 교리치고 마침내 결함을 노정하지 아니한 것이 없고 또 용인된 전통치고 위태에 임하지 아니한 것이 없는 것처럼 나의 시의 모든 작용도 이 10년 동안에 여러 가지로 변하였으나 본질적인 시에 대한 정조와 신념만을 무척 지켜온 것으로 생각한다.

처음 이 시집은 『검은 준열의 시대』라고 제(題)하려고 했던 것을 지금과 같이 고치고 4부로 나누었다. 집필 연월순(順)도 발표순(順)도 아니며 단지

서로의 시가 가지는 연관성과 나의 구분해보려는 습성에서 온 것인데 도리어 독자에게는 쓸데없는 일을 한 것 같다.

여하튼 나는 우리가 걸어온 길과 갈 길 그리고 우리들 자신의 분열한 정신을 우리가 사는 현실사회에서 어떻게 나타내 보이며 순수한 본능과 체험을 통해 본 불안과 희망의 두 세계에서 어떠한 것을 써야 하는가를 항상 생각하면서 여기에 실은 작품들을 발표했었다.

끝으로 뜻깊은 조국의 해방을 10주년째 맞이하는 가을날 부완혁(夫琓爀) 선생과 이형우(李亨雨) 씨의 힘으로 나의 최초의 선(選)시집을 간행하게 된 것을 감사하는 바이다.

1955년 9월 30일

저자

(『선시집』, 산호장, 1955. 10. 15)

시에 대한 몇 가지 생각
— 『사랑이 가기 전에』와 『동토(童土)』에서

(상)

　나는 최근 박청허(朴聽虛) 씨의 시집 『동토(童土)』와 조병화 씨의 제5시집 『사랑이 가기 전에』를 읽었다. 이 두 시인은 나와 일상에 있어서도 친근한 사이며 술좌석에서도 여러 번 어울린 바도 있기 때문에 시집을 읽기 전에 그 인간과 태도를 잘 아는 사이다. 이것이 무척 시를 읽는 데 도움이 된다는 것은 비단 이 두 분에만 한정할 것은 아니겠으나 여하간 시의 바탕이라고 할 수 있는 것을 나는 잘 안 것이 이번엔 큰 도움이 되었다. 요즈음 시에 대해서 많은 논평이 가해지고 있다. 생각하는 시, 생각하지 않고 읊는 시, 자연 발생적인 시, 과학을 기초로 하고 쓴 시, 무시학적(無詩學的)인 시, 비역사적인 시. 그러나 그 어떠한 것이 좋고 나쁘다는 것을 말하기 전에 나는 시에 있어서의 성실과 체험이 중요할 것이며 시를 쓰는 스타일적(的) 부문이 다르다 하고 비난하기보다도 그 시인이 처해 있는 정신적 환경이나 생활 의식을 좀 더 존중해주었으면 원하는 바이다. 그 하나의 실례로서 우리는 김소월(金素月)이나 한하운(韓何雲)의 시가 좋다고 말한다. 생각하는 시도 아니며 자연 발생적이고 참으로 무시학적인 작품들임에도 불구하고 왜 좋아하는가? 한 사람은 죽었으니까, 그리고 또 한 사람은 불치의 병에 걸렸기 때문이라고 말할 수 있는 사람은 결코 없을 것이다. 내가 생각하기에는 어느 시대나 어느 계급에 사는 사람에게도 시로써 호소할 수 있는 것은 그 시가 가지는 이미지나 일루전[1]이 중요하며 기교에 있어서는 직유, 은유, 의인법, 형용사들이 많은 작용을 한다. 그리고 우리들이 되도록 시에 희망할 것은 시가 사회와 현실에서 격리되어가지 않도록, 또한 상아탑적인 경지에 너무 머무르지 말고 그 주제를 개인보다도 넓은 것으로 바꿔줄 것 등이다. 결국 시에 대한 판단은 어떠한 부문에 국한할 수는 없는 것이며, C. D. 루이스의 말을 빌리자면 좋은 시란 실제 인생이 잘 알고 있는 가까운 측에서 잘 알지 못하는 측에 걸린 다리와 같은 것이다.

먼저 『동토』를 읽고 나서 나는 이 시인도 무척 고독한 인간이라는 것을 느끼는 동시 시에 있어서 언어를 제대로 구사하고 있는 데 놀랐다. 고독한 인간의 언어, 우리들은 이것이야말로 시라고 말하여야만 되는가? 나는 여기에 대해 솔직히 동의는 못 하지마는 역시 고독이라는 순간은 시에 있어서 그리 쉽게 감추어지지는 못하는 모양이다.

이 시인은 자기가 가지는 유달리 창의적인 언어는 없지만 무척 세련되고 우리의 생활에서 보편화되고 있는 말을 그때그때 적합하게 쓰고 있으며 그것이 고운 감각적 정서의 세계를 구조(構造)하고 있다. 한 구절 인용하면

---

1 illusion : 환상. 가상.

등불이 없는 곳에서 앙상한 가지를 펴고 밤을 스며 넣는다
발을 멈추고 비스듬히 등 대어 보면 체온이 밤과 같이 차다

(「가로수」에서)

이고 그 인간을 아는 나로서는 그 정서적 감흥이 무척 '순백하고 고운 것'에서 우러나오고 있다는 것이다. 시를 쓴다는 것은 이 불안한 조류 속에서 절망의 도주가 못마땅하여 펜 끝에 자세를 바로 갖추어본다는 것이라고 이 시인은 말하고 있으나, 도리어 시풍이나 표현에 있어서는 의식적으로 절망하고 있는 데가 많다. 결코 시인은 지도자나 네거리에 선 교통순경은 되지 못한다. 나는 시란 모순의 확대일 경우도 있지 않은가 하고 생각한다. 너무도 의식이 정상적이고 이해에 빠르면 그 시는 수신책(修身冊)의 문장이 될 것이며 읽는 자가 몹시 권태로울 것이다. 한 권의 몇 편 안 되는 시를 읽고 그 시인이 무엇을 생각하고 있고 앞으로 어떠한 방향으로 나갈 것이라고 나는 속단할 수 없으나, 이 시인의 본연의 모습은 여기에 여실히 나타나고 있다.

(하)

그는 혼자 흐느껴 울기도 하고, 깊은 사념에 빠지기도 하고, 또한 공포 관념에 사로잡히기도 했다. 인간을 그린다……. 인간은 사회에 살고 있으며 인간은 절망과 대결하고 있다고 누구나 잘 알면서도 그것을 솔직히 시로서 대치시키라면 못 하고 마는 것인데, 이 시인은 자기의 지나간 성실한 체험과 정서적 에스프리로서 대체적으로 가다듬고 표현하고 있다.

조병화 씨의 『사랑이 가기 전에』. 그가 나에게 시집을 보낼 때 그는 다

음과 같은 말을 적어주었다. "한 사람의 벗도 없이 쓰러진다는 것은 대단히 고독한 것이다."…… 그는 어느 시인보다도 고독하다. 그리고 그는 외롭다는 것을 자랑스럽게 말한다. 그러나 그는 꾸준히 시를 써왔고 시를 쓰는 것만이 그의 고독을 풀어주는 열쇠인 것이다. 이 시집은 인간으로서의 그를 가장 단적으로 말하고 있으며, 노래하는 시가 될 것이며, 사랑하는 사람만이 지닐 수 있는 불행한 시가 될 것이며, 우리나라에 있어 현대인으로 완성한 최초의 연애시라고 할 수가 있다. 그의 이 시집에는 좀 더 많은 주석이 있어야 하겠지만, 그는 '여숙(旅宿)'이라든가 '막간(幕間)의 자리'라는 몇 마디로서 끝장을 이루고 있다.

이 시인은 요즘 세간에 유명해졌다. 시를 쓴 역사가 그리 오래되지 않았음에도 불구하고 널리 읽히고 또한 아직도 건전하다면 거기에 어떤 다른 본질적인 요소가 있을 것이다. 내가 보기에 그는 몇 가지 것을 가지고 있는 것 같다. 먼저 인간과 그들의 지성이 찾고 있는 향수 — 물론 정신면에서 — 와 고갈된 우리의 의식이 찾는 페시미즘을 잘 자기 것으로 소화하고 있는 것이 아닐까? 역시 시인에게서 압제할 수 없는 것은 향수와 페시미즘이며 결코 우리는 이것을 배격할 수는 없을 것이다. 그는 현대인으로서는 지나치게 절망하고 울고 회상하기 때문에 또한 많은 비난도 받지만, 그것이 자기가 시나 문학과 대결하는 마지막 것이라면 우리는 여기서 그의 선의의 인생과 세계를 찾아주는 것이 옳은 일일 것이다.

불행을 노래한, 아니 사람을 노래한 시집 속의 몇 편의 시, 그중에서도 나에게 깊은 공감을 주는 것은 「가을은 당신과 나의 계절」 「내 마음 깊은 곳에」 「마침내 깊은 안개가 개이듯이」 등이며 옛날 처음 시를 읽을 때 읽던 사람들의 것과 같았다. 하지만 이 시인이 자기의 절정이라고 이름 붙인 만큼 여기에는 생명이 크게 흘러야 하겠고 좀 더 신선한 감각도 있어야 한다는 것을 나는 말하고 싶다. 좀 더 구상화하면 우리들은 라이너 마리아 릴케, 프랑시스 잠[2]의 노래를 귀에 오래 담았기 때문에 같은 사랑의 시, 쓸쓸한 시일 경우 이 시인은 좀 더 관념에서 벗어난 오리지널리티한 것을 체득했으면 좋겠다.

  그저 어필을 위한 시의 시대는 시를 발전시키기 곤란하며 더욱 개인의 의식 강매(強買)는 문학의 보편화에 있어 위험한 일이다. 끝으로 아마 이 시집은 이 시인을 새로운 전환기로 이끌 것이며, 시인을 부드럽고 원만한 상태에서 다시 출발시키는 모멘트가 될 줄로 믿는다. 여러 가지 견지에서 주목할 시집임에는 틀림이 없다.

(『조선일보』, 1955. 11. 28~29)

---

2 Francis Jammes(1868~1938) : 프랑스의 시인, 소설가, 극작가, 비평가. 주요 시집 『새벽의 삼종기도에서 저녁의 삼종기도까지』 등.

해외 문학의 새 동향

1. 아메리카 문학

아메리카 문학은 하나의 유행성과 시사성에 허덕인다 해도 과언이 아니다.

최근에 문제되고 있는 작가는 제임스 A. 미치너[1]다. 그는 작년 말로부터 최근에 이르기까지 한국에 머물렀고, 그는 그의 최근작 『도고리의 다리』[2]에 뒤이어 다음 작품의 소재들 역시 한국과 일본에서 얻고자 하는 모양이다. 출세작 『남태평양 이야기』가 그러한 것처럼 그가 르포르타주 형식을 삽입하여 쓴 『도고리의 다리』는 한국에 있어서의 어떤 비행사의 폭격과 그의 죽음이 주제이다.

---

1 James Albert Michener(1907~1997) : 미국의 소설가. 주요 소설집 『남태평양 이야기』 『하와이』 『이베리아』 등. 베스트셀러 작가로서 오랜 기간 1억 달러 이상을 각급 학교와 자선 단체에 기부함.
2 *The Bridges At Toko-Ri*. 1954년 마크 로브슨 감독이 영화 〈원한의 도곡리 다리〉를 만들기도 함.

풀리처상을 받은 미치너는 대개의 문학자와 다름없이 현지를 편력(遍歷)하고[3] 실제로 제트기, 전차, 항공모함 같은 것을 타보고 하였으나, 이런 것은 외면적인 체험과 고생에 지나지 않을 뿐 작품의 내면성에까지는 그 심각성을 묘사 못 시키고 있다.

이러한 것은 공통된 아메리카 문학의 약점이며 그들의 유행성과 통속적인 문학의 관념에서 영향 받고 있는 것이다.

더욱이 『도고리』에서 우리의 주목을 끌게 하는 것은 브르베카라는 해군 대위의 생활적인 의견…… 즉 다른 아메리카인은 국내에서 자기들이 이익이나 영예를 위한 생활을 하고 있는데, 왜 우리들만이 이런 구속의 벽지(僻地)에서 싸워야 하는 것이냐는 것이다. 그는 해군을 미워하고 전쟁을 증오하고 있다.

이와 같은 경향이라고 할 수 없으나 허먼 워크[4]의 『케인호의 반란』[5]도 최근의 아메리카 문학의 중요한 작품의 하나다. 노후선(船) 케인호에 근무한 해군 사병이 복무 규정에 의하여 정신이상이란 이유로 함장에게 반란하는 것을 묘사하고 있는데, 여기서는 전쟁에 참가하고 있는 장교와 병사의 심리 변화가 워크의 필치로 여실히 나타나고 있다. 이것을 미치너와는 다른 각도의 내면적 가치를 가지고 있다. 제임스 존스[6]의 『지상에서 더욱 영

---

3 편력하다 : 널리 돌아다니다. 여러 경험을 하다. 원본에는 '偏歷'으로 표기됨.

4 Herman Wouk(1915~2019) : 미국의 소설가. 1952년 『케인 호의 반란』으로 풀리처상 수상. 주요 소설집 『전쟁의 폭풍』 『전쟁과 추억』 등.

5 *The Caine Mutiny*. 1954년 에드워드 드미트릭 감독이 영화 〈케인호의 반란〉을 만들기도 함.

6 James Jones(1921~1977) : 미국의 소설가. 주요 작품 『지상에서 영원으로』 『피스톨』 『휘파람』 등.

원히』[7]는 전쟁소설이라기보다 군대 생활의 이면을 그린 베스트셀러다.

제2차대전이 일어난 일본군의 진주만 폭격 전야까지의 하와이 주둔 미국 병영에 있어서 비인간적인 병사들의 생활과 반항심을 존스는 냉혹할 정도로 작품으로 표현하고 있다. 이것은 현대 아메리카 문학이 궁극적으로도 도달한 현대 문명의 비판에 착안하고 있는 것이라 하겠다.

E. 헤밍웨이[8]는 『바다와 노인』(이미 한국에도 소개됨) 후에는 별로 작품을 발표하지 않고 그의 최대의 장편을 쓰기 위해서 남아[9]에 머물고 있다. 존 스타인벡[10] 역시 『이스트 오브 에덴』[11] 후에는 침묵이다. 금년에 들어 계속하여 로이드 더글러스[12]의 『성의(聖衣)』[13]가 많은 독자에게 읽혀지고 있으나, 이것은 전연 문학적인 의도는 없다.

2. 영문학

영국 문학은 아메리카 문학과 같은 안이성과 대중성은 없으나 그들의

---

7 *From Here to Eternity*. 1953년 프레드 진네만 감독이 영화 〈지상에서 영원으로〉를 만들기도 함.

8 Ernest Hemingway(1899~1961) : 미국의 소설가. 주요 소설집 『노인과 바다』 『태양은 다시 떠오른다』 『킬리만자로의 눈』 『무기여 잘 있거라』 등.

9 남아프리카(아프리카 남부)를 의미하는 듯. 앙골라, 나미비아, 보츠와나, 짐바브웨, 잠비아, 모잠비크, 에스와티니, 말라위, 남아프리카공화국, 레소토, 마다가스카르, 모리셔스 등의 나라가 포함됨.

10 John Ernst Steinbeck(1902~1968) : 미국의 소설가. 주요 소설집 『분노의 포도』 『에덴의 동쪽』 『진주』 등.

11 *East of Eden*. 1955년 엘리아 카잔이 영화 〈에덴의 동쪽〉을 만들기도 함.

12 Lloyd C. Douglas(1877~1951) : 미국의 소설가. 주요 소설집 『성의』 『마음의 등불』 등.

13 *THE ROBE*. 1953년에 헨리 코스터 감독이 영화 〈성의〉를 만들기도 함.

오랜 풍토의 전통이 주는 큰 영향을 받았다. 그레이엄 그린의 전 작품은, 심리주의의 근대주의 이후의 영국 문학사상 큰 위치를 차지하는 것이며, 그린은 인간이 처하고 있는 복잡한 현대에서 그 최후적인 가치와 영속성을 죽음의 세계에서 발견하려고 한다. 제임스 힐튼[14]은 12책의 장편을 발표하였는데, 이것은 어떤 외교관의 생애를 그린 『여러 번 시대가 흐르는데』[15]이며 그는 기록의 형식으로 인생의 애환과 정서의 세계를 유창한 필치로 쓰고 있다. 조이스 캐리,[16] 에벌린 워[17] 등도 몇 개의 작품을 발표했으나, 그리 중요치는 못했으며 단지 나이젤 발친[18]의 『채권자』가 새로운 문학으로 주목된다. 과학자의 정신 의사의 결말에 있어서의 비극과 환멸을 그린 이 작품은 인간의 행위를 통하여 본 성격과 심리의 갈등이라 하겠다. P. H. 포싯[19]은 밀림지대에서 보낸 8년간의 모험 생활을 발표했다.

(시인)

(『평화신문』, 1954. 2. 15 / 2. 22)

---

14 James Hilton(1900~1954) : 영국의 소설가. 주요 소설집 『잃어버린 지평선』『굿바이 미스터 칩스』『랜덤 하비스트』 등.

15 『잃어버린 지평선(*Lost Horizon*)』인 듯. 1937년 프랭크 카프라 감독이 영화 〈잃어버린 지평선〉을 만들기도 함.

16 Arthur Joyce Lunel Cary(1888~1957) : 영국의 소설가. 주요 소설집 『구원받은 에이사』『미국인 방문객』『아프리카의 마녀』 등.

17 Evelyn Waugh(1903~1966) : 영국의 소설가. 주요 소설집 『쇠퇴와 타락』『더러운 사람들』 등.

18 Nigel Marlin Balchin(1908~1970) : 영국의 심리학자이자 작가.

19 Percy Harrison Fawcett(1867~1925) : 영국의 지리학자, 군인, 지도제작자, 고고학자, 탐험가. 그의 장남과 함께 1925년에 고대 도시를 탐험하던 도중 실종됐음. 원본에는 'D.H. 워-샛트'로 표기됨.

『작업하는 시인들』

— 사르 아른하임[1]의 새 노작을 중심

계관시인 로버트 브리지스(Robert Bridges)[2]는 예술의 규방(閨房)을 규견(窺見)[3]하고 그 신비를 해명하려는 자에게 경고다. 그들을 예술의 환상에 결핍되어 있는 것이라고 말하였다. 그러나 이것도 과학 앞에서는 확실히 아무 소용이 없다. 찰스 D. 애벗[4]은 말한다.

"20세기에 있어서 분석자들은 왜(WHY)와 어떻게(HOW) 하는 문제를 정열적으로 추구한다. 모든 사상(事象)을 지배하는 법칙과 그것을 발생케 하는 충동을 발견하려고 노력하지 않는다면 예술작품 자체도 받아들일 것을 단호 거부할 수밖에 없다."

---

1 『작업하는 시인들(POETS AT WORK)』(1948)은 찰스 D. 애벗이 W. H. 오든, 칼 샤피로, 루돌프 아른하임, 도널드 A. 스토퍼의 글을 엮은 책.

2 Robert Seymour Bridges(1844~1930) : 영국의 시인. 주요 시집 『짧은 시들』 『새로운 시』 등.

3 규견 : 남이 모르게 가만히 보거나 살핌.

4 Charles D. Abbott(1900~1961) : 미국의 전기작가.

그리하여 20세기의 애벗[5] 교수는 버펄로대학 록우드 기념도서관에서 시에 대한 관심을 표현하는 최신식 방법을 찾으려고 분투하였다.

그는 허다한 시고(詩稿)[6]와 노트를 시인에게 청구하였다. 물론 시인에게는 허사이다. 그러나 시학도(詩學徒)에게 있어 이것은 '시적 정신의 핵심'을 전색(詮索)[7]케 하는 귀중한 기회를 제공하는 것이다.

이러한 의도에 대하여 에즈라 파운드는 성급하게 브리지스의 과부(寡婦)로서 출현하였으며 "우리의 철학은 이론상 근본적 대립을 가져오는 것이다."라고 지적하였다.

그럼에도 불구하고 용감한 애벗 교수는 12년간의 결정(結晶)에 의하여 3천여의 노트를 구식 봉투 속에 저축하고 있다.

그리하여 금후 '작업하는 시인들'이라는 제목하에 4편의 논문을 발표하게 된 것이다.

프린스턴대학 교수 도널드 A. 스토퍼[8]는 이러한 결론에 도달한다.

"예술작품은 극단적으로 한 개의 적은 시초에 지나지 않는다. 예술가의 창작적 발전은 항시보다 위대한 의의를 향하는 데서 시작된다."

시인 칼 샤피로는 '리듬에 관한 논문'에서 이러한 초점을 획득한다.

스티븐 스펜더에게 있어 "맹호는 이원적 의의를 가지고 있다." "시는 불가지적 내지 악마적 환상을 표현하는 한낱 형식에 불과하다."

---

5 원본에는 '자봇 아봇트'로 표기됨.

6 시고 : 시를 적은 맨 처음의 원고.

7 전색 : 설명하여 찾음.

8 Donald Alfred Stauffer(1902~1952) : 미국의 문학평론가, 소설가, 교수.

이러한 가운데서 시인 W. H. 오든의 논문은 격별(格別)[9]한 의미를 내포하고 있다. 그는 이렇게 확신하고 있다.

"인생과 종교는 심각한 문제이다. 그러나 시는 생존 투쟁의 공포 없이 유희할 수 있는 바 매력을 가진 '경기'이다. 그 진가는 즐거움에 의하여 결정되는 것이다. 만약 유능한 외과의(外科醫)가 왜 당신은 의자(醫者)가 되었는가 하는 질문을 받게 된다면 그는 수술하기가 즐거우니까 하고 정직하게 대답할 것이 아닌가."

다음과 같은 점에서 '모든' 주의는 추출된다.

▲ "모든 시인은 폭발, 폭풍, 선풍(旋風), 화재 파괴 참살(慘殺)를 동경한다. 따라서 시적 상상은 정상적으로 희구할 만한 성질이 못된다."

▲ "진정으로 시와 필적하고, 질서, 경제의 심미적 가치를 구상화(具象化)하는 사회는 정신적 내지 육체적 불합의 근절 급(及) 조장을 초래하는 공포의 악몽이나 다름없다."

▲ "AP통신의 기사나 『라이프』지의 사진과 같이 단순하고 명료한 감정은 시적 내용에 있어 불가능하다." (박인환)

(『평화신문』, 1955. 1. 23)

---

9 격별 : '각별(恪別)'의 비표준어. 유달리 특별함.

위대한 예술가의 도정(道程)

─ 아카데미 회원 당선의 희보(喜報)를 듣고

장 콕토 찬가

한동안 위독설이 전해져 우리를 상심케 하던 장 콕토가 이번에 불란서의 찬란한 아카데미 회원이 되었다는 반가운 소식으로서 우리를 기쁘게 해주었다 장 콕토는 그대로 20세기 예술의 에스프리를 상징하는 위대한 존재로서 그가 이미 66세의 노령임에도 청춘 그대로 모든 부분에서 신선 신비한 황홀을 발(發)하고 있다는 것은 경탄을 금치 못하는 사실로서 우리는 예술에 있어 영원한 청춘이요 피닉스[1]인 귀재(鬼才) 장 콕토의 도정을 찬하(讚賀)하려는 데서 본 특집을 이에 엮어놓는 바이다.

세상에서 나를 가장 매혹시키고 있는 예술가는 장 콕토이다. 그래서 나의 방에는 그의 정한(精悍)한[2] 사진이 걸려 있고 그의 모든 서적 아니 그에 관해서 논급된 것이면 모든 것을 나는 소장하고 있다.

---

1 phoenix : 부활한 사람. 불사조.
2 정한하다 : 날래고 사납다.

이것이 자랑이다. 나는 실상 콕토에 대해서 신비롭고 그 반면에 나체만이 그의 대례복(大禮服)[3]이라는 것밖에는 모른다. 어떤 자가 그를 표면적이라고 욕할 때 나는 참으로 지당한 그 누구의 다음과 같은 말로 응수하는 것이다.

그는 잠수부다.

그는 비행사이다. 지표에는 그의 그림자밖에 없다. 그림자와 모습은 혼돈시키면 곤란하다.

×   ×

어느 사이 나의 글이 활자화되는 동안에 콕토는 늙었다.

2차 대전 후의 그의 쇠퇴한 모습의 사진을 보고 나는 놀랐다. 역시 레지스탕스 운동은 육체와 정신에 큰 충격을 준 모양이다. 허지만 콕토의 예술은 이제서야 청춘과 영광을 찾은 것 같다. 지금까지 그는 신(神)과 같이 한계가 없는 작용을 하여왔고 세간에서 가장 많은 오해를 받아왔다. 그러나 그가 연령과 한계와 싸우는 동안 오해가 이해로 화(化)하고 말았다.

친애하는 나의 시인, 극작가, 화가이며, 음악 · 미술 · 문예비평가, 그리고 영화 연출 및 제작가인 그는 파리 교외 메종 라피트[4]에서 1892년 하늘의 장갑을 끼고 출생했다. 그는 각 부문에서 훌륭한 개성을 자유롭게 발

---

3   대례복 : 나라에 큰 의식이 있을 때 벼슬아치가 입던 예복.
4   Maisons Laffitte : 파리에서 18.2km 정도 떨어진 곳에 위치함.

휘하고 그의 놀랄 만한 총명성과 신선하고도 유아(幽雅)한 풍정(風情)[5]은 20세기의 불란서 문화계에 큰 혁신을 일으켰고, 오늘날의 문화에 준 그의 개인적 영향은 이루 말할 수 없는 것이다.

「웅계(雄鷄)와 아를캥」『백지』『가공할(可恐) 어린이들』『에펠탑의 신부 신랑』『포토마크』『원탁의 기사』『오르페』(이것은 희곡)『자크 마리탱에의 편지』『직업의 비밀』『아편』『가공(可恐)할 부모들』『인간의 소리』 등은 각 분야에 걸친 그의 대표작이며, 이번에 아카데미 회원이 되기 전에는 1937년 그는 시인으로서의 최고 영예인 아카데미 말라르메[6]의 회원이 되었다. "나는 지나 롤로브리지다[7]처럼 국가적인 명물이 되었다."고 말한 그는 아카데미 말라르메 회원이 되었을 때는 다음과 같이 말하고 있다.

"아카데미 회원이 된 것을 알게 된 것은 전화입니다. 오늘에 와서는 불행과 영광을 전화를 통해서 일어납니다. 그날 밤 너무도 인사의 전화가 걸려오기 때문에 나는 시네마로 도망쳤습니다. 그리고 나는 그레타 가르보[8]를 보고 울었습니다. 나는 나의 어렸을 때의 꿈과 자기의 데뷰 시대의 희망을 생각했었습니다." 콕토는 조금도 허식(虛飾)하는 법이 없다.

나체가 예복인 것처럼 명설(明說)을 부정할 정도로 그는 정직하게 모든 것을 생각하고 고백하고 활동해왔던 것이다.

---

5 풍정 : 정서와 회포를 자아내는 풍치나 경치. 세상이 돌아가는 정황이나 형편.

6 상징주의 거장 시인 말라르메(Académie Mallarmé)를 기리는 모임으로 여겨짐. 원본은 '마라루메'로 표기됨.

7 Gina Lollobrigida(1927~) : 이탈리아의 배우. 주요 작품 〈빵과 사랑과 꿈〉〈로마의 여인〉〈노틀담의 꼽추〉〈솔로몬과 시바의 여왕〉 등.

8 Greta Garbo(1905~1990) : 스웨덴 출신의 할리우드 배우. 주요 작품 〈마타 하리〉〈그랜드 호텔〉〈안나 카레니나〉 등.

그레타 가르보 시대나 지나 롤로브리지다의 시대에 살면서도 그는 신(神)에게 가장 가까운 것은 악마라는 역설이 진실하다고 생각하고 있는 것이다.

그는 어려서 살롱에서 데뷔했다. 드 막스[9]가 난로 옆에서 그의 시를 읽어주었다. 그리고 피에르 라피트[10]가 『주세투』[11]지에 시를 발표해주었다. 그것이 1917년경이며 시집 『창』이 초상화가 삽입되어 출판되었다. 이어 『바람난 왕자』도……. 그리고 1919년 3월에서 8월까지 『파리-미디』[12]지에 그의 단편이 연재되었다. 이것이 출판되어 『백지』라는 이름으로 간행되었다.

즉 일반 대중에 새로운 예술가는 절대로 대가(大家)를 무시하고 있는 것이 아니며 그들의 또한 적대하고 있는 것이 아니라는 뜻으로 모든 작품을 썼다. 큐비즘[13] 운동의 시작되었을 무렵 그의 시(詩)도 역시 입체파적이었고 피카소의 유일무이한 친우이며 최대의 지지자였다.

학생 때 그는 일요일이면 언제나 엘도라도[14]에 가서 노래하는 미스팅게트[15]에게 꽃다발을 올렸다. 그것이 끝나면 생마르탱가(街)[16]의 스테이지 도

---

9 드 막스 : 비극 배우 에두아르 드 막스(Édouard de Max)의 예명.

10 Pierre Lafitte(1823~1903) : 프랑스의 철학자. 실증주의 철학자 오귀스트 콩트의 수제자. 주요 저서 『인간의 위대한 전형들』 『실증윤리학에 관하여』 『괴테의 '파우스트'』 등.

11 *Je sais tout* : 프랑스의 월간지. 1905년 2월 15일 피에르 라피트가 파리에서 창간함.

12 *Paris-Midi*.

13 Cubism : 20세기 초에 프랑스에 일어난 서양미술 표현 양식의 하나. 입체주의.

14 Eldorado. 원본은 '엘드라이드'로 표기됨.

15 Mistinguett(1875~1956) : 프랑스의 샹송 가수.

16 Saint-Martin.

어[17]를 지나 그가 돌아가는 것을 기다렸다. 그 후엔 찰리 채플린[18]을 좋아했다. 근대적인 기뇰[19]이며 모든 연령 계급 사람에게 호소한다. 이것은 웃음의 에스페란토이다. 만일 채플린이 후원하였다면 바벨의 탑도 완성되었을 것이라고 생각된다는 찬사까지 보냈다.

순수한 불란서인 콕토는 더욱 파리지엥[20]이라는 것을 언제나 자랑했다. 어떤 사람들은 그는 너무 귀족적이라고 비난했지만 적어도 미스팅게트 노래를 들으면 짙은 노스텔지어에 빠지고 말 것이라는 그의 말을 연상할 때 그리고 채플린을 좋아했던 그는 가장 서민성이 강한 인간으로 본다.

음악과 콕토도 불가분의 입장이다. 아니 현대 불란서 음악은 콕토의 힘으로 전통을 이루고 있다 해도 과언이 아니다. 제르맹 타유페르, 조르주 오리크, 루이 뒤레, 아르튀르 오네게르, 다뤼스 미요, 프랑시스 폴랑크가 '6인조'를 조직하였을 때 그는 미학적인 것은 아니나 적어도 논리적인 일종의 계약을 주고 있었다. 여기에 대해서 콕토는 다음과 같이 말했다.

"기회와 회담이 우리를 콜프의 출발점이었습니다. 이 코퍼레이션[21]에는 공통된 미학보담도 훨씬 우정이 중요했었습니다. 우리들은 건방진 태도를 취했습니다. 왜냐하면 그것은 청년의 태도이니깐. 타유페르는 『에펠

---

17 stage door : 무대 출입구.

18 Sir Charles Spencer Chaplin(1889~1977) : 영국의 배우, 코미디언, 영화감독으로 무성 영화 시기에 크게 활약. 주요 영화로 〈키드〉 〈파리의 여인〉 〈서커스〉 〈모던 타임스〉 〈위대한 독재자〉 등.

19 guignol : 인형. 인형극.

20 Parisien : '파리 시민'이라는 의미.

21 coopération(협력) 의미를 줄여서 사용한 것으로 보임. 원본은 '콜프'로 표기됨.

탑의 신랑 신부』에 협력했고, 오네게르는 콕토와 피카소 장 지로두[22]와의 매일 밤의 식사를 잊지 못했다. 플랑크는 아폴리네르와 콕토에게서 친화성을 발견했으며, 오리크는 『산드탈스』[23]와 콕토의 시를 유이간가의 조그만 방에서 언제나 읽었다.

(전후(戰後)에 콕토의 영화 〈오르페〉와 〈미녀와 야수〉의 음악도 오리크의 것이다.)

콕토는 현대의 신미학의 발견자이며 현대에 살면서도 언제나 신비를 찾았다. 그리고 고독과 형적(螢的)인 쾌락을 사랑했고 형식의 그림자 대신 참다운 형식을 대치시켰다. 예술을 위한 예술이나 민중을 위한 예술 이것을 몹시 경멸하고 자기는 신(神)을 위하여 예술을 하겠다고 주장도 했다. 람보에서 해방되고 마르도를의 미신에서 자유롭게 된 언어의 즐거움이 얼마나 즐거운가를 자랑도 하였다. 〈로미오와 줄리엣〉을 연출한 것이 1923년이었고, 48년에는 젊은 작가 윌리엄스의 『욕망이라는 이름의 전차』를 불란서에 그는 소개하였다.

전후 불란서 영화사상에 불후의 이름을 남길 명작 〈오르페〉를 세상에 공개했다. 이것은 가시의 세계와 불가시의 세계를 교섭시켜서 시인의 불멸성을 말하려고 하는 동시 생과 사의 영원한 운명적 신비를 탐구시킨 것이다.

1952년 이후 그의 많은 회화와 불란서를 비롯하여 서독, 이태리 등지에서 공개되었다.

그 반향은 그의 대표적 소설 『가공할 어린이들』보담도 더 큰 감명을 주

---

22 Hippolyte Jean Giraudoux(1882~1944) : 프랑스의 극작가 · 소설가. 단편집 『시골 여자들』, 희곡집 『트로이 전쟁은 일어나지 않는다』 등.
23 원본대로 표기함.

었다.

×　　　　　×

　조개껍질과 같은 귀를 가진 희랍적인 얼굴을 한 콕토는 아직도 활발한 창의와 아카데미 회원의 영예를 지니고 조용하게 살아가고 있다.

　그는 지금까지 자기 전기(傳記)를 쓰지 않았다.

　그는 전설 속의 기술사(奇術師)이며 애크러배트[24]였으나 지금은 그렇지 않다. 콕토가 1912년에 살고 있었던 성심원(聖心院)의 건너편 비룡관에 로댕[25]이 살고 있었다.

　그 집 어느 한구석은 밤새도록 램프가 켜져 있었다. 콕토는 오랫동안 그 램프의 주인이 누구인 줄 몰랐으며 그 불을 멀리서 바라보는 것이 마음의 위안이 되었다. 그가 이 램프의 주인이 로댕의 비서를 하고 있는 릴케라는 것을 안 것은 훨씬 후의 일이다. 밤마다 독서를 하고 있던 릴케의 램프는 콕토에 있어서 하나의 상징이었다.

　장 콕토…… 이것은 인간의 이름이 아니라 위대한 예술가라는 뜻이다. 그리고 앞으로 역사상 그와 같은 위대한 인간은 나타나지 않을 것이다.

(『평화신문』, 1955. 10. 30)

---

24 acrobat : 곡예사.

25 Auguste Rodin(1840~1917) : 프랑스의 조각가. 주요 작품 〈생각하는 사람〉 〈발자크 상〉 〈입맞춤〉 등.

스코비의 자살

　영국인 경찰관 스코비(Scobie)는 제2차 세계대전 중 아프리카 서안(西岸)에 있는 영국 식민지에 근무하고 있었다. 연령은 15년 전부터 경찰 생활을 하여 45~6세가 되었다.

　그는 자기 아내와 결혼하기 직전 가톨릭교도로 개종하였고, 부임 이래 전형적인 그의 경찰관으로서 생활은 토인에게서도 존경을 받게 되고, 여하한 물적 유혹에도 떨어진 일이 없는 그의 공정무사(公正無私)한 인격은 상관의 신용을 얻게 되는 하나의 원인이 되었다.

　그런데 어떤 일련의 사건이 지금까지의 그의 생활과 정도(正道)에서 벗어나게 한다. 물론 상호 관련이 있는 것은 아니나, 적어도 스코비에게 있어서는 커다란 죄를 범한 것과 다름이 없다. 경찰관으로서의 스코비가 암취인(暗取人)의 왕자인 유세프(Yusef)로부터 200파운드를 빌린 것인데, 그 돈은 동서(同棲) 생활을 계속할 수 없는, 이미 애정이 사라진 아내를 여행시키기 위한 여비로 쓴다. 유세프는 어떤 이해 관계로서가 아니고, 그의 극단적인 청렴성과 인간성에 반하여 빌려주었을 뿐이다. 그다음의 도덕상의 실책은 포르투갈선(船)의 선장이 그 당시의 교전국(交戰國)인 독일에 사는 딸에게 편지를 보내는 것을 검사 발견한 후에도 이를 고발하지 않고 단지 소각한 일이다. 이것은 영국 경찰관으로서 직책상 할 수 없는 일이었다. 마지막에 일어난 일은 기선(汽船)이 난파되었을 때 헬렌(Helen)이라는 젊은 여자를 구했다.

신혼(新婚)한 그의 남편은 그때에 죽고, 헬렌은 병원에 입원시켰다. 여러 차례 문병하는 동안 스코비는 헬렌이 절수(切手, 우표) 수집을 좋아한다는 것을 알았기 때문에 스코비는 자기도 절수를 모아다 주었다. 그는 여자의 아름다움이나 강한 것에 대처해서는 아무 감정도 갖지 않았으나, 만일 자기가 이 여자를 돌보아주지 않으면 냉담한 사회에서 아무 의지할 수 없는 헬렌을 볼 때마다 깊은 동정과 애정을 느끼게 되고, 어느 틈에 연애 관계에 들어가고 말았다. 아내나 헬렌에 대한 마음에는 근본적으로 동일한 것이 있고, 이것은 사랑의 문제가 아니라 책임의 문제이며, 자신의 감정의 비극을 자각하였다. 여행에서 아내가 돌아오고, 헬렌으로부터는 사랑의 고백을 쓴 편지를 받은 스코비는 사태의 복잡과 그가 잘못하여 이끈 두 여성의 행복을 지켜야 한다는 책임 — 그리고 자기의 존재가 이 두 여성에게 불행과 절망 이외는 주지 못한다는 것을 깨닫고 자살하는 길 — 가톨릭교에서는 자살도 죄이긴 하나 — 을 택하였다.

자살 결행의 밤 — 스코비는 헬렌을 찾아갔으나, 마침 나가고 없으므로 조지 6세(George Ⅵ. 영국의 왕. 1895~1952)를 그린 절수(切手) 위에 '아이 러브 유'라고 쓰고 집에 돌아와 아내와 평상과 다름없이 저녁을 들었다. 그리고 아내가 자기의 죽음을 사전에 알아채지 못하게 하기 위하여 영국에 가서 전원 생활을 하자는 말을 하고, 어두운 밤중 그전부터 모아두었던 치사량(致死量) 칼모틴(Calmotin)을 한꺼번에 마셔버렸다.

이것은 영국의 작가 그레이엄 그린(Greene, Graham. 1904~1991)의 소설 『사건의 핵심(*The Heart of Matter*)』에 나오는 주인공 스코비의 자살의 내막이다. 세속적으로는 도저히 믿을 수 없는 순결한 혼을 가지고 있는 인간이 경찰관이나 가톨릭의 전통 속에 존재되어 있는 것은 사실이다. 거기에 스코비는 직면하여야 할 모든 유혹과도 용감히 싸웠고, 그는 인간으로서, 더욱이 경찰관으로서 성실하였고, 책임 있는 일을 하였을 뿐이나, 매수(枚數)의 제한을 받아, 나는 그가 '성실하고도 인간으로서의 타당성'을 이야기하고 있는 것을 거의 다 옮길 수 없으나, 이 소설의 최후 페이지에는 신부(神父)와 그의 아내와의 의미 깊은 대화가 있다. 스코비와 같이 잘못한 짓을 한 남자를 평(評)하기엔 좀 이상할지 모르나, 내가 본 데서는 그는 참으로 신(神)을 사랑하였다. 그의 아내는

"남편이 사랑하였던 것은 그 아무도 아니었어요."

*

나는 최근 개인의 내적 고민과 심리의 갈등에 애쓰는 여러 경찰관에게 스코비의 비극을 이야기해준다. 이것은 문학이나 종교의 세계에만 있는 것이 아니고, 모든 움직이는 사회에 흔히 있는 일이다.

(『세월이 가면』, 근역서재, 1982. 1. 15)

제2부

연극

연극평

황금아(Golden-Boy)

일체의 악조건하에 극단 '신청년(新靑年)'의 의욕적인 멤버는 1930년대에 있어 아메리카의 극계와 사회에 일대 풍미를 야기하였던 클리퍼드 오데츠[1]의 문제작 〈골든 보이(黃金兒)〉를 상연하였다. 이와 같은 대담한 레퍼토리 선정에 대하여 우선 경의를 표한다.

허나 구각(舊殼)을 벗기 위해 노력을 경주하는 한국의 새로운 연극인들에게 하나의 의견을 제기할 수가 있다. 그것은 아직 연극인의 수준이 불행한 편견과 사고와 표현에 잠재하고 있다는 것이다.

광고문에도 나타나 있는 바와 같이 브로드웨이에서 140회의 속연(續演) 기록을 가진 현대극의 최고봉인 동 작품은 오데츠의 원작의 힘뿐만이 아니라 전체의 조건이 결정됨으로써 현대극의 최고봉을 만들 수 있었던 것인데 아직껏 번역 작의 상연 경험이 희소한 한국 연극인, 특히 '신청년'의 멤버에게는 〈골든 보이〉와 같은 내면적인 작품의 상연 시도는 지난한 것

---

1 클리퍼드 오데츠(Clifford Odets, 1906~1963) : 미국의 극작가. 주요 작품으로 〈레프티를 기다리며〉〈술 깬 다음에 노래하라〉〈골든 보이〉〈큰 나이프〉 등.

이었다고 단언하고 싶다.

연출가 이진순(李眞淳)[2] 씨는(단시일이란 것도 있다) 재래적인 효과 구성에만 애를 썼을 뿐 원작이 의도하는 사회현상, 인간의 정신을 탐구하는 데는 너무도 경시한 감이 있다. 물론 출연자의 빈곤과 이들의 연기 부족이 가장 그로 하여금 곤궁의 경(境)에 빠뜨리게 하였는데, 제대로 연기자를 선택할 자유조차 없는 것이 한국 연기자의 실정이라면 이도 역시 그대로 묵과하여야 할 것인가. 무대장치는 회전무대로 겨우 그 효과는 거두었으나 음악은 전연 제로에 가까울 정도이다. 어느 연극마다 쓰는 차이콥스키의 〈비창(悲愴)〉, 그런가 하면 전연 작자가 틀린 음악으로 안이한 효과를 거두려는 음악 담당자(김용환(金龍煥))의 태도는 일종의 불성실에 가깝다. 본 작품이 현대 아메리카의 표면을 묘사하고 있다는 것을 잘 모르는 모양이다. 연기자 중 로라(유계선(劉桂仙))은 전연 작품의 인물이 아니라 유계선 개인이 되었고, 그의 매너리즘은 그리 쉽사리 버리지 못할 것이다. 조(박경주(朴景柱))는 오버액션인 까닭에 성격과 개성의 혼동을 처음부터 초래했으며, 자아에 가까운 무대 연기를 하는 것만은 앞으로 삼가야 할 것이다. 푸젤리(정민(鄭珉)), 무디 아버지(서월영(徐月影)) 등은 거의 무난하였으나, 원작과 컬럼비아 영화 제작 〈골든 보이〉(윌리엄 홀덴, 바버라 스텐윅 주연)을 본 나로서는 의상 등에도 큰 불평이 많다. 여하간 제 악조건을 무릅쓰고 이와 같은 아메리카의 대표적 작품을 상연한 극단 '신청년'의 숨은 정력에 박수를 올리기로 한다.

(『경향신문』, 1952. 4. 21)

---

2 이진순(1916~1984) : 연극연출가. 대표 작품 〈태양이 그리워〉 〈태풍지대〉 〈우물〉 등.

'신협(新協)' 잡감(雜感)
― 〈맹 진사댁 경사〉를 중심으로

(상)

수일 전 대구에 올라갔던 길에 극단 신협의 공연을 보았다. 무척 무더운 날 하오 오영진(吳泳鎭) 씨 원작 〈맹 진사댁 경사〉를 상연한다기에, 더욱 한국에 있어서 가장 유능하고 집결체로 국내외에 알려진 신협의 공연이기 때문에 나는 더위를 잊고 관극(觀劇)하기로 했다.

대구 문화극장(文化劇場)은 좋은 지대에 설립되어 있을 뿐만 아니라 지극히 무대 (연극하기에는) 조건도 우수한 곳이다. 그전에 이런 소문을 들은 일도 있고 해서 나는 스테이지 참관도 할 겸 화장실에 배우들도 찾았다. 이들의 대부분은 그곳에 머물러 있지 않고 화장실을 벗어난 뒷문 넓은 뜰에 모여 앉아 즐겁게 대화하며 개막을 기다리는 것이다.

적어도 내 기억으로는 오영진 씨의 동 작품을 8 · 15 전에 희곡으로 읽은 적이 있고 두 번이나 다른 극단에서 상연하는 것을 보았다.

처음은 극단 '태양'의 공연이며 해방 후로는 당시 좌경(左傾)된 연극인으로서 형성된 서울예술극장의 공연이었던 바, 이들은 원작자의 승인도 없이 함부로 예제(藝題)를 〈향연(饗宴)〉이라고 개제(改題)하였으나 극(劇)으로는 제일 성공하였던 것이 아닌가 생각되는 것이다.

원래 동(同) 희곡은 영화 시나리오 연구자인 오 씨가 시나리오로 쓴 것을 다시 각색하여 희곡으로 한 것이라고 전해지고 있다. 그러나 영화화는 결국 되지 못했으니 작품적 가치는 희곡에 존재된다고 해도 과언이 아니다.

뒷마당에 모여 앉은 출연자들은 얼굴에 화장 메이크업을 쳤고 동 작품의 관한 연대는 모르나 이조 말을 시대적 배경으로 하고 있는 탓으로 한복을 모두 걸치고 있었으나 나는 그가 어떤 역으로 나온다는 것을 짐작할 수 있다. 이해랑(李海浪) 씨가 맹 진사, 그 부인 역엔 최은희(崔銀姬), 하녀엔 황정순(黃貞順), 참봉(參奉)은 오사량(吳史良), 그 외 김 판사의 아들로 결혼하는 청년이 김동원(金東園), 김 판사의 동생으로는 송재로(宋在魯) 씨라고.

이들은 연극인만이 가질 수 있는 가족적 기분으로 세상 이야기를 주고 받는다. 올림픽 이야기를 리드하는 신협의 외적(外的)인 대표로 알려진 윤방일(尹芳一) 씨 웃음이 터지는 가운데 개막 시간을 알리는 벨이 요란스럽게 들린다.

나는 재빠르게 좌석에 뛰어와 무대의 막이 오르기를 기다리고 있었다. 한국과 같은 예술을 이해치 못하는 나라에 태어나, 더욱이 그중에서도 연극을 하는 예술인들, 가장 저속한 대중을 상대로 더욱이 예술적 작품이면 관객이 모여들지 않는 불행을 극복하고서 경제적 곤란과 포함되어나가는 신협의 공연을 웬일인지 나는 큰 기대로 볼 수밖에 없었다. 기대한다는 것이 잘못일 수도 있다. 허나 유능한 배우들과 한국의 대표적인 극작가로 알려진 오 씨의 〈맹 진사댁〉은 신협 이외는 지금 한국에서는 도저히 상연키 곤란할 뿐 아니라, 신협의 사람들이면 더욱더 이해랑과 같은 배우가 맹 진사의 역을 담당한다면 용이할 수도 있고 훌륭한 것이 될 것이라고 믿어지는 것이다.

징 소리가 울리고 장내는 조용하나 뒤와 앞을 전망(展望)하니 관객은 눈자위 3분지 2 정도이다. (계속)[1]

(『경향신문』, 1953. 8. 3)

---

1 이후의 글은 발견되지 않는다.

현대인을 위한 연극

— 〈욕망이라는 이름의 전차〉를 중심으로

미국에서뿐만 아니라 영, 불, 이, 독 등 16개국의 무대에서 현대인에게 센세이셔널한 공감을 준 〈욕망이라는 이름의 전차〉가 영화는 고사하고 연극에 있어서만이라도 이만한 인기를 집중한 원인이 어디에 있나? 원작자 테네시 윌리엄스[1]는 그의 소(小)자서전에도 써 있는 바와 같이 미국의 "북부 청교도의 피와 남부 왕당(王黨)의 피를 받고 태어난 순전한 아메리칸"이다.

따라서 그의 작중인물 중에도 흔히 상극되는 두 개의 인간형이 나오는데 이것은 역시 원작자가 타고 난 '피'가 시키는 것이라고 볼 수 있다. 〈욕망이라는 이름의 전차〉 안에서는 이 상극적인 두 개의 타입이 주인공인 블랑시와 스탠리를 통하여 나오고 있으며, 윌리엄스는 미국의 극작가

---

1 테네시 윌리엄스(Tennessee Williams, 1911~1983)는 미국의 극작가. 대표작으로 〈욕망이라는 이름의 전차〉〈여름과 연기〉〈장미의 문신〉〈뜨거운 양철지붕 위의 고양이〉 등.

다운 강렬한 시추에이션[2]을 두 개의 대립을 통하여 서막에서부터 전개시키고 있다. 그런데도 불구하고 이 극이 테마 연극이나 문제극 같은 것으로 떨어지지 않은 것은 작자의 예민하고 엄격한 관찰력과 애절하고 아름다운 시정(詩情)에 의뢰되는 바 적지 않다. 〈욕망이라는 이름의 전차〉의 무대는 작자가 1938년 이후 정착하고 있는 뉴올리언스이다. 이 거리가 작가에게 퍽 마음에 든 모양으로 그는 "미국의 어느 지방보다 쓸 재료를 제공하여준 곳"이라고까지 말하고 있다.

뉴올리언스에 가본 사람의 말을 들으면 실제 이 거리에는 〈욕망이라는 이름의 전차〉도 있고, 〈묘지〉라는 이름의 전차도 있다 한다.

원작자 윌리엄스에 대하여서는 단편적인 사실 이외에 상세한 것은 알 도리가 없다. 다만 그의 소자서전에 써 있는 바와 같이 그는 미국의 대불황 시대에 대학에 들어갔다. 2년 후 공부를 계속하는 것이 경제적으로 곤란하게 되었기 때문에 퇴학을 하고 부친이 고용되고 있는 양화(洋靴)회사에 들어가서 회사원으로서 일을 보았다.

이 회사에서 근무한 2년간이라는 것은 그에게 있어서 '개인적으로는 고난에 찬 시기'이었지만 작가로서의 그의 입장에서 볼 때는 여간 가치 있지 않은 2년간이었다.

이와 같이 미국 현대의 샐러리맨 생활에 인종(忍從)한[3] 작가는 그가 경험한 만화경같이 복잡한 미국의 현대생활을 '유리의 동물원'에서 그리어 보았다.

〈욕망이라는 이름의 전차〉는 블랑시라는 미국 문명의 밑바닥을 걸어가

---

2 situation : 극적인 장면이나 상황.
3 인종하다 : 묵묵히 참고 따르다.

는 애수에 찬 여인을 주인공으로 하고 그에 대비되는 인물로서 블랑시의 아ㅁ 스탠리라는 야수적인 남성을 등장시키고 있다.

블랑시는 과거에 어느 미소년을 사랑하고 그와 결혼까지 하였는데, 이 미소년이 남색(男色)을 하는 버릇이 있는 것을 알고 블랑시는 실망한 나머지 이 비밀을 상대방에게 이야기한다.

미소년은 자기의 비밀이 탄로된 것을 알고 자살을 하여버리고, 이에 상처를 입은 귀족의 ㅁㅁ인 블랑시는 꿈과 현실과의 격심한 낙차에 고민하면서 타락의 길을 밟게 된다.

그러나 꿈속에서밖에 살 영토가 없는 블랑시는 창부(娼婦) 생활마저 분에 맞지 않아 하는 수 없이 동생 부부가 살고 있는 뉴올리언스로 찾아간다. 이 연극은 여기서부터 시작된다.

블랑시는 '욕망'이라는 전차를 타고 '극락정토'라는 거리에서 내린다. 이곳은 말하자면 미국의 평범한 빈민굴이지만 어디인지 모르게 일종의 매력을 가진 거리다. 그러나 블랑시가 침입함으로써 그의 동생 부부인 스탠리와 스텔라의 사이에 파탄이 생긴다.

한편 블랑시의 앞에는 미치라는 남자가 나타나서 이들은 구슬픈 사랑을 속삭이게 되고 결혼까지 약속을 한다.

블랑시를 미워하는 스탠리는 미치와 블랑시의 사이를 알자 미치에게 블랑시의 전신(前身)을 폭로하여버린다. 마지막 행복을 잡았다고 눈물을 흘리면서 좋아하던 블랑시는 미치에게서 "나는 너를 속이고 있었다"는 원망을 듣고 깜짝 놀란다.

언뜻 보기에는 이 연극은 블랑시에 동정을 하고 있는 것같이 보이지만 사실은 그것이 아니다. 작자는 블랑시와 스탠리의 사이에 서서 끝까지 강경한 태도로서 두 사람의 대립을 응시하고 있다.

그리고 블랑시도 외양은 창부형(型)의 여자이기는 하지만 기실은 잊어버린 꿈을 따라가는 순정의 불사조 같은 여인이다. 스탠리도 작자의 본(本)의도는 결코 악한으로만 취급한 것이 아니다. 그는 야수적이며 육적(肉的)인 남자이기는 하지만 직정(直情)으로 통하는 원색에 가까운 남자이다.

그리고 오늘의 미국 문명은 단적으로 보아 이 두 가지의 극단을 가지고 있는 것이며, 작자는 블랑시와 스탠리를 통하여 이러한 오늘의 미국의 문제(동시에 이것을 보편적인 케이스로도 될 수 있는 것이기 때문에)를 취급하고 있는데, 필연코 이 연극의 가치의 중점도 이러한 주변을 돌고 있는 것이 아닌가 느껴진다.

(『평화신문』, 1955. 8. 2)

테네시 윌리엄스 잡기(雜記)

— 그의 작품 세계를 이해하는 길

　　1947~48년도의 시즌에 상연된 희곡 중에서 퓰리처상에는 테네시 윌리엄스의 「욕망이라는 이름의 전차」가 선택되었다. 이 작품은 또한 뉴욕 극평가 서클상도 받고 있으며 그 후 아메리카의 최고의 작품으로 되었다.

　　테네시 윌리엄스는 1944~45년도의 시즌엔 「유리의 동물원(The Glass Menagerie)」이라는 희곡을 상연하여 일약 이름을 높였으며, 동(同) 작품을 브로드웨이의 초연부터 563회 속연(續演)이란 성공을 이루었다.

　　윌리엄스는 1914년 미시시피주에서 출생했다. 본명은 토머스 래니어 윌리엄스(Thomas Lanier Williams)이며 펜네임의 테네시는 선조들의 고통과 고투로써 개척된 테네시주에서 따왔다. 13세 때까지 행상인이었던 부친이 정직(定職)이 없으므로 세인트루이스에 이전하였다. 「유리의 동물원」의 무대처럼 낡고 더러운 아파트 생활이 시작되었다. 소년의 윌리엄스의 의식 속에 흐르던 그 소재가 후년(後年) 발현의 기회를 만들었다고 할 수 있다. 이러한 생활 속에서도 그는 미주리대학에 학적을 두게 되었다. 그러나 그는 '성실'한 학생은 아니었다. 글을 쓰는 것과 연애를 하는 것으로써 1년이 경과되었다. 이 태만한 방탕아에게 정죄적(淨罪的)인 길을 주기 위하여 그의 부친은 자기가 근무하던 양화(洋靴)회사의 창고 수위를 시켰다. 피로한 몸으로서도 밤의 대부분은 시작(詩作)과 극작(劇作)에 그의 마음은 경주(傾注)되고 그 결과 건강은 나빠지고 직(職)에서는 떠나지 않을 수 없게 되었다. 상업의 세계에 대한 불평의 생활에서 또다시 아카데믹한 교육을 동경하였던 그는 건강의 회복을 기다리고 아이오와의 칼리지 생활로 전향했다.

×   ×

이곳에서 그는 연극 연구의 기회를 놓치지 않았다. 이미 방탕 학생이 아닌 그는 열심히 극작과 무대 기교를 공부했으며, 특히 아이오와대학의 극장은 훌륭한 회전무대와 근대적인 조명시설을 가지고 있었으므로 그에게 큰 역할을 주었던 것이다. 연극 연구자로서 대학의 과정을 끝마친 그는 그 후 수년간을 다시 방랑 생활로 보냈다. 웨이터, 안내인, 급사 등 각종의 직업을 바꿔가면서도 그는 시와 희곡을 쓰는 것을 멈추지 않았다. 그리하여 그의 이름은 점점 각지의 소극장과 공공극장에서 알려지게 되었다.

×   ×

1936년에는 최초의 희곡 「카이로·상해·봄베이」, 1937에는 탄갱부(炭坑夫)를 주제로 한 「태양에게 촛불을」과 간이 숙박소가 무대인 「퍼기브

카인드」[1] 등이 소도시의 소인(素人)[2] 극단에 의하여 상연되고 있다.

1930년에는 그룹 시어터(1931년 시어터 길드[3]의 젊은 사람들로서 결성되어 30년대에 활약한 극단. 그중에는 프랑코트 톤과 연출가 해럴드 클러먼이 있었으며 조지프 코튼과 클리퍼드 오데츠. 엘리아 카잔 등이 여기서 육성되었다.)의 연극 콩쿠르에 「아메리칸 블루스」란 1막 물(物)로서 1등 상을 받았다.

1940년 록펠러 재단의 장학금을 받게 됨으로써 비로소 그는 연극에 전심할 수가 있었다. 그 결과 생긴 것이 「천사의 싸움」(이것도 최근 영화화되었다)이다. 이것은 시어터 길드에 의해 미리엄 홉킨스[4] 주연으로 보스턴에서 상연되었으나 불평(不評)으로 끝나고 뉴욕에는 등장하지 못했다.

1942년 주(週) 17달러의 영화관 안내인을 하고 있던 그에게 MGM사(社)[5]가 라나 티너[6]를 위한 시나리오를 청탁해 왔다. 주 250달러로 6개월간의 계약이 성립되었다. 완성된 시나리오는 채택되지 않았으나 남은 4개월간 그는 조용하게 산타모니카의 연변(沿邊)에서 일을 할 수가 있었고 그곳에서 쓴 것이 「유리의 동물원」이다.

×   ×

---

1 「The Fugitive Kind」: 1960년 미국의 시드니 루멧 감독이 영화로 만들기도 했다.

2 소인 : 일을 전문적으로 또는 직업적으로 하지 않거나 그 일에 서툰 사람.

3 Theatre Guild : 1918년 수준 높고 비상업적인 미국과 외국의 희곡들을 연출하기 위해 뉴욕 시에 설립된 연극단체.

4 Miriam Hopkins(1902~1972) : 미국의 배우.

5 엠지엠(Metro-Goldwyn-Mayer) : 1930년부터 2차 세계대전까지 할리우드에서 규모와 영향력이 가장 컸던 영화사.

6 Lana Turner(1921~1995) : 미국의 배우. 대표 작품으로 〈지킬 박사와 하이드 씨〉, 〈포스트맨은 벨을 두 번 울린다〉, 〈슬픔은 그대 가슴에〉 등.

1945~7년에 「욕망이라는 이름의 전차」를 발표하기까지 전기(前記)한 작품 외에 「봄날의 폭풍」, 「나이팅게일의 이야기가 아닌 이야기」, 「지붕 위에의 계단」, 「나를 만지신 분은 그대」, 「여름과 연기(煙氣)」 등의 희곡을 썼으며 시집으로서는 『아메리카 청년시인 5인집』(1944년)과 『25차분(車分)의 면화(棉花)』라는 단막극집이 출간되고 있다.

×　　　　×

　　금년도에 들어서는 역시 퓰리처상을 받은 「뜨거운 지붕 위의 고양이」가 브로드웨이에서 히트되고 있으며, 「스톤 부인의 로마의 봄」이란 소설은 새로운 감각의 관능 묘사로 세인의 이목을 집중시키고 있다.

×　　　　×

　　테네시 윌리엄스는 자기의 소전(小傳)을 끝을 맺기 위하여 다음과 같이 말한다. "나에게 정주지(定住地)가 있다면 그곳은 뉴올리언스에 있다고 하겠다 ― 1938년 이후 간혹 있지 않았을 때도 있었으나 대체로 그곳에서 살아왔기 때문에. 그리고 이 거리는 전국의 어느 토지보다도 훨씬 많은 재료를 나에게 제공해주었다. 나의 거주는 프렌치 쿼터의 로열가(街)란 부근에 있었다. 이 거리의 동일 노선에 두 계통의 전차가 예전에 달리고 있었다. 하나는 '욕망', 또 하나 다른 것에는 '묘지'라고 쓰여 있었다. 이 두 계통의 전차가 로열가를 왕래하는 것이 이상하게도 나의 눈에 띄었는데, 그러는 동안 갑자기 이것이 프렌치 쿼터에 사는 사람들의 생활에 대해서 웬일인지 비ㅁ한 상징적인 의미를 갖고 있는 것처럼 느껴졌다.

×　　　　　×

　　윌리엄스의 전(全) 저작은 뉴 디렉션스[7]에서 간행되고 있다. 그것을 주재하는 제임스 러플린은 우리나라 시인 김경린(현재 체미 중)의 친우이며, 1948년 여름 필자가 처음으로 「욕망이라는 이름의 전차」의 명성을 들은 것도 김경린 씨로부터였다. 참고 삼아 뉴 디렉션스사의 어드레스를 여기에 적기로 한다.

　New Directions, 347 Adams Street Brooklyn, N. Y.

　(필자는 「욕망이라는 이름의 전차」의 역자)

7　New Directions Publishing Corp. : 1936년 제임스 러플린(James Laughlin)이 설립한 출판사.

제3부

영화

시네마스코프란 무엇이냐

1951, 2년경의 아메리카 영화는 텔레비전의 진출 때문에 많은 영화 관객을 빼앗기고 한때 할리우드에는 큰 위기 신호가 올랐다. 심지어[1] 내가 본 바에 의해도 아메리카의 어떤 가정에도 거의 전부 텔레비전이 설치되어 있으므로 사람들은 우정 입장료를 내고 영화관에 가지 않게 되는 경향이 심했었다. 그래서 곤란에 처해버린 어떤 할리우드의 영화회사 장(長) 텔레비전보다 휠을 압축한 배곡(盃曲) 필름 면에 투영되어 특수한 렌즈로 영사(映寫)[2]하여 이것을 '하이파고나'[3]라고 한다.

결국 그 특색은 특수 확대 렌즈에 의한 파노라마적[4](와이드 스크린) 영사 효과를 가진 화면이지마는 거기에 더 박력을 주는 것은 음향의 입체적인

1　원본에는 '심지에 있어' 로 표기됨.
2　영사 : 영화나 환등 따위의 필름에 있는 상을 영사막에 비추어 나타냄.
3　원본대로 표기함.
4　원본에는 '파라노라마적' 으로 표기됨.

녹음과 그 재생 장치이다. 종래의 영화가 1본(本) 사운드 트랙(필름에 음향을 녹음한 것)이었는데 여기서는 4본 트랙을 쓰게 되었다. 화면이 넓어졌기 때문에 음향의 실감도 달라져야 하며 소리의 이동이나 원근감을 나타내기 위해서는 그 조식(調飾)[5]이 중요해진다. 그래서 스크린 후방에는 스피커가 3개 놓여 있고 지금까지 장내(場內)에 없던 스피커가 양측으로 3개식(式) 새로 나타났다. 이러한 스피커에서 울려 나오는 음향은 녹음 장치에 의해 잘 조정되어 있기 때문에 화면에 박력을 주고 극적, 또 신[6] 실감이 나고 지금까지의 영화보다 스크린이 크고 녹음이 발전된 영화를 만드는 것만이 그 곤경의 타개책이 될 것이라고 믿고 1952년 말에 최초의 시네마스코프 영화 〈성의(聖衣)〉의 제작을 발표했다. 그 사의 이름은 20세기폭스사의 파나기오티스 스커러스[7] 씨라고 한다.

이 〈성의〉란 영화는 그 후 완성되어 1953년 9월 16일에 뉴욕의 대극장 록시[8]에서 공개되었다. 과연 지금까지의 영화 양식과 다른 점 — 즉 초(超) 와이드 스크린 영사법에 많은 관객이 모여들고 영화는 다시 텔레비전의 위협에서 벗어났을 뿐만 아니라 할리우드에 서광을 주게 된 것이다. 〈성의〉의 성공은 또한 할리우드에 새로운 전환을 초래시키는 동시에 각 영화사는 거의 거작(巨作) 대부분을 시네스코 '시네마스코프의 략(略)'의 양식으로 제작을 하게 되어 다소 그 명칭만은 다르지만 현재 발매되고 있는 작품은 거의 시네스코이다.

---

5 조식 : 잘 다듬어서 꾸밈.

6 scene : 영화를 구성하는 극적 단위의 하나.

7 Spyros Panagiotis Skouras(1893~1971) : 그리스계 미국인 영화 제작자.

8 뉴욕의 록시 극장(Roxy Theatre). 원본에는 '룩키시' 로 표기됨.

그러면 시네스코는 어떠한 것일까?

보통 영화의 사이즈의 비(比)는 1 대 1.33이었으나 시네마스코프의 영화 스크린의 표준은 높이 25피트 넓이 62피트로서 총모(總模)의 비는 1 대 2.55이며, 그렇기 때문에 스크린의 폭은 종래의 것보다 훨씬 넓어진 것으로 되었다. 실제에 있어 사람의 눈의 시계(視界)라 비슷한 넓이 — 즉 인간의 안구(眼球)가 자연스러운 외시계(外視界)의 입장에서 화면을 바라다보게 된 것이다. 시네마란 영화는 같은 확대 스크린에 3본의 필름을 동시에 영사하는데 시네스코는 1본으로 되어 있으며 여기에 독자적인 광학적 기술도 있을 것이다. 즉 광학적으로 좌우는 리얼리스틱한 효과를 관객에게 준다. 시네스코와 거의 같은 이론으로 1954년에 나타난 것이 비스타 비전의 양식이다. 비스타 비전은 지금까지의 초대형 스크린 방식의 결점을 없애기 위해 파라마운트사(社)에서 제작했다. 그 제1회 작품은 〈화이트 크리스마스〉이다. 이것은 시네마스코프가 렌즈의 작용에만 의존해서 스크린을 크게 넓히기 때문에 화면이 흐리게 되었는데 여기서는 필름의 입자를 2분의 1 이하로 축소시키는 발명을 했다. 이 방법은 35밀리 스탠더드 필름을 변형시키지 않고 '네거'[9]가 수평으로 달리는 특수한 카메라로 의해 보통 필름의 한 폭의 분(分)의 2배 반에 가까운 것을 한 폭으로 투영해 가지고 그 2배 반의 네거에서 종래와 같이 종(縱)으로 달리는 포지[10]의 한 폭과 같은 스페이스에 축소시킨다. 그 결과는 네거 면의 화상(畫像)이 봉지 면에 2분의 1 이하로 축소되었기 때문에 필름의 입자가 작아졌으며, 따라서 초대형 스크린에 흐린 것이 보이지 않고 화면이 몹시 선명하게 되었

---

9 negative film: 음화를 만드는 데 사용.

10 positive film : 양화(陽畵).

다.

또한 시네스코의 화면의 비(比)가 1 대 2.55인 것이 더욱 인간의 시각을 고려해서 가장 자연스럽다는 1 대 1.85의 비율이 되었다. 그러나 극장의 구조에 따라 1 대 1.33, 1 대 1.66, 1 대 1.75 또는 시네스코의 비율로서 상영하고 싶을 때에는 영사기용(用)의 마스크로서 영사하도록 화면이 구성되어 있다.

이상 간단히 시네마스코프와 비스타 비전에 관해서 상식적인 말을 적었는데 50년의 영화계는 지극히 많은 변화와 혁명을 하여온 셈이다. 사일런스에서 로커, 흑백에서 색채 포트래이트 안경을 쓰고 보는 3D 영화, 그리고 시네스코(비스타 비전)…… 이처럼 발달하다가는 앞으로 영화가 어떻게 될 것인지 모르겠다. 끝으로 한마디는 시네스코의 공술성(共術性)이 크게 의무시된다는 것이다. (필자는 작가)

(『형정(刑政)』 22호, 1955년 10월 20일)

제4부

미술

정종여(鄭鍾汝) 동양화 개인전을 보고

동양화가 정종여는 현 우리 화단에 있어 가장 빛나는 화가의 한 사람이다. 그가 오랜 시작[1]을 거쳐 이 황막한 토지에서 수난을 무릅써가며 그의 작품을 공개하였다는 것은 오직 그의 자랑일 뿐 아니라 또한 우리들의 기쁨이라고 할 수 있다.

현대인의 모든 감각을 소지하고 있는 그는 "우리 동양화가 시대성에 뒤떨어졌다"는 것을 지적해가며 그 반면에 있어 동양화가 가지고 있는 봉건 정신을 위기에서 구출한 최초의 용사(勇士)이며 동양화의 전통과 1948년의 현실과의 무기적(無機的)[2] 거리를 그의 예민한 렌즈로 측량하고 있는

---

1 試作 : 시험 삼아 만들어봄.
2 무기적 : 생명이나 활력을 갖고 있지 않은 것으로 분류되는 물질의 속성을 나타내는

것이다.

조명이 어두운(전기가 없는 관계) 화랑 속에서 우리들의 눈을 현혹시키는 작품 〈서울의 밤거리〉〈위진(威振)〉〈을축도(乙丑圖)〉〈돌아온 사람들〉 ETC[3]는 특히 현대시의 새로운 이미지를 강력한 힘으로서 우리들에게 시위적인 계시를 하고 있다. 그는 청춘이 시들어질 적에 정열과 정력의 '붓'으로 또 하나의 광대한 동양화의 책원지(策源地)[4]를 만들고 그곳에서 사회와 현실 전통과 정통에의 최단 연결선을 구상하고 있는 것이다. 어떤 몇 사람은 "정종여는 동양화가가 아니다"라고 말하고 있는데 참으로 그들이야말로 생활과 현대적 사고를 망각한 고립의 사람들이라 하겠다.

48년에 열린 수많은 회화전에서 아마 이후에까지 우리들에게 준열한 자극을 줄 수 있는 화전(畵展)은 정종여 개인전일 것이다. 이것은 이번 겨울 시즌뿐만이 아니라 금년도의 최대 수확인 것이다.

동양화가 정종여는 최근 보기 힘든 속도인이다. 그는 그의 독자적인 유동하는 센스를 가지고 있다. 앞으로 새로운 동양화의 정통을 만들 것을 원하여 마지않는다. (박인환)

(『자유신문』, 1948. 12. 12)

것.

3 etc. : et cetera. 등등, 기타.

4 책원지 : 전선의 작전 부대에 군수 물자를 공급하는 후방의 기지.

제5부

사진

보도 사진 잡고(雜考)

며칠 전 조선에 있어서의 유능한 잡지를 편집하는 R 씨는 필자에게 아래와 같은 이야기를 하였다. "나는 잡지에 있어서의 '컷'의 불필요성을 말하고 싶다. 이유는 '컷' 대신 사진을 사용하는 데 오늘보다 좋은 용지를 쓰게 된다면 사진 사용의 중요한 난관을 타파할 수 있다." 이 현대적 감각의 편집자는 오랜 경험에 비추어 시각적인 이미지가 사진에 있어 처음으로 유기적으로 움직인다는 것을 명심하고 있는 모양이다. (여기에 있어서의 '컷'은 화가에 의한 그림을 말함)

무역과 교통이 발달되고 지식과 민주 사상이 고도화됨에 따라 뉴스에 대한 관심은 급속도로 높아졌다. 철도의 부설, 각국 간의 통상조약의 체약(締約), 우편사업의 확대, 전신술(電信術)의 발명으로 민중은 사회상 그리고 정치상의 사건에 관심 이상의 것을 갖게 되었다. 사진이라는 것이 없을 때에는 회화에 의한 보도와 스케치 판화로써 이를 알려주었으나 이러한 것은 대반(大半) 화가의 상상이었다. 그 기록적 가치는 적었다. 신문과 잡지가 간행됨에 따라 기사의 진실성이 요구되어 그 뉴스 밸류를 높이기 위해서 판화를 쓰게 되었다. 그러나 여기에서도 기사와 삽화도 작자의 개성에 좌우되었던 것이다.

사진에 의한 보도도 사진가의 그 사건에 대한 태도와 사건의 선택, 그 판단의 능력과 지위, 그 외 여러 가지 점에 사정은 있기는 하나 사진이 가진 기록적 가치는 다른 것보다도 크고 일반에게는 의심당하지 않는다. 사진에 의한 보도의 진보 단계는 사진술과 인쇄술의 기술적 발달의 계단과 결부되어 있다. 역사적인 가치 있는 보도 사진이 처음으로 촬영된 해는 1842년의 일이다. 이해 3월 5일부터 8일까지 함부르크 시에 화재로 도시의 대반[1]이 타버렸는데, 독일에서도 유명한 다게레오[2] 사진가 헤르만 비오브[3]는 이 소적(燒跡)을 촬영하였는데, 비오브는 46매의 사진을 40 프레드릭 몰[4]로 함부르크 역사학회에 제공하기로 했으나, 동(同) 학회에서는 이 사진의 역사적 가치는 인정하기는 했으나, 그만한 비용을 지불할 수 있게 이 사진이 영속할까를 걱정하여 비오브의 신청을 거절하였다.

17세기에는 세계의 사건을 보도하기 위하여 영국에서는 1622년, 불란서에서는 1631년에 신문지가 발행되었다. 출판의 자유를 선언한 불란서 혁명 전후에 『모닝포스트』지가 1772년에, 『타임스』지는 1791년에 창간되었다. 그리고 신문에 그림을 처음으로 쓰기로 생각하였던 것은 『옵서버』지의 윌리엄 클레멘트였다. 이리하여 구라파나 아메리카에 있어서 현

---

1 大半 : 반수 이상. 태반.
2 다게레오 타입(daguerreo type) : 프랑스의 루이 자크 망데 다게르(Louis Jacques Mandé Daguerre, 1787~1851)에 의해 발명된 사진을 가리키는 말. 촬영 시간을 크게 단축함.
3 Herm Biow : 함부르크의 대화재를 다게레오 타입으로 기록함.
4 원본대로 표기함.

재의 일류 신문은 그 대다수가 19세기에 창간되었다. 그리고 신문에 들어간 그림은 유명한 인물의 초상과 역사상의 사건과 극장의 뉴스, 군함의 뉴스, 그리고 스포츠나 만화와 같이 민중이 즐거워하는 것이었는데, 그 중에서도 눈에 띄는 것은 영국[5] 여왕과 황태자의 초상과 함부르크의 대화(大火), 셰익스피어의 주택의 경매와 멕시코의 전쟁의 그림이었다. 그러면 어찌하여 신문과 잡지에 사진이 이용되지 못하였나?

문제는 이것을 받아들일 민중의 마음이 적었으며 그렇지 않으면 이 시기에는 보도 사진의 지반이 없었다고 본다.

1854~55년 크림전쟁 중에 그때의 영국[6] 육군 대신인 발 듀어 경(卿)에게 카메라를 전지(戰地)에서 사용하면 어떠냐고 제안한 자가 있었다. 그리하여 브랜든과 도슨 양(兩) 소위가 선발되어 종군사진가로서 출발하였다. 크림전쟁에서는 많은 사진이 촬영되었다. 그중에서도 유명한 것은 로저 펜튼[7]이 촬영한 것이다. 펜튼은 귀국한 후 159매를 신문에 발표하였다. 크림전쟁의 사진은 쇼 레페바[8]에서도 간행되었다. 그리고 F. 비토도 보도 사진가로서 유명한데 1857년의 인도 내란에 종군하여 여러 가지로 촬영하고 있다.

이러한 동안 사진술은 기술적인 부면(部面)에서 장족의 발달을 하게 되었다. 지리학과 측량을 위한 공중 촬영, 천체 사진, 현미경 촬영 등으로 우리의 생활과는 분리할 수 없게 되어버렸다. 그리하여 세계 각지에는

---

5   원본에는 '美國'으로 표기됨.

6   원본에는 '美國'으로 표기됨.

7   Roger Fenton(1819~1869) : 영국의 사진가. 1854년 크림전쟁의 종군사진가가 되어 첫 전쟁 사진 작가가 됨. 사진협회(현재 왕립사진협회) 설립을 주도함.

8   원본대로 표기함.

사진협회가 결성되었다. 세계 최초의 사진 전문의 신문은 1847년부터 1849년까지 아메리카 보스턴에서 발행된 『다게레오타입』지였다. 구라파에서는 1851년에 불란서에서 발행된 『르미엘』지가 오래되었다. 1844년에 처음으로 사진을 신문과 잡지의 삽화로써 사용하였을 때에는 사진 그것 자체를 본문의 지면에 붙이지 않으면 안 되었다. 사진과 본문의 기사와 함께 인쇄한다는 방법은 1880년까지는 전연 없었다. 사진을 기계적인 방법으로 인쇄하기는 1880년에 뉴욕시의 S. H. 호건이 처음으로 실용적 성과를 얻었다. 사진에서 직접 얻은 이 세계 최초의 인쇄 사진은 호건이 발명하고 그리고 자신의 손으로 제작한 스크린에서 인쇄한 것으로 1880년 3월 4일의 『뉴욕 데일리 그래픽』지에 게재되었다. 1893년 호건 씨는 『뉴욕 헤럴드』지의 미술부장이었다. 이리하여 신문의 뉴스 밸류는 고도로 증대되어갔다. 19세기의 후반 이래 신문은 커다란 세적(世的) 세력의 하나였다. 1855년부터 불과 10년밖에 경과되지 않은 1865년의 런던의 신문 발행 부수를 본대도 그 전의 25년간에 있어서의 전(全) 신문의 발행 부수의 6배로 되어 있다. 그리고 세계의 신문지는 모두가 그 기사속에 또는 부록으로 많은 사진을 쓰게 되었다. 최근 신문에 대한 수요는 증대되어가 영국의 유명한 신문으로 특히 사진과 회화를 많이 쓰고 있는 발행 부수를 조사하여 본다면 『데일리 스케치』지 85만, 『데일리 미러』지 136만, 『선데이 픽토리얼』지 100만 내지 200만, 『뉴스 오브 더 월드』지 330만, 『피플』지 300만, 『데일리 익스프레스』지 225만 등이며, 영국에서 발행되는 신문지 부수는 일간 신문 약 1,900만, 일요 신문 1,600만이다. 각 신문지 1부에 평균 10매의 사진이 게재된다 하더라도 매주 사진은 13억이라는 숫자가 되는 것이다. 아메리카의 신문 발행 부수는 일간 약 4,000만, 일요 신문 3,000만이다. 삽화 신문 최고(最古)의 하나인 『새터데

이 이브닝 포스트』지는 지금 필라델피아에서 발행되는데 약 300만의 독자를 가지고 있다. 불란서에서는『파리 수아르』지가 180만,『프티 파리지엥』지 152만,『주르날』지가 95만이 가장 많은 숫자이다. 그리고 소(蘇)연방에서는『프라우다』지 300만,『이즈베스티아』지 200만이며, 일본에서는『아사히(朝日)』,『도쿄 일일 신문(日日)』,『요미우리(讀賣)』등이 100만 이상의 발행 부수를 가지고 있다. 이러한 신문지의 발행 부수에서 우리들은 오늘 세계 중의 신문과 잡지가 어느 정도의 사진을 산포(散布)하는가를 알 수 있다.

  '독도 사건', '제주도 사건' 등에 여러 가지 기사가 현지의 참상을 알려주었는데, 우리는 한 장의 독도 사건의 사진을 보는 것이 더욱 우리로 하여금 분노를 얻게 하였다. 그러나 제주도 사건은 어째서 그러했는지 별로 현지를 촬영한 사진을 보지 못했다. 각 잡지와 신문 특파원은 붓이 움직이는 최대한 능력으로 참극을 묘사했으나 만일 글을 읽지 못하는 사람이 무엇을 알 수 있겠나. 저기에 정확한 보도 사진이 겸하였다면 우리는 더욱이 상황을 알고 눈앞에 볼 수 있었을 것이다. 보도 사진이 조선에 있어서 개척해나갈 앞날은 문자 그대로 다난할 뿐이다. 신문, 잡지는 용지 관계 그리고 인쇄 관계로써 초지(初志)를 일관치 못할 것이며, 모든 것이 완성되었다 하더라도 그때에는 사진 촬영자가 없다. 단순히 예술 사진을 촬영하고 있다 하여 보도 사진의 촬영은 할 수 없다. 보도 사진의 저널리즘 정신과 예민한 보도 센스, 레이아웃에 있어서의 구성적, 조형적 능력은 그들로 하여금 시간의 속도와 시간적 추이를 요구할 것이다. 보도 사진은 세계 사회상 커다란 모험을 주고 있고, 조선에 있어서는 예외 없이 실패하고 있다. 특히 신문지에 나타나는 보도 사진의 부정확성이여. 편집자는 사진의 배치에 있어서라도 회화의 펄프의 선(線)을 재고할 필요를 가져야 할 것이다.

(『민성』 4권 11호, 1948. 11. 20)

제6부

문화

나의 문화적 잡기

문화인 등록에 이론(異論)

수일 전 소설가 김광주를 만났다. "박 형은 문화인 등록을 합니까?" 나는 즉석에서 "문화인이 못 되니까 등록을 할 자격조차 없습니다."라고 대답할 수밖에 없었다…… 지나간 얼마 동안 신문지상이나 다방 구석에서 문화인 등록을 반대한다는 소리를 듣고 본 일이 한두 번이 아니었다. 더욱이 문화단체총연합회 소속이 아닌 나로서는 '문총' 자체에서도 이에 응락하지 않는다는 것을 알고 제법 좋은 일이라고 생각하였으나, 어느 틈인지 일을 지지하겠다고 나온 데는 정상적인 사고로서는 판단하기가 힘이 들었다.

대한민국 문교부 시책에 대해서 반대할 의사는 추호도 없다. 허나 이번 등록만은 스스로가 문화인이 아니다라고 마음에 결심하고 이에 반대하기로 했다. 마치 나치스 치하의 독일에서 괴벨스[1]가 명령한 '반유태 지식

---

1 Paul Joseph Goebbels(1897~1945) : 나치 독일의 정치가. 유대인 탄압, 문화계 통제에 앞장섰으며 선전 및 선동의 제왕이라고 평가됨.

인 등록'을 상기치 않을 수 없었다. 물론 그 목적과 성질은 다르나, 민주 국가에서 문화인의 등록을 받지 않으면 안 된다는 그러한 관료적인 처우 는 우리 한국에서 처음으로 불길한 예를 만들기 쉬운 것이다. 작가의 실험과 작품 행동의 자유를 보호하는 것은 노국(露國)이나 불란서나 다름이 없을 것인데 어찌하여 이러한 등록을 우리나라에서만 하여야 되는지, 그 이유를 지금으로서는 알 길이 없다. 더욱 고도화한 문화적인 국가와 사회 를 지향하고 있는 우리나라가 명확한 문화에 대한 제반의 체계와 정의 씀 을 내세운 다음 이에 응할 것을 바라야 할 것이다. 더욱이 그 수준도 문제 되는 바 이를 하나의 소설가나 시인에서 예를 든다면, 자욱이 이름을 사 회나 잡지에 밝히지 않고 있는 무명 인사가 값싼 저널리즘에 매명(賣名)한 소설가보다도 교양이 높고 문화적인 소양이 풍부한 것을 나는 여러 사람 에게서 보았다. 일본에서 대학 교육을 받은 시민보다도 더욱 문화적으로 저속한 한국의 시인이 "나는 문화인이요"라고 나서야만 된다면, 이는 한 국의 문화가 고립의 상태를 버릴 때, 한국의 문화가 어떤 국제적인 교류 를 맺을 때, 한갓 희극에 그치고 말 것이다.

예술원도 좋고 학술원도 무방하다. 이제까지 문화인 등록을 반대하던 자가 오늘에 와서 상기(上記)한 각 원(院)의 회원이 될 것이며, 또한 회원을 선출하기 위한 자격을 얻기 위하여 등록을 이행하고자 한다면, 과연 이들 은 문화인적인 양식을 소유하였다고 할 것인가.

문협 회원 자격 사정(査定)

극히 유쾌한 일로서 나와 환김경², 박계주(朴啓周), 조경희(趙敬姬), 기외 (其外) '후반기' 원인(圓人)을 비롯하여 10여 명이 한국문학가협회에서 제명된 일이다. 6 · 25 사변 전의 동 협회의 회보에는 나도 모르는 틈에 회원이라고 이름이 기록되어 있었고, 이번에는 또한 제명되어 있으니, 마치 공산당의 숙청과 같다. 여하간 오합지졸들 틈에 섞여 있는 것 같은 강압적 중압감을 벗어난 듯하며 마음이 가벼워지며, 도대체 문학인이 각국의 개성과 창작의 방도가 틀림에도 불구코 하나의 단체 그리고 이념이 다른 자들과 동일한 단체에서 공동 운명체를 꿈꾼다는 것은 우습다. 최근 이하윤(異河潤) 씨와 이헌구(李軒求) 씨를 만났다.

"문협과 같은 파벌적인 집단에서 일을 한다는 것은 작가의 양심에 대한 거짓이다." 수일 전에는 외국 문학 분과위원장에 피선되었으며 문협의 주류적인 일을 맡아보던 이(異) 씨의 발언을 하나의 방언(放言)[3]이라고는 생각할 수 없고, 더욱이 부회장에 선출된 이(李) 씨는 사임하고 말았다 한다. 그뿐만이 아니다. 한국 시단의 활동적인 원로로 볼 수 있고 8 · 15 이후 민족문학의 순수한 일인자로 알려진 김광섭 씨는 문협을 정식으로 탈퇴였다 한다. 이러한 한국 문학의 대표적 인물이 탈퇴 또는 사임하고 말았다면 문협의 현재의 회원은 누구일 것인가?

저작가(著作家) 조합을 구상

우리들 젊은 세대는 인습적이며 지방적인 문협과 같은 단체에서 처음부터 일할 생각을 해본 적이 없고, 나아가 이에 반대하여 지금의 가족적인 집합체 '후반기'를 구성하고 있는데, 앞으로는 전(全) 작가의 수익과

---

2 원본대로 표기함.

3 방언 : 거리낌이 없이 함부로 말함.

참다운 사회적인 지위 향상을 도모하여 가칭 '한국저작가조합'과 같은 것을 새로이 조직하여 진실한 문학의 발전에 기여할 작정이다.

이미 30여 명에 가까운 지지자와 찬동 문학인의 참가가 확정되고 있다. 그런데 정부로부터의 거액에 달하는 보조금 받고 있는 문총(文總)의 산하인 '문협'은 몇 사람의 이해에 적합한 시기에 기계적인 회원을 한다. 여기에는 작가의 정신이나 창작에 대한 구체적인 작용의 반영은 전연 없다. 정치 단체의 지방 위원회와 같이 임원 선출이 그 회합의 가장 큰 목적이며, 선출 방식은 몇 사람의 가면(假面) 문학의 보스의 지시에 의하여 언제나 이용성이 많고, 이미 인간의 기능을 상실한 불구자를 선출한다. 문학을 자기의 생(生)에 대한 최종적인 의무로 생각하는 젊은 세대로서는 상상조차 할 수 없는 일…… 즉 임원이 된다는 것으로 만족하는 이들의 작품을 보라. 이들은 작품 자체로서 자신에 충실할 수 없으니 다른 길로 써서 자기의 이름을 활자화시킨다. 그리하여 문협은 오늘에 와서 참다운 지식인, 언론인이 볼 때 회고주의(懷古主義)에 젖은 지방 문학 청년의 피신처밖에 되지 않는다. 그 시대의 작가가 그 시대의 거울이 될 수 없다면 문협이 걸어가는 길은 문학 자멸의 길이다. 이것은 대중에게서 유리되고 사회에서 경축받는 작가들이 자위(自慰)와 향락만을 도모하는 비현실적인 도화(道化)[4] 역口(役口)의 집합이다. 시인이며 평론가인 박태진(朴泰鎭)은 문협에 대해 다음과 같이 말한다. "나를 포로(捕虜) 회원으로 하겠다는데 그들 중에서 누가 포로할 자격을 가진 자가 있는가?" (시인)

(『연합신문』, 1953. 5. 25)

---

4 도화 : 도(道)로써 바른길로 이끎.

제7부

국제 정치

동부백림(東部 伯林) '반공 폭동'의 진상

자유에서의 생존권

사건의 개관

지난 6월 16일 동백림(東伯林)[1]의 건축 노동자들 중심으로 한 10만여[2]의 노동자들이 돌연 소요와 반정부 데모 및 제너럴 스트라이크[3]를 감행한 것은, 전 세계로 하여금 또다시 그 이목을 '철의 장막'에 집중하게 하였다. 17일에는 폭동은 더욱 악화되어 소련 당국은 이를 진압하기 위해 무장 부대 1개 사(師)를 출동, 반공 데모 참가자 중 총탄 그 밖에 의하여 5명이 사망, 적어도 150명이 부상하였다. 그 후 격화된 자유 시민군(群)은 소련군 1

---

1 1990년 독일이 통일되기 이전 동독의 수도. '백림(伯林)'은 '베를린(Berlin)'의 음역어.

2 원본에는 '10여만'으로 표기됨.

3 general strike : 노동자가 전국적인 규모로 일으키는 스트라이크. 정부의 노동정책 반대 등 정치적인 목적에서 일어나는 경우가 많음. 원본에는 '제네스트'로 표기됨.

개 연대, 동독 인민경찰대 1만여 명과도 충돌이 생겼는데, 새로이 출동한 소련군 1개 사(師) 1만여 명은 소비에트 점령 지구 내의 제(諸) 기지에서 동백림 경계선에 도착하고, 중전차(重戰車) 200대를 동원시켜 소비에트가 구주(歐洲)[4] 지역의 도시에서 폭동 진압, 계엄령의 유지를 위해서 사용한 전차·화기·보병으로서는 전후(戰後) 최대의 것이다(AP). 계속하여 제너럴 스트라이크는 소비에트 점령 각 지구에도 파급되고, 철도 노동자가 동백림에 동정(同情)하여 직장을 방기(放棄)함으로써 동독 통신망은 마비 상태에 빠졌다. 계엄령 포고에도 불구하고 17일 야중(夜中)에는 알렉산더 광장 급(及) 포츠담 광장, 그리고 스탈린가(街)(구 프랑크푸르트가)에서 맹렬한 충돌이 발생하여 소련병과 경찰대는 여러 차례에 걸쳐 데모대에게 발포하였다. 또한 반공주의자들은 포츠담 광장 부근의 정부 창고를 위시하여 카바레 하우스·화타란드에 방화(放火)하였다. 18일에는 백림 근교 포츠담과 바벨스베르크에도 계엄령을 포고하였으며, 동백림에 있어서의 10만인의 반공 소동에 호응하여 브란덴부르크, 몰가우, 할레, 드레스덴, 헤닝스, 물후, 켐니츠, 츠비카우, 라이프치히 급 비타펠트에도 폭동이 발생하였다.

17일 동백림에서는 엄중한 야간 외출 금지령이 포고되어 있는 거리의 정막을 뚫고 군대·전차가 밤새도록 이동하였다. ……그리하여 동백림 일대는 18일 평상의 상태에 복귀하였다. 소비에트 군사령관에 의하여 외출 금지령은 18일 오전 5시에는 해제되고, 동시에 백림─서독일 간의 100여 마일의 자동차 도로도 재개되었다. 이와 때를 같이하여 서백림의 라디오 방송은, 동백림의 데모를 지도한 것으로 알려진 스트라이크 위원회

---

4   구주 : 유럽의 한자 음역인 구라파(歐羅巴)의 약칭.

의 위원을 체포하라는 명령이 내렸다고 보도하였다. 또한 반동 폭동을 조직하였다는 이유로 소비에트 군사령부에서 고발된 독일인 1명은 18일 소비에트군(軍)에 의하여 직시(直視) 총살형에 처하였다. 서백림의 독일적십자사 부로스 박사는 17일 하루 동안에 동백림에서는 16명이 사망되었으며 부상자는 200명이 넘을 것이라고 발표하였다. 그 후 100여 명 이상의 동백림 시민은 데모에 참가하였다는 밀고로써 18일 투옥되었다. 그러나 대부분의 시민은 정부의 직장 복귀 명령에도 불구하고 집에서 나가지 않고, 정부 측의 공식 성명서도 동백림의 공장에서 18일 조업을 재개한 것은 극히 일부라는 것을 인정하고 있다. 마그데부르크에서의 상황은 17일 인민경찰대와 대부분이 텔만 국영 중기계(重機械) 공장의 직공으로 이룬 1만 3,000명의 노동자 간에 충돌이 발생하여 사망자 7명 내지 20명(추정)을 내었다. 노동자들은 정치범을 수용하고 있는 하르바 슈테테타가(街)의 형무소로 쇄도하여, 소련 당국은 전차를 출동시키고 이곳에도 계엄령을 포고한 것이다. 이러한 각지의 폭동은 계엄령하에도 불구하고 19일에 이르기까지 산발적인 치안 교란이 발생하였다. 그 후의 정보에 의하면 동백림 폭동에서만 사자(死者) 40명과 중상자 125명이 생긴 모양이다. 더욱이 전기(前記)한 1명의 총살자 — '외국 정보기관의 앞잡이' — 로서 영웅적인 최후를 남긴 실업(失業) 페인트공 케트링을 위하여 서백림 매호(每戶)에서는 조기(弔旗)를 달았다.

이것으로 일단락을 지은 감을 주던 동백림 폭동은 7월에 들어 또다시 재연되었다. 서부 독일 방송은, 7일 베를린 시내(소(蘇) 점령하)에서 노동자의 강력한 시위가 전개되고, 이들은 과반(過般) 데모에서 체포된 수만의 동지들의 석방을 요구하였고, 시위 노동자들과 동부 백림 인민경찰대 간에는 충돌이 발생하여 경찰 당국은 7일 하오부터 비상경계를 선포하였다고 보도하였다.

사건의 핵심

폭동 발생의 원인에 대해서 소비에트 공산당 기관지 『프라우다』는 18일 지상에서 "백림에서의 외국의 앞잡이들의 모험은 실패하였다."고 보도하고 있으며, 동독 정부 측 방송은 17일 아침 군복을 입은 미국 장교가 16일 동백림 지구의 폭동을 선동하였다고 비난하였다. 이것은 17일 저녁에 발간될 『노이에스 도이칠란트』(통일사회당 기관지)의 기사의 전문을 방송한 것이다. 동독 측의 선전은 극력(極力) 외부에서 조종된 것처럼 인상을 주려고 하고 있는데, 이것은 상식과 그 현실에서 벗어난 것이라고 볼 수밖에 없다. 데모 참가의 노동자가 '전독(全獨)의 자유 선거' 등 지금까지 서독 측이 요구하여 오던 슬로건을 절규한 것과 같은 것은 확실히 서독의 영향을 받고 있는 것이나, 물가의 등귀(騰貴)[5]나 저율(低率)[6]한 임금 등 동독 정부의 실정(失政)을 직접 공격하고 있는 것은 폭동 발생의 진정한 동기가 동독과 이것을 관리하는 소련의 최근 정책 그 자체에 있다고 할 수 있다. 통일사회당에서는 동백림의 폭동이 동독 전역에 파급된 사실을 시인하는 동시, 금후로는 당은 노동자에 대해서는 더욱 공정한 태도를 취해겠다는 요지의 성명을 발표하고 있는 것은 정책 실패를 자인하고도 남는다.

동독 정부는 작년 7월 서독 측의 평화 공세와 구주(歐洲) 군 조약에 조인하는 것을 계기로 하여 공산주의 체제를 강행하는 정책을 내세우고, 사

---

5 등귀 : 물건값이 갑자기 많이 뛰어오름.
6 저율 : 싼 이율.

회주의 경쟁에 의한 공업생산의 증진, 협동조합 조성에 의한 농업 생산의 증대 등의 방책을 취하게 되어 사실로서 생산은 현저히 증가되었다. 일본 『독매신문(讀賣新聞)』[7]이 인용하고 있는 UN 통계에 의하면 52년도의 전년 비(比) 공업 생산은 체코의 18% 증(增), 다음에는 동독의 16% 증이 세계 제2위인 것이다. 그러나 이것은 노르마[8]의 인상이나 잔업의 강화, 휴일의 폐지 등으로써 이루어진 노동자의 봉사로써 얻는 것이다. 농업의 협동조합화─집단화 정책도 각국에서의 예와 같이 농민 특히 부농의 이익을 무시한 공산주의 정책이다. 또 경제의 공산주의화에는 중소업자는 언제나 압박을 받는다. 동독 5개년 계획의 성공적 수행이라는 공산 측의 선전에도 불구하고 동독에서의 탈출자는 연일 수백 수천에 달하였다. 동독 정부도 요즈음에 와서 이와 같은 공산주의 강행 정책을 시정하고자 지난 6월 11일에는 중소업자의 옹호, 몰수된 농업경영의 구(舊) 소유자에의 반환, 동서 교통 제한의 완화, 3년 이상의 경범죄자의 복권, 식량 기타 물가의 인하 등 중요 결정을 발표하고 그 후에도 기독교 교회에 대한 억압 조치를 정지, 식량 판매의 제한을 해제하였으나, 이것은 민심을 수습하기에는 너무도 늦은 정책이 되고 말았다.

AP통신사의 돈 휴즈 씨는 공산주의 국가에 일어난 폭동에 대하여 다음과 같이 그 이유를 말하고 있다. "우선 생각나는 것은 소련 치하의 인민이 소련이 하는 일에 전연 만족하고 있지 않다. 이와 같은 첩적(疊積)된 불만과 억압의 분노가 폭발한 것이다. 나는 동독과 함께 미·영·불 관리하에 있는 서독도 보고 왔는데, 소련 지구의 사람들에게 참으로 생기가 없으며

---

7 『독매신문』 : 일본 『요미우리신문』.
8 norma : 개인이나 공장에 할당된 표준 노동량이나 생산의 최저 책임량.

웃음이 얼굴로부터 사라지고 있다. 복장도 참으로 더러우며, 미국 관리 지구에서 한 벌에 50불 하는 양복이 소련 지구에서는 국영의 사정(査定)[9]가(價)로서 250불이나 된다. 대체로 독일인은 '나는 독일인이다' 라는 자부심을 가지고 있다. 소련이 자유를 빼앗아버린 지금과 같은 관리 방식을 취하고 있는 한 폭동은 더욱 확대될 것이다. 거기에 비밀경찰의 경비가 심한 것은 이루 말로 할 수 없으며, 아파트 같은 곳에서는 라디오마저 전부 관리인의 손에 의하여 조정되어 소련의 선전 이외에는 아무것도 들을 수 없는 지경이고, 우편은 전부 검열을 받는다. 인민들의 폭동화한 것은 이제는 '직접 생존권' 의 문제에까지 자유가 억압된 탓이라고 나는 믿는다."

이러한 증언은 "민중의 생활상태를 개선하는 동독 정부의 시책에 대하여 서백림의 파시스트와 그 외 반동분자가 조작한 민주 지구 질서 파괴를 목적으로 한 수단이다." 라는 소비에트 각지의 보도와는 정반대의 것이 되는데, 그 판단은 내가 여기서 말하지 않아도 독자 각인에게 있는 것이다.

하여간 인간에게 있어서의 '생존권' 과 같은 자유를 박탈된 인민에게 경제적인 고통이 가중되었을 때, 필연적으로 발생하게 되는 것은 정부에 대한 반항, 즉 '폭동' 이다. 과거 수개월 간의 생산 노르마 — 말하자면 임금의 기준이 되는 표준 수입량의 인상이 맹렬히 운동되었다. 그리고 노동자는 동일한 임금으로 10%를 더 생산할 것을 명령받았다. 동독의 재군비(再軍備)가 인플레를 방지시키기 위해서는 이와 같은 조치가 필요해졌다. 그러나 이와 같은 기업은 여러 공장에서 완전히 실패되고 인플레적인 과정이 노동자의 노르마 인상을 반대하는 데 박차를 가했던 것이다. 여기에 서독 측의 '자유 독일 통일 선거' 의 운동과 서방 측의 선전은, 그들의 가

---

9 사정 : 조사하거나 심사하여 결정함.

습 — 적어도 억압과 폭정하에 있는 — 에 나날이 충격을 주는 것이 되었다. 동독의 시민은 히틀러 시대보다도 더욱이 제2차대전 중보다도 경제적으로나 정신적 모든 면에서 심대한 딜레마에 봉착하고 말았다. 이러한 현실적이며 심리적인 일상과 생활의 빈곤은 BBC 그리고 『미국의 소리』 『자유 구라파』 방송의 진리를 수반하는 '운동'에 끌려나가기가 쉬울 수밖에 없다. 더욱 『자유 구라파』 방송이 지금까지 일하여 온 업적은 실로 큰 것이며, 이 방송의 주파는 장막 내에서 가장 환영받고 있는 사이클이 되어왔었다. "공산 독재와의 싸움을 게을리 하지 말라……"고.

사건의 반향

공산당은, 아니 통일사회당은 공업 노동자 계급의 권리를 대표하여 통치하고 있다고 하는데, 그 공산당이 공업 노동자 계급으로부터 공공연한 폭력적인 대규모의 반대를 받았다는 것이 지금까지의 노서아(露西亞)[10] 혁명사상(革命史上) 있을 수 있는 것일까? 동백림의 폭동이 서백림 방송과 신문 통신으로 전 세계에 알려지자, 이는 최대의 관심사로서 동서의 이목은 동독에 새로이 집중되었다. 이 사건이야말로 자유 세계 인민의 가슴을 통쾌히 하는 것이었다. 철의 장막을 통하여 한 줄기 섬광과 같이 나타나, 만일 철(鐵)의 커튼 그 속에서 사는 수백만의 인민이 동서 간의 외교적 싸움에 의하여 참을 수 없는 전제정치(專制政治)가 종말을 고하느냐? 또는 화해할 수 있는 희망을 줄 수 있을 것이라고 믿었을 때 어떠한 일이 나타난다는 것을 제시하고 있는 것이다. 소비에트는 계엄령을 포고하고 전

---

10 노서아 : '러시아'를 한자식으로 음역한 말. 노국(露國).

차와 기관총의 힘을 빌리지 않으면 아니 되었다. 질서가 회복하기까지에 미·영·불 3개 점령국은 이러한 장막 내의 광경을 보고 있는데, 그 앞에서 민주 평화주의를 주창하던 일국(一國)은 유혈의 참(慘)을 범하여야만 되었다. 제2차대전 이후 이에 필적할 만한 사건은 구라파에서는 발생된 일이 없었다. 그러므로 사건의 반향은 다른 어떠한 사태보다도 충격적인 것이었다.

아메리카에서는 장막의 내막을 시사할 뿐만 아니라 동서 간의 냉정을 중심으로 하는 금후의 국제 정국에도 영향을 줄 수 있는 중대한 사건으로서 관심을 표명했다. 아이젠하워 대통령은 철의 커튼 내의 낙원을 말하던 공산 측의 선전이 얼마나 허위적인 것이었는가를 증명하는 데서 의의 깊은 일이라고 하고, 일반은 2주일 전의 체코의 폭동사건과 결부시켜 이것을 소비에트 권내(圈內)에 있어서의 불안을 나타내는 동시 소비에트 권내에 있어서의 최초의 '대중 봉기'를 의미하는 것이라고 보고 있다. 『뉴욕해럴드 트리뷴』지는 "이 사건과 함께 동독에 있어서의 소비에트 정책은 변동이 올 것이다. 그것이 보다 '탄압의 방향'으로 갈 것인지보다 '자유의 길'로 갈 것인지는 모르나, 동백림의 폭동은 스탈린 사후의 선전 급(及) 정치·정책의 가치를 갑자기 반감시켰다."라고 논평하며, "세계 역사의 새로운 하나의 시기는 동백림의 가로(街路)에서 시작되었다 해도 과언이 아니다."라는 결론을 내리고 있다.

영국 관변 측은 이번 사건은 참으로 규모가 큰 자연발생적인 것이라고 평가하면서, 사태의 추이 여하를 막론하고 소련 지도층의 두통거리임은 틀림없으며, 문제는 동독에 국한한 것이 아니라 모든 위성 제국에 있어서 '스탈린적 제도'의 강요에 대한 반동의 현상이라고 관찰하였다. 최초의 사태를 경시하였던 소련 측도 용이치 않음을 알고 준엄한 태도를 취했으며, 문제는 금후에 걸려 있을 뿐 아니라, 말렌코프 이하 크렘린 지도자들이 이 미묘한 사건의 뒤처리를 세계 정세와 부합시켜 어떻게 할 것인가가 주목되고 있다.

서독에서는 이 역사적인 민족의 날을 기념하기 위하여 '독일 통일 기념일'로 정하고, 서백림 시민 약 2만은 동백림 노동자에 대한 동정(同情) 대중집회를 개최하였다. 서독 주재 코넌트 미(美) 고등 판무관(高等辦務官)[11]은, "공산 측이 최근 동백림에서 취한 조치를 연장한다면 이는 백림에 관한 4국 협정의 '직접 침범'이다. 만일 소비에트 당국이 그 발표와 같이 진실로 동백림 시민의 상태를 개선한다면 현재(6월 20일)까지 포고되어 있는 계엄령을 철회하여야 한다."고 언명하였다. 그러나 동백림 방송은 '서방 측의 선동자'들을 비난하면서, 이번의 사건은 작은 일이며 동독 정부가 이것 때문에 새로운 정책으로 변동한다는 일은 없다. 도리어 이 정책은 국제 정세의 완화와 독일 통일의 회복에 기여하는 것이라고 궤변하고 있다. 허나 금반(今般)[12] 사건의 뒷수습과 민심을 안정키 위한 동독 정부 당국과 소비에트는 그 당황한 태도를 취하고 있다. 즉 소비에트의 세묘노프 주독(駐獨) 고등 판무관은 기독교민주동맹 서기장 오토 누슈케 부수상 급 2년 전에 정계에서 자취를 감추고 있었던 자유민주당수(首) 헤르만 케스트너 씨와 3시간에 긍(亘)한[13] 회담을 하였다. 기독교민주동맹 급(及) 자

---

11 고등 판무관 : ① 보호국이나 점령국에 파견되어 조약 체결이나 외교 교섭 따위의 특별한 임무를 맡아보는 관리. ② 피난민의 국제적 보호를 도맡아 처리하는 국제기관. 1951년 난민 보호를 위한 국제 연합 총회의 결의로 만들어졌으며, 본부는 제네바에 있음.

12 금반 : 이번.

13 긍하다 : 시간적 또는 공간적으로 일정한 범위에 걸치다.

유민주당 측에서 전한 바에 의하면 소비에트는 통일사회당만의 지도권을 인정하는 것을 그만두고 민중으로부터 많은 지지를 받는 정권을 수립할는지 모른다고 한다. 이 때문에 동독 그로테블 내각의 퇴진은 확실시되며, 동독 중공업상 프리츠 셀포맨은 이미 파면되었을 것이라 한다. 동독 ADN통신은 '적의 스파이'들이 작센안할츠의 탄전(炭田) 지대의 중심 도시 아하다아슈타트 연탄공장에 방화(放火)하였으며 범인은 아직 체포되지 않았다는 것을 명백히 하였다. 그리하여 동독 주재 소비에트군 30개 사(師)의 대부분은 아직도 폭동이 일어났던 여러 도시의 경계를 엄중히 하고 있으며, 비밀경찰은 반항운동자의 용의자를 찾기 위하여 가택 수사를 계속하고 있다.

그러나 이와 반면에 동독은 동백림시를 정상한 상태에 돌려야 한다는 서방 측 3국 판무관의 요청을 들은 듯이, 폭동을 진압하기 위해서 시가에 진출하였던 2개 사의 일부를 교외로 옮겨놓고 일부 도시에서는 야간 통행 금지령이 해제되었다. 동독 정부는 6월 28일 과거 48시간 간에 36의 공장·상점이 구(舊) 소유자에게 반환되고 재산을 빼앗겼던 농민 수백 명이 자기들의 토지로 돌아가게 되었다고 발표하였다. 또 경제 위반으로 할레에 투옥되었던 700명이 특사되었다. ADN통신은 정부는 생활 개선을 약속하고 노동자의 평정화(平靜化)[14]를 위한 갖은 진력을 하고 있으며 수백의 공업시설이 개인에게 반환되고 있다는 것을 보도하고 있다. 이와 같은 처사는 6월 11일에 발표된 중요 결정에 의거한 것이기는 하나 폭동 후에서야 겨우 이행을 보게 되었다. 동 백림에서의 폭동이 발생한 지 25일이 되던 7월 12일 자정에는 동(同) 시(市)의 계엄령이 군 당국에 의하여 정식

---

14 긍하다 : 시간적 또는 공간적으로 일정한 범위에 걸치다.

으로 해제되었다. 그 이유는 말하고 있지 않으나 '상태의 개선'을 위한 당국으로서의 최초의 조치가 될 것이나 다른 공업도시 마그데부르크, 할레, 에르푸르트 각지의 계엄령은 12일 현재에 있어서는 해제되지 않고 있다.

사건의 결론

동백림 사건은 일(一) 지구에 국한되었던 것이 아니라, 동독 일대와 파란(波蘭)[15] · 헝가리 등지에도 파급되었다. 이러한 일련의 폭동은 동서 냉전 간에 있어 서방 측의 큰 승리이며, 동구 측의 일대 패배와 공산치하의 '자멸'을 초래한 것이라고 할 수가 있다. 소비에트는 그 정책에 있어 완전히 실패하고, 동독 인민 대중은 '자유'와 '전독(全獨) 자유선거 통일'을 피의 저항으로서 쟁취하겠다는 의욕을 세계에 알려주었다. 지난 11일 미국이 소비에트에게 강경히 요구한 바와 같이 그 기본적인 부정의(不正義)를 그대로 고집하면서, 경제적인 개혁으로써 반항적인 노동자들을 유화(宥和)[16]한다면 이는 또다시 새로운 위기에 봉착될 따름이다. 결국 소련은 그의 모든 위성국가에서 한 바와 마찬가지로 그들의 정권이 인민의 동의 없이 수립되었다는 것을 스스로 폭로하고 말았다. 그리하여 이와 같은 폭동은 앞으로 그 위성국에서 간단없이 발생될 것이며, 이것은 하나의 철의 장막 내의 '내란'의 성질로 변할 수가 있다. (대한해운공사 조사역(調査役))

(『수도평론』 3호, 1953. 8. 1)

---

15 파란 : '폴란드(Poland)'의 음역어.
16 유화 : 너그럽게 대하여 사이좋게 지냄.

제8부

사회

직언춘추(直言春秋)

─ 사회 전반에 걸친 비판·건의·의견

공동 집필

　　박영준(朴榮濬, 작가)·황성수(黃聖秀, 민의원)·이상로(李相魯, 시인)
　　정준(鄭濬, 민의원)·정충량(鄭忠良, 여류평론가)·박인환(朴寅煥, 시인)
　　김수선(金壽善, 민의원)·애독자(투고)

（무순(無順)·무수정(無修正)·무가필(無加筆)）

　새 교육 요목이 발표된 지 반년도 못 되어 700여 종의 새 교과서가 검인
정을 받기 위해 문교부에 제출되었다 한다.
　미리부터 연구했던 것을 정리하여 교과서로 만들었을 것이 사실이겠지
만, 한 사람이 중고등 도합 6권을 저술 발행했다면 한 달에 한 권을 저술
한 것이 된다. 게다가 문선채자(文選採字)[1] 한 시간을 빼면 한 달도 걸리지
않은 셈이 되지 않는가?

1　문선채자 : 활판인쇄에서 원고 내용대로 활자를 골라 뽑는 일.

교과서가 풍부하면 각 학교에서 적의(適宜)한[2] 것을 예의(銳意)[3] 선택할 수 있는 좋은 현상을 초래할 것이지만 발행 출판사의 무리한 경쟁이 학생들에게까지 악영향을 주지 않을까 생각된다.

출판에는 교과서가 제일 호경기라는 설이 출판업자의 입에서 나온다 할지라도 학자들은 그 호경기란 말에 너무 구미를 당기어 하는 것 같은 인상을 피교육자들에게 보이는 것은 어떠할지?

어떤 여학생이 진학 못 함을 비관하여 자살하려는 것을 여(女)의대생들이 구출하여 여러 가지 원조를 아끼지 않았다는 미담이 신문에 보도된 일이 있다. 신문기사 가운데서 이러한 미담을 발견한 지가 너무 오래서 그런지 그 기사를 읽자 보통 이상의 감격을 느꼈다.

아름다운 미담이 적지 않을 것 같다. 그런데도 독자들은 미담에 대한 굶주림을 느낌은 무엇 때문일까?

악을 증오함으로 악을 구축할 수도 있겠지만 미와 선을 조장하여 그를 존숭(尊崇)케 하는 모럴의 무게도 생각해야 하지 않을는지?

사실 독자들은 악의 폭로에 흥미는 느낀다 할지라도 선의 찬양에 굶주리고 있다.

저널리즘은 아름다움의 찬양에 좀 더 많은 지면을 제공해주었으면 ─ .

○

---

2 적의하다 : 무엇을 하기에 알맞고 마땅하다.
3 예의 : 어떤 일을 잘하려고 단단히 차리는 마음.

최근에 와서 많은 국산 영화가 제작 상영되고 있다. 그렇다고 해서 이러한 현상이 바로 한국 영화의 발전이라고 속단할 수가 없을 뿐 아니라 지금까지의 작품의 질을 보면 도리어 예술적으로 많은 마이너스를 주고 있다. 재작년 국회와 정부에서는 국산 영화의 보호 육성을 위해서 흥행에 대한 무세(無稅)를 시행하여왔다. 이러한 조치는 전 세계 어느 나라에서도 찾아볼 수 없는 처사였기는 하나, 도리어 이러한 관대한 혜택을 영화 제작업자가 악용하여 내 수중에 돈만 들어오면 이젠 살게 되었다는 비양심적인 심산으로 영화를 제작하는 경향이 최근에 와서 심해진 감이 있다. 그러하므로 여기서 먼저 예술적으로도 오락적으로도 훌륭한 제작 기획을 세울 것을 영화업자에게 요청할 수 있으나, 반드시 '무세' 주의로서만 임하지 말고 당국에서는 민간과 조직한 심사위원회를 만들어 가지고 조악한 작품에 대해서는 얼마간의 세금을 부과시키는 것이 진정한 의미에 있어서 우리나라 영화를 발전시킬 수 있는 길이라고 생각된다.

　지금 우리나라의 각 신문과 잡지에 게재되는 '신간평'은 광고문에 지나지 않는다. 암만 선의로 보더라도 좋은 작품이라고 할 수가 없는 것을 근래에 보기 드문 양서라고 평해 놓는다면 과연 독자들은 이것을 어떻게 판단하여야만 되는가. 특히 일류지(一流紙) 같은 데서 이와 같은 서평을 싣고 있는 것은 큰 수치이며, 그 난을 담당하는 자의 양식을 다시금 생각하게 한다. 여기서 외국의 '북 리뷰'의 권위성을 다 열거할 수는 없으나, 신간평이 대중에게 주는 영향은 참으로 크며 그 평론이 하나의 비판의 기준으로서 사회적으로 넓게 작용한다는 것쯤은 알아둘 필요가 있다. 책 한 권을 증정하면서 좋은 서평 하나 써주시오 하고 아무 부끄럼 없이 말하는 저자가 우리나라의 문화계에는 너무도 많다.

어떤 민의원 의원은 출마 시의 선거 자금으로 모 여인에게서 거액의 돈을 차용하였다. 그 후 2년이 가까운 오늘날까지 그 의원은 돈을 갚지 않고 있기 때문에 모 여인은 사방에서 주워 모은 돈 때문에 밥도 먹지 못할 지경으로 곤경에 빠지고 말았다. 의원에게 돈을 갚아달라고 가면 무슨 분위(分委)[4] 때문에, 오늘은 연회가 있고, 오늘은 틈이 없어서 하는 식으로 만나볼 틈조차 없다 하니 10만의 선량이 이와 같아서는 서글픈 일이다. 왜 고소를 하지 않습니까 하고 물은즉 민의원인 그 인사의 정치적인 명예만은 손상시키고 싶지 않다고 한다. 선엔 선으로 갚으랬다고 이처럼 생각해 주는 채권자에게 양심적인 보답을 할 수는 없을까.

○

새 포도주를 낡은 가죽 부대에 넣지 아니하나니 그렇게 하면 부대가 터져 포도주도 쏟아지고 부대도 터지게 됨이라. 새 포도주는 새 부대에 넣어야 둘이 다 보전되느니라. 이 말은 지금으로부터 1940여 년 전 크리스트가 한 말로서 전진을 모르는 인간에게 준 교훈이다. 크리스트가 생존하여 있던 그 사회상이 극도로 타락하였고 정체된 사회이었다. 그러면서도 완고한 보수주의자들의 무지한 힘은 모든 혁신 운동을 억압하여 사회의 전진을 방해하였다. 모든 민중들도 시달릴 대로 시달려서 무기력한 생활을 계속할 뿐이었다.

나는 오늘의 우리 사회상을 바라볼 때에 위대한 사회 혁신 운동자였던 크리스트의 신념과 교훈을 상기하면서 현실을 슬퍼하는 자이다.

---

4 분과위원회.

우리 사회가 완고한 보수주의로서 지배되고 있음을 여러 가지로 예증할 수 있는데, 지면 관계로 다른 이야기는 고만두고 대다수 국민이 음력 과세를 하였다는 한 가지 사실만을 가지고 말하여 보기로 한다. 왜 이중 과세를 하지 않으면 안 되며, 왜 음력 과세를 하여야만 되는가? 음력 과세 폐지를 위한 국민운동이 벌어진 지 오래되었고, 해마다 이 운동을 위하여 국비도 상당히 소비되어 적지 않은 효과를 보이는 듯하더니, 금년에 있어서는 정부에서는 무슨 까닭인지 이 문제에 대하여 전혀 방임적 태도이었고, 국회에서까지도 구정(舊正) 전후 3일간을 휴회를 하는 등 신시대에 역행하는 행동을 감행하여, 정부와 사회지도자들이 완전히 국민에 대한 지도력을 잃고 만 것과 같은 감이 불무(不無)하였다.[5]

세계는 쉴 사이 없이 전진하고 있다.

그리고 모든 것이 과학화하여 가고 민주화하여가고 있다.

그러나 우리 한국 사회만은 전진을 모르고 쓸데없는 고집으로써 진보와 개혁을 방해하고 비과학적 비민주적 방향으로 국민을 몰아넣고 있고, 국민들이 무의식중에 후진성이 많은 골짜기를 향하여 후퇴하고만 있으니, 뜻있는 자의 가슴을 아프게 하고 있다.

○

요새 거리를 다니다 보면 큰 빌딩을 비롯해서 판잣집 같은 작은 점포에 이르기까지 언제 이렇게 되었는가 생각될 만치 사방에서 건설된다.

동란 시 유령의 거리라고 외국 기자가 평하도록 황폐하였던 서울 거리

---

5 불무하다 : 없지 아니하다.

가 다시 도시의 면모를 갖추어 재건되는 모습이 경하되면서도 한편 불안감이 따르는 것은 어찌된 셈인지.

때에 따라서는 언제든지 헐어버릴 수 있는 판잣집을 미관상 좋지 않다고 사후 대책도 없이 헐어 젖히는 당국은 세계 문화 도시로 약진할 2, 30년 후의 대서울 건설의 시발점이 될 오늘, 어떤 사정(私情)이 허용됨으로 장차 도시 건설에 지장이 있어서는 안 된다는 것을 명심해야 될 것이다.

특히 도시 건설에 선행될 상하수도 확장과 설비는 자금을 요한다. 인구 50만 때의 서울이 150만의 서울로 연장되어, 오래되고 좁은 상하수도 설비에 인구는 반비례로 팽창되매 각지에서 수도관이 파열되어, 대로에 때 아닌 홍수를 이루고 하수도 때문에 집집에서 싸움이 벌어지는 원시적 비극의 봉쇄는 상하수도 공사 완비에 좌우되며, 이 비극이 가시는 데 비로소 대도시의 면목을 갖추게 된다.

교외로 나가면 성냥갑 같은 재건 주택을 많이 발견하는데, 이는 겉모양도 볼품이 없지만 내부도 아무런 개선이 없이 재래식의 것을 축소시킨 것이다.

여지껏 당국은 생활 개선을 강조하였다. 또한 그것이 후생 사업의 견지에서 이루어졌다고 해도 아무 개선도 없이 집 장수의 방식 그대로 답습한 것은 행정의 빈곤 내지 기계적 행정의 소치가 아닐까 생각한다.

재래의 불편한 가옥 제도는 여성의 많은 노동력이 희생되고, 그래도 부족하면 중류 계급으로 식구나 좀 많으면 2, 3인의 하인을 두는 것을 보면 한심스러울 지경이다.

최소의 금액으로 최대의 능력을 발휘할 수 있는 주택, 그것이 아무리 작아도 문화적이고 편리하고 하인이 필요 없고 집을 비워도 안심할 수 있는 주택 양식을 당국은 솔선해서 시범하되 재건 후생 주택은 좋은 실험 재료가 될 수 있다.

이것의 좋은 설계는 현상 모집해도 좋고, 건설위원회에서 사계[6]의 권위를 망라해서 연구 종합한 것도 좋다. 하여튼 주택 양식의 개혁은 능률적인 활동을 위해서 시급한 문제다.

○

신문 또는 잡지사는 업무·공무계(工務系) 부문 이외의 사원 중에는 많은 문필인이 참획(參劃)[7]하고 있으며, 또 그래야만 됨은 이미 하나의 상식이다. 그 구성 분자인 문필인들 중에는 정치·경제·법률·사회·문화·종교 그 밖의 학문을 전공한 평론가 혹은 작가를 비롯하여 일반 기자에서 견습 기자에 긍(亘)한다. 그 문필을 기능으로 하는 사원(편집계)들은 타계(업무·공무) 사원이나 한 가지로, 한 사원으로서 각기 부과된 직분에서 그 신문(또는 잡지) 제작에 필요한 직분의 지혜와 노력을 제공하는 것이다. 그 노력의 제공은 궁극에는 '노동계약'의 한계 안에서인 것이어야 한다. 그런데 문제는 현하 본방(本邦)의 굴지의 지(紙)를 자랑하는 몇몇 사(社)에서 규지(窺知)[8]할 수 있는 사실은 그것이 정도의 차이는 있으나 근무 이외의 정신 소산인 글을 타사지(他社紙)에 발표함을 정식으로 싫어하고 내지는 금하는 것이다. 혹 착각을 한다면 근사한 일로 알지도 모를 일이지만……. 한 신문 사원된 도의로나 일반적인 글의 발표 통념상 그것이 복무의 범주에서의 취재 보도 기사나 논설 등이라면 응당 자사지에 그리고

---

6 斯界 : 이 분야나 방면의 사회.
7 참획 : 계획에 참여함.
8 규지하다 : 엿보아 알다.

자사지를 위하여 제공되어야 한다. 그러나 그 복무 이외의 소산이며 비보도 기사인 평론·작품종(種)일 경우 그것의 비자사지 발표를 싫어하고 못하게 함은 어떠한 관념에서일까.

우선 실제에 돌입하여 볼 때 사측으로서 말할 법한 이유의 예를 들어보자. 언필칭 '사원된 도리상' 또는 '하나의 관례상' 혹은 '그 글을 발표함으로 사회에 유익한 것이라면 자사지를 빛냄이 좋지 않으냐'는 것에서 같은 일간지에는 발표치 말라는 것이다. 그러나 글의 가치 판단과 수용(취급)에는 각각 주관이 다르고 사정이 개재(介在)한다. 즉 아무리 자사원의 것이라고 무조건 수용되지도 않을 뿐더러 신문 제작상의 형편, 더 쉬운 것은 필자와 담당자와의 개인 관계 등등으로 자사지에 발표치 못할 때, 그러면 일단 노작(勞作)된 글은 그 '정식 기휘(忌諱)'[9]나 '금지'의 구속으로 썩어야 할 것인가. 왜냐면 일간은 금지, 주간이라야 없음이나 마찬가지, 그렇다고 월간에다란 내용에 따라서 그 발표 시효를 상실하고 말게 되기 때문이다. 결국 만약에 일간은 일간끼리, 주간끼리, 월간끼리 각 그 사원의 글을 타지면에 발표치 못하는 어떠한 관습(불문율의 발표 구속)이 엄연하다면 거기 종사하는 평론가·작가의 생명 신장은 어찌 될 것인가. 사적인 사원과 공적으로 한 사람의 문필가를 혼동할 것인가. 우리는 여기서 사람의 의무에 관하여 생각하게 하노니, 대저 '인간에 있어서 모든 고상한 동기·이상·관념·감정 ─ 이러한 것들도 만약에 그것이 평범한 일상생활 중 인간에게 과(課)하여진 모든 의무의 보다 좋은 이행을 위하여 인간을 전진시키고 힘을 북돋움이 없다면 가치 없는 일'이 아닐 수 없다.

다시 본지(本旨)로 돌아가서 그러한 제약(구속)은 ① 고용 계약, ② 인간

---

9 기휘 : 꺼리고 싫어함. 꺼리어 피하거나 숨김.

의 기본 자유, ③ 저작권법 등등에 언급되어지는 것이다. 하기는 그러한 기능의 인(人)이기에 입사(契約)되었지만 그 사람의 일체를 월급으로 산(독점) 것은 아닐 것이다. 부재다언(不在多言)하고 비근한 예로 그 전부를 말할 수 있으니 모 언론(문필)의 대선배는 말하기를

"나는 월급을 지금 시세로 20만 환 준대도 그런 무리한 부자유는 싫다. 가령 내가 10만 환 월급에 원고료로 5만 환밖에 수입되지 않는대도(즉 5만 환 손해)……."

어허! 그러나 막다른 길은 자본주의의 기업자 대 월급쟁이(문필 직업인)의 무력(無力)이라는 비애인 것이다.

결론적으로 지적하고 싶은 것은 다른 기업체도 아닌 문화 기관이라는 신문사이매 우리가 한 사(社), 한 사회의 관례나 전통이라 할지라도 작게는 사원을 위하여 그 사회(민중)를 위하여 이로운 것이라면 존중하여야 하겠지만, 그렇지 못하다면 멀리멀리 강물에 띄워 버리거나 깊이깊이 파묻어 장사지내지 않으면 아니될 것이다.

○

우리 삼천만 동포들이 한 사람도 빠짐없이 감격에 넘쳐서 눈물로써 기쁨을 표시하였던 8 · 15 해방도 어언간에 10년이란 세월이 흘러갔다. 10년이란 세월이 결코 짧은 것이 아니다. 인간 사회에 있어서 어떠한 일이라도 10년간 노력을 하면 대개는 성공의 토대를 장만할 수 있는 것이다. 그러나 우리의 형편은 아직 국정 백반[10]에 걸쳐 앞길이 캄캄하고 막막한

10 百般 : 여러 가지.

생각이 든다.

그렇다고 해서 누구를 원망한다든지 또는 '10년 공부 나무아미타불' 하고 비명과 탄식으로 자포자기할 필요도 없으며 또한 후손을 위하여서도 그렇게 할 처지에 있지도 않다.

우리는 냉철히 그 원인을 규명하며 시정할 것은 작은 일이건 큰일이건 시정하여 내일에 대하여 희망을 붙이고 꾸준히 노력해야만 이 나라 이 민족으로서 자손들에게 죄를 범하지 않을 것이다. 그래서 나는 그 여러 가지 원인 중에 가장 중요하고 큰 원인 두 가지를 들추어서 참고로 할까 한다. 그 하나는 정치제도의 불비라고 생각하며, 또 하나는 권력에 아첨하여 모여든 똥파리 정리 문제라고 생각한다.

옛날 군주 제도 시대에는 선량하고 어진 인군[11]을 얻게 되면 백성들은 국태민안의 격양가[12]를 부르게 되었다. 이러한 인군은 권력을 남용하지 않고, 백성이 잘 살 수 있도록 주야로 걱정을 하고, 인재를 천하에 구하여 좋은 신하로 하여금 선정을 하도록 노력하였기 때문이다. 그와 반대로 국운이 어질지 못하여 일단 폭군을 만나게 되면 만백성은 일조일석에 폭군의 권세 밑에 신음하고 비참하기 비할 바 없는 생활을 감내해야 하며 동족상쟁의 처참한 비극을 연출하여 결국 나라를 망치고 만다. 이것은 누구의 잘못도 아니다. 물론 직접적 원인은 폭군의 출현에 있었지마는 그보다 더 큰 원인은 군주 제도라는, 한 사람에게 절대 권력을 가지게 한 정치제도의 죄악이다.

---

11 人君 : 군주 국가에서 나라를 다스리는 우두머리. 임금.

12 擊壤歌 : 풍년이 들어 농부가 태평한 세월을 즐기는 노래. 땅을 두드리며 부르는 노래라는 뜻.

그래서 민주정치를 하려면 어떠한 한 사람에게 권력을 집중하여서는 군주 제도와 같은 결과를 가져오게 될 것은 명백하기 때문에 권력을 분산해야 한다. 권력이 한 사람에게 집중되면 어진 사람보다 권력을 탐내는 똥파리가 모여들게 된다. 그래서 국민 생활은 도탄에 빠지게 되고 국운은 쇠퇴해진다. 그러니 우리는 어떻게 하더라도 정치제도를 바로 고쳐서 누가 그 자리에 나아가더라도 권력을 남용할 수 없도록 국민이 참으로 주권을 행사할 수 있도록 제도를 정비하고, 권력에 따라 모여든 똥파리를 정리 정화하여야 살 수 있을 것이다.

○

　무관심, 불안정, 부주의로 인해서 매양 당돌한 변조를 이루어가고 있는 우리들의 지성은 오늘날에 와서는 과격한 '남용증(濫用症)'에 도취하고 있는 것 같다. 기실 우리들의 지적 생산이나 소비가 본질적인 불가피한 인간 행위에 입회(立會)하지 않고, 그것을 기피하고 있는 동안에는 남용 없는 질서의 건설이란 퍽이나 어려운 일일 것이다. 실로 오늘날과 같은 '남용증' 종류에 의한 무리한 발전은 인간에게 근거 없는 희망과 권리의 환상을 갖게 하고, 여러 가지의 기만과 타산적인 행동을 취하게 하여 완전히 오산하는 인간을 만드는 결과가 되는 것이다. 이제 이와 같은 남용증의 몇 개의 흑점을 지적하면, 첫째로 권리 남용증이다. 권리의 본질적인 기능의 음미는 고사하고 우리들의 주위는 온통 권리투성이다. 천재가 창안한 모든 권리를 망라하고 있다. 실로 이러한 현상은 권리의 생산이 참신한 권리 수요의 정점에서 출발하여 창조되지 않고 있는 까닭인 것이다.
　둘째로 시간 남용증이다. 우리들은 너무나도 많은 시간을 남용하고 있다. 국사(國事)를 논하는 의사당에서나, 건설에 바쁜 관청에서나, 개인의 사생활에서도 엄청난 시간을 남용하고 있다. 옛날 스티븐슨이나 고갱과 같은 예술가는 구주에서 시간이 없는 섬으로 떠났고, 데카르트는 암스테르담의 부둣가에서 언제까지나 시간이 없는 꿈을 가졌었지만, 그들의 우리들은 1초의 20분의 1을 계산하는 현실에서 살고 있는 것이다. 우리들이 남용하는 시간의 총량을 측정할 수만 있다면 시간에 대한 관념의 식역(識閾)[13]이 분명히 상승되리라고 생각되는 것이다.

이상 말한 두 가지 남용증만이라도 지양될 수만 있다면 빈곤에 타락한 우리들의 지성을 본래의 우리의 것으로 복귀시킬 수 있으리라고 나는 굳게 믿는 바이다.

○

고려 충신 정몽주는 여조(麗朝)에 바친 절개를 지키다가 선죽교에 피를 흘렸다.

성삼문을 비롯한 사육신은 죽음을 무릅쓰고 하나의 군주만을 섬기었다.

민 충정공은 조국의 운명과 함께 자결함으로 그의 의충(義忠)을 끝내 지키었다.

비록 기생의 몸이었으나 논개는 끝내 변절치 않고 왜장을 끌어안아 남강 물속으로 뛰어들었다.

또한 작중 인물이긴 하나 퇴기 월매의 딸 춘향이는 이 도령에게 바친 절조를 지키기 위해서 투옥되고 혹형(酷刑)[14]을 당했다.

---

13 식역 : 어떤 자극에 의하여 의식이 깨어 감각을 하는 경계.

이렇게 절조는 죽음과 맞서는 문제이며, 사람이 절조를 지키기란 그리 쉬운 일이 아니다.

그러나 끝내 절조를 변치 않은 사람은 오랜 날을 두고 수많은 사람의 입을 통하여 길이 찬양을 받으며 청사(靑史)[15]에 살 수 있는 것이다.

그런데 이러한 선조의 피를 그대로 물려받았을 우리 세대 중에서는 왕왕히 추악한 변절자를 찾아볼 수 있으니 통곡할 노릇이다. 비록 그 행위가 나라를 팔아먹고, 겨레를 팔아먹는 행위는 아니라도 여하튼 간에 변절자는 욕먹어 마땅한 노릇이다.

10만 선량이 투표자에게 변절하는 것은 더욱더 나쁘다.

××당 공천으로 당선된 의원이 하루아침에 반대당인 ××당으로 옮겨 앉고, 투표자에게 버젓이 공약했음에도 실제 행동은 그와 정반대의 방향으로 나가는 등사(等事)[16]는 결코 가볍게 보아 넘길 수 없는 변절 행위가 아닐 수 없다. 눈앞에 닥쳐오는 사소한 이권 때문에 공약을 스스로 파기하고, 10만 유권자 앞에서 추악한 연극을 연출하는 변절 의원은 길이길이 유권자의 타기(唾棄)[17]를 모면하지는 못할 것이다.

○

---

14 혹형 : 몹시 가혹하게 벌함.

15 청사 : 역사상의 기록. 종이가 발명되기 이전에 대의 청피에 사실을 기록했다는 데서 온 말.

16 등사 : 여러 일을 나열하다가 그 밖의 것들을 줄임을 나타내는 말.

17 타기 : 침을 뱉듯이 버린다는 뜻으로, 아주 더럽게 생각하여 돌아보지 않고 버림을 이르는 말.

스스로 노력하지 않고, 남의 힘으로 살아보려는 친구가 많다. 요즈음 세상처럼 '백(배경)'이 성행하고 위력을 발휘하던 세상도 없으리라.

"하늘은 스스로 돕는 자를 돕는다"는 금언은 차라리 외면하고 돌아서야 할 지경으로 '백'을 내세우는 친구는 활개 치며 잘 살고, '백' 없는 자는 폐물(廢物)처럼 천대 속에 살아야 한다는 것은 우리 사회의 거짓 없는 한 '단면도'이기도 하다.

이러한 기현상이 언제부터 우리 사회에 좀먹어 들어왔는지는 알 수 없으나 '백'에서 오는 여독(餘毒)은 이만저만한 것이 아니다.

초등학교[18] 아동이 학부형 명함(名啣)의 위력을 믿어 수험 공부를 태만히 하고, 부정(不正) 업자가 금전으로 부정 취득을 획책하고, 무능한 인사가 '거물급'의 추천으로 일조(一朝)에 요직에 앉는 등사는 '백'이, 이 세상에서 보여주는 위력(?)의 하나일 게다.

그러나 이 '백'이 사회에 당장에 미치는 이러한 여독보다도 이러한 기현상이 앞으로 더 계속된다면 우리 민족의 장래는 어떻게 될 것인가? 모두가 일하지 않고 '백', '백'만을 연호하는 무기력한 민족이 되고 말지도 모른다.

○

요즈음 서울 시내에서만도, 하루 평균 4, 5건에 달하는 교통사고가 일어나고 있다. 그리고 이 교통사고의 태반이 인명의 피해를 수반하고 있으

---

18 원본에는 '국민학교'로 표기됨.

니, 이렇게 사람이 차에 치여 죽기로 든다면, 불원(不遠)[19]한 장래에 인류가 스스로 조작해낸 문명의 이기, 자동차로 말미암아 멸망하고 말지도 모른다.

좌우간 이렇게 사람의 생명을 위협하는 교통사고의 원인을 살펴보면, 그 원인의 태반이 기계 고장에서 온 것이 아니고, 운전사[20]의 과실(過失)에서 오는 것이고 보니 더욱 한심스러운 이야기다.

어린아이를 길가에 내보내놓고, 다시 돌아와야 살아온 줄 알 만큼, 빈번하게 일어나는 유아(幼兒) 역사(轢死)[21] 사고라든가, 횡단보도라 할지라도, 눈치코치 살펴가며 뛰어 건너지 않으면 안 된다는 사실 등등 — 실로 전율을 금치 못하는 교통사고가 인간의 과실에서 오는 것이니 인류의 비극은 이런 데서 시작하는 것이리라.

날이 궂은 날, 길가를 걷다가 지나가는 자동차의 위력(?)으로 흙탕물의 세례를 받는 것쯤 예사이고, 그것으로서도 미흡한지 이런 꼴을 돌아보며 너털웃음까지 치고 가는 운전사가 있음에는 벌어진 입이 다물어지지를 않는다. 앞으로 운전사에게 운전면허를 내줄 때에는 엄격한 기술 시험도 있어야겠다는 것은 물론, 그의 사람됨도 심사할 필요가 있지 않을까?

○

---

19 불원 : 시일이 오래지 않음.

20 원본에는 '운전수'로 표기됨. '운전사'를 낮잡아 이르는 말이므로 이 전집에서는 모두 '운전사'로 표기한다.

21 역사 : 차에 치여 죽음.

이 땅의 어두운 현실을 직시하고 그래도 '바른말'을 해주고, 국민의 답답하도록 가려운 곳을 긁어주는 곳은, 뭐니 뭐니 해도, 국회와 언론이 있을 뿐이다. 물론 그렇다고 해서 국회의 모든 의원이 그렇다는 것은 아닐 것이며, 신문이나 잡지의 모두가 그렇다는 것은 천만 아니다.

그중에는 벙어리 의원도 있는가 하면, 10만의 선량이라 하기에는 차마 부끄러운 분도 있고, 무관(無冠)의 제왕이라 하기에는 정말 어처구니없는 양반이 있다.

헐벗고 굶주린 국민이 그래도 기대할 수 있고 의지할 곳이 그밖에 어디 있는가? 그러니 더욱 국회와 언론에의 기대는 큰 것이다. 그 기대를 저버리고 국민의 호소야 아랑곳없다는 듯이 꿀 먹은 벙어리처럼, 웅숭그리고 있는 의원이나, 남의 등이나 쳐볼까 하는 극소수의 기자들은 숫제, 그 자리를 물러나거나, 펜대를 꺾어 던지거나 하시라. 그리고 어엿하고 떳떳한 민족의 횃불이 되어주기를 바란다.

(『신태양』 5권 4호, 1956. 4. 1)

제9부

여성

여성에게

    세상이 혼돈되어갈수록 우리들은 마음의 질서를 위하여 살아가기를 원하게 됩니다. 물론 거짓말도 남의 욕도 하지 않아야 할 것이며 과분한 욕망이나 물욕적인 것은 아예 하지 맙시다. 우리가 태어나서 오늘에 이르기까지 간단없이 외부의 압력은 지속되고 어두운 지구(地球)의 부분에서는 살육과 인간의 지혜롭던 결정(結晶)은 붕괴되고 말았습니다. 이러한 경련적 도정은 더욱 우리들의 신변에까지 침투되어 사람들은 멸시의 감(感)으로 우리 세대를 로스트 제너레이션[1] 또는 아프레게르[2]라고 부르고 있는 것입니다. 이것은 지극히 불쾌한 우리의 처우를 말하며 일종의 불길한 위기를 처음부터 지니고 이 세상에 태어난 것과 다름이 없습니다.[3]

---

1 Lost Generation : 1차 세계대전 이후 미국에서 절망과 환멸감에 빠진 지식인과 젊은 예술가들. 상실 세대. 이 세대의 작가로는 헤밍웨이, 피츠제럴드, 커밍스, 포크너 등.

2 après-guerre : 제2차 세계대전 이후 기존의 사상, 도덕, 관습 따위에 구속됨이 없이 행동하던 경향.

3 원본에는 '없' 이 누락됨.

지금은 복잡하고 난해한 시대입니다. ─ 혼란 속의 청춘 ─ 이처럼 형용하고 볼 때 우리들은 조심하여야 할 일이 한두 가지가 아닙니다.

　처세에 있어서나 사업에 있어서나 더욱이 여성과의 애정의 구분에 있어서도 결혼에 있어서도…… 마치 쓰라린 체험 위에 가냘프게 세워진 형상과도 같이 우리는 열화(熱火) 속에서 나온 유리[硝子]컵과 같은 존재라고도 할 수 있습니다. 그러나 정신적인 체험은 비밀이 하나의 재산인 것과 같이 우리가 발전하여가는 데 좋은 요소이며 복잡한 세계에 있어서 우리의 마음은 다감하나 순수하며 허식이나 위선은 가치가 없는 것입니다. 여하간 우리가 성장하여 온 풍토와 환경은 그것이 전쟁적인 것이나 전후적인 것이라 할지라도 망각할 수도 배반할 수도 없는 중대한 현상이며 이런 속에서 형성되어 가고 있는 우리의 연대(年代)는 무의식중에 혼돈과 불안과 대결하고 있고 나아가서는 반개성적인 자아와 저항하고 있다고 생각합니다.

　이 참으로 우열(愚劣)한 사회에 있어서 우리들은 외부의 사념이나 조건 그리고 규격적인 지배를 벗어나 마음의 질서가 지니는 자율적인 사고와 행위에 한해서 호흡할 것을 나는 원하는 바입니다.

(『경향신문』, 1954. 1. 8)

여자여! 거짓말을 없애라!

— 현대 여성에게 보내는 메시지

……요즘 여성들은 너무 거짓말을 하기 좋아합니다. 물론 그들에게 있어서는 진실한 이야기일 줄 아오나 적어도 남자인 나에게 있어서는 솔직한 말로선 들리지 않는다 하면…… 나는 거짓말로서밖에 믿을 수 없습니다. 내가 알고 있는 지난날의 역사…… 확실히 알 수는 없으나 지금으로부터 1954년 전의 여성들은 남자에게 언제나 자기의 적나라한 모습을 보임으로써 마음과 육체의 엔조이'를 느낄 수 있었고 남자들은 그들 여성의 이야기를 듣고 한없이 울었다고 합니다. 그러나 물질의 문명이 발달하는 반면 정신의 소재는 그 처우(處遇)가 상실되고 인간의 지혜의 균형은 어느덧 그 평등을 스스로 잊게 되었습니다. 십자군에 출정한 병사들은 아무 생각도 없이 자기 아내의 정조에 가죽[甲皮]으로 만든 수갑을 채웠으나 너무도 선량과 양심을 겸비한² 여성은 그대로 남자들이 하는 대로 맡

---

1   enjoy : 즐기다. 누리다.
2   원본에는 '경비한'으로 표기됨.

길 수밖에 없었고 조금도 그들의 기대에 어그러진 여성이 되지 않을 것이라고 자부했으나…… 싸움의 승패는 좀처럼 결정되지 않았습니다. 2, 3개월이면 돌아올 줄로 믿은 남자들은 1년이 지나 2년이 되고 더욱 5년이 되어도 돌아오지 않았습니다. 그동안 여자들은 자기들의 생리적인 육체의 욕구마저 극복할 수 있었으나 남편이 떠날 때 11, 12세밖에 되지 않았던 소년들은 여드름을 짜는 17, 18세가 되었고 이들의 위험한 연령은 여자의 정욕을 마음에 맞도록 할 수 있는 나이가 되었습니다. ……그래서 5, 6년을 참은 여성들은 자기의 남편이 죽은 것으로밖에 믿어지지 않았습니다.

……그리하여 여자들은 돌아온 남편에게 자기의 지난날을 속일 수밖에 길이 없었습니다.

"여보 나는 당신이 떠날 때나 지금이나 그 순결은 변함이 없어요."

"가죽과 자물쇠는 어디 갔소?"

요즘 여성(나는 여기서 기혼의 여성을 대상으로 한다)들은 항상 남편의 경제적인 불신으로 말미암아 거짓말을 한다. 물론 그 거짓의 비극의 원천은 남성에게 있으나 적어도 이지와 분간에 명철한 여성은 남성의 사회적 내지 생활적인 현실을 판단하지 않으면 안 될 것이다.

물론 거짓말을 하는 여성에게 그들로서의 어찌할 수 없는 비애의 개재(介在)를 도피할 수 없을 것인데 배가 고파도 젖이 나오지 않아 어린 젖먹이가 울어도 남자를 한없이 믿는 정신만 쏟고 있다면 거짓을 말하려 해도 그것을 허용 못하는 것은 자기의 최후적인 의지…… 즉 향심이 허용치 않을 것이다.

나는 여자들이 거짓말을 하기 전의 남자들이 성실할 것을 강조하면서
이 메시지의 붓을 던지는 바이다.

(『여성계』 3권 4호, 1954. 4. 1)

남성이 본 현대 여성

사회 홍명삼(洪命三)

만화가 김용환(金容煥)

작가 최인욱(崔仁旭)

시인 박인환(朴寅煥)

영화평론가 류두연(劉斗演)

카메라맨 박진식(朴瑊植)

속기 김종홍(金宗弘)

6 · 25 전후의 여성

사회… 「남성이 본 현대 여성」, 여성의 결혼관이라든지 연애관, 교양, 에티켓, 유행 등등 여러 가지 각도로 예리한 비판과 그에 대한 견해를 말씀해주시면 고맙겠습니다.

박인환… 6 · 25 전이나 그 후 오늘날 여성들이 많이 변했다고들 하는데 여성 자체가 변했다기보다도 사회가 변하고 현실과 생활양식이 변했으며 자기 자신이 변한 것과 주위가 변한 것을 모르고 도리어 여자만이 변한 것같이들 말하는 것 같습니다.

유두연… 남자가 변했다기보다도 여자들이 변한 것이 눈에 띄지 않아요?

사회… 어느 면으로 여성들이 변했다는 것이 눈에 뜨입니까?

유두연… 거리에서 보면 여자가 그전보다도 많이 눈에 띄는데 이것은 눈에 띄도록 그 사람들이 행동을 하기 때문에 그런 것이라고 보아서, 그 사람들이 변했다고 보는 것입니다.

사회… 그것은 복장이라든지 화장이라든지 그런 면에서인가요, 또는 윤리 문제에서입니까?

유두연… 그런 것도 변했습니다. 이전과 요사이 눈에 띄는 여성들을 비교해볼 때에 그 윤리관이라든지 연애관이라든지로 보아서 순전히 살기 위해서만이 아니고 전연 다른 면에서 한 개의 시대적인 풍조라 할까 그런 면으로 눈에 띈다는 것입니다.

미망인과 정조

사회… 최 선생 어떻습니까.

최인욱… 6 · 25를 기준으로 하는 것보다도 해방 후 민주주의가 들어옴에 있어서 여성들이 자연 사회 활동 등을 많이 하기 때문에 자연히 거리에 많이 나오게 될 수밖에 없었습니다. 특히 6 · 25 당시 불행히 남편이 납치를 당했다든지, 전쟁 미망인이 되었다든지, 이런 사람들이 남자가 밖에서 하는 활동을 보충하려니까 여자 자신이 자연 자기 생로를 타개하기 위해서 거리에 나가지 않으면 안 될 형편이 되었다고 봅니다. 여기에서 한 가지 여성의 윤리라든지 이런 것을 가지고 이야기할 필요가 있다고 봅니다.

　나는 이렇게 봅니다. 정조 관념이라든지 그런 것이 적다고들 하는데, 인텔리이고 각성한 분이면 현대 민주주의적인 행동을 하려니까 외국에도 많이 나가고 남성과도 자주 접촉을 하게 되는데, 그렇다고 해서 정조 관념이 희박한 것은 아닙니다. 오히려 교양이 낮을수록 풍기가 문란하고 좋지 못한 일을 많이 하는 것을 봅니다. 그러니까 교양이 낮으면서 옷치레만 잘하고 다니며 남자들과 접촉을 하는 것을 보고 이것이 전 여성들의 태도라고 보아서는 안 될 것입니다. 지식인이고 교양 있는 분들을 보면 그분이 남자들과 이야기도 하지만 그분들의 윤리는 한계라는 것이 있어 존경할 수 있는 깨끗한 분들을 많이 봅니다.

　유두연… 오늘 이 좌담회가 「여성계」에서 초대하여 저녁을 먹는 것이 아니라면 지극히 좋겠는데……(웃음)

　민주주의라고 하는 것을 한국 여성들이 잘못 착각해서 거리에 나가 다니는 것이 민주주의로 알고, 남자와 서로 접촉하는 것이 민주주의로 알고, 가정에서 해방되는 것이, 한국 여성이 가졌던 미속양풍을 짓밟는 것이 해방이요 민주주의인 것으로 잘못 생각하고 있지 않느냐 생각하는데…….

김용환… 민주주의 실천을 의식적으로 하려고 나서는 것이 아니고 그런 필요를 느껴서 그렇게 나오게 되는 것으로 알고 있는데, 아직 민주주의 훈련의 과정에 있기 때문에 여러 가지 착오가 있으리라고 생각하는 것입니다. 그러니 지식인만이 여성들을 대표하는 것이 아니고 무식한 층도 여성이니 그런 착오가 나타나게 되는 것으로 봅니다. 그러니 그 사람들을 나쁘다고 할 수는 없고, 요컨대 민주주의 훈련이 부족해서 그런 것이 아닌가 생각합니다.

최인욱… 그전과 생활양식이나 근본 사상이 뒤바뀌었으니 여자에게 항상 그전대로 옛날 법도대로만 진행하라고 강요는 할 수 없는 것입니다. 여자들이 바람이 난다고 우리가 여자들을 바람이 났다고만 그러는 것보다도 그 반의 책임은 남자에게 돌려야 마땅할 것입니다. 행주치마만 두르고 부엌 구석에서 1년 내내 영화관 한 번도 가보지 못하는 반면에 남자는 술도 마시고 극장에도 갑니다. 이럴 때 민주주의의 혜택을 받지 못하고 행주치마만 두르고 다니다가 이 사람들이 한번 다른 사람의 생활 형태를 보게 될 적에 그들은 자기가 지금까지 맛보지 못했던 세상을 거기에 발견하게 되는 것입니다. 이럴 때 남자가 그것을 이해하지 못하고 자꾸 억압하려고 하면 그럴수록 그것은¹ 더 반발을 하게 되는 것입니다.

김용환… 민주주의 실행은 남자가 전책임을 지고 지도하지 않으면 안 되리라고 생각합니다.

---

1   원본에는 '그'가 누락됨.

박인환… 이런 것이 있습니다. 여자 자체가 변했다는 것보다도 여자 자기가 변했다는 것을 자의식으로 느끼고 있는 부류가 있습니다. 가령 내 친구가 여자하고 같이 다녔다 할 때 딴 여자들이 이것을 보고 같이 다니니까 무슨 관계나 있는 모양이다, 이렇게 여자 자신이 도리어 생각하고 있는 것, 이것들이 여자 자체가 변했다는 것을 말해주지 않는가 합니다.

현대 여성의 결혼관

사회… 그러면 요사이 여성들, 즉 현대 여성들이 지향하고 있는 결혼관 이런 문제에 대해서는?

박진식… 현대 여성의 결혼관은 여성들이 아는 것인데…….

유두연… 현대 여성들의 결혼관에 대한 주의 주장, 즉 희망을 말하는 것이 좋을 것입니다.

박인환… 요사이 여성들은 결혼을 너무 쉽게 합니다. 내 경험으로 보더라도 연애를 7, 8개월 하고, 약혼을 한 뒤에도 5, 6개월이 지나 결혼을 했는데, 지금은 전연 상대편에 대해서 알 시간도 가지지 않고 하루나 이틀 동안 교제를 하고 나서도 자기 자신을 맡기는데, 나는 그런 데 대해서 고려하여야 될 줄 압니다. 돈을 잘 쓴다든지, 매끈한 양복을 입었다든지, 이런 것으로 결혼하려 드는 사람이 많은 것 같습니다. 그런 것은 우리 주변에서 많이 보는 것입니다.

김용환… 요사이 여자가 결혼할 때에 자기 마음대로 교제해서 자유로이 결혼하는 것과 부모가 정해서 주선해주는 결혼을 하는 분과 어떤 것이 많을까요?

유두연… 부모가 결정해주지 않더라도 부모의 축복을 받는 결혼, 자기의 친구들이 축복해주는 결혼, 이것이 되어야 할 것입니다.

박진식… 우리나라의 결혼은 역시 신분이나 환경이 같은, 즉 신랑 집과 신부 집이 평등치 않다든지 집안이 양반 쌍놈으로 다르다든지 하지 않아야 완전하고 오래가는 결혼이 되리라고 생각되는군요. 그런데 요사이 보면 그렇지 못한 결혼은 대개 오래가지 못합니다. 양반집에 쌍놈의 며느리가 들어가게 된다고 하면 시어머니나 이런 사람들이 쌍놈의 며느리가 들어왔다고 구박을 하고 그런 것이 있으니 아직도 우리나라에서는 곤란한 점이 많습니다. 그렇게 되면 나중에는 며느리도 자기 자신은 남편이 좋지만 분위기가 그렇게 되니 어떤 때에는 실망도 하게 되고 남편과의 사이도 나빠지게 되는 것입니다.

최인욱… 우리가 봉건제도를 쓰는 것같이 양반 쌍놈을 가리는 것은 아닙니다만 가령 민주주의가 제일 발달된 영국과 같은 나라에서 민주주의를 한다고 해서 아무렇게나 결혼이 된다고는 보지 않아요. 민주주의가 발달된 영국에서는 자기 계급에 맞는 것을 찾는 것 같습니다. 그러니 우리가 함부로 결혼한다는 것은 깊이 고려하여야 되겠습니다.

유두연… 전통하고 생활양식하고 같지 못한 데서 나오는 모순, 영국 같은 데서는 전통과 생활양식이 같기 때문에 그런 것도 자연스럽게 되는데, 우리나라의 생활양식은 우리가 수천 년 동안 진행하여오던 전통이라는 것이 이것이 모순이 많습니다. 그러나 이런 데에서 문제가 생기지 않는가 느끼는 것입니다.

최인욱… 요즘 전쟁 미망인 통계, 어느 정도인지 모르겠습니다만…… 전쟁 미망인이라고 하는 것보다 과부라고 할 것이 좋겠습니다. 과부가 재혼하는 문제입니다. 나는 이것이 망발이 될는지 무어가 될는지 모르지만 과거에 우리 정조 관념이란 것이 처녀라야 한다. 처녀가 한번 결혼을 하게 되면 그것은 정조 관념이 없어지는 것이다. 그렇게 보았는데 나는 그렇게 보고 싶지 않아요. 어떤 사람이 어떤 남자와 결혼을 하였다고 나중에 부득이 이혼을 하였다든지 남편이 사망하였다든지 그럴 때 그 사람이 그 과부가 다시 결혼을 할 때에는 그 사람의 정조 관념은 그대로 사는 것으로 보는 것입니다. 만일 유부녀가 다른 남편하고 관계를 맺는다고 할 것 같으면 그것은 정조의 파괴이지만 한 과부가 다시 결혼을 하게 될 때에는 그것을 정조의 파괴라고 할 수는 없을, 과부라고 해서 처녀보다도 급이 낮다든지 하는 것은 아닙니다.

박인환… 정조라는 것은 하나의 개념의 문제라고 보는 것입니다. 우리가 남자와 여자의 평등을 항상 주장한다고 합시다. 그런데 여자의 입장으로서 자기가 결혼은 하였지만 딴 사람과 만일에 있어서 정조 같은 것을 서로 교환하였다고 할 적에 그 여자가 진정으로 사랑함으로 인해서 자기 몸을 다시 한번 주었다는 것은 정조를 파괴한 것이라고 생각할 수 없습니다. 그런 의미에서 자기가 마음으로 진정으로 사랑하였다고 할 적에 나는 여기에서 정조를 버렸다고는 생각하지 않습니다.

　유두연… 결혼과 연애 정조 이런 것에 대해서는 따로 한번 이야기가 되어야 되겠구만요. 그런데 과부 재혼하는 문제에 대한 정조관은 최 선생의 의견과 동감입니다. 특히 한국과 같은 현실에 거기에서 벗어나려면, 희망을 발전하려면, 과거에 가졌던 정조관은 최 선생의 말씀과 같이 되어야 될 것입니다.

　사회… 그러나 엄격한 의미의 정조라는 것은…….

　최인욱… 물론 이것은 가톨리시즘 같은 데에서는 인정되지 않습니다.

　박인환… 정조라는 것은 개념인데, 남편에게서 이혼은 당했지만 그 이혼이 부모의 책임이고 또 이에 억압을 당했기 때문에 자기는 남편과 살고 싶고 사랑하고 있지만, 이혼을 당했을 때 진실하게 자기가 마음으로 사랑하는 남편에게 정조를 다시 주었다는 것은 정조를 파괴하였다고는 생각하지 않습니다. 에밀 졸라에 테레즈 라캉이라는 사람이 있는데, 자기 남편의 친구하고 비교할 때 자기 남편은 항상 저녁때마다 술 먹고 들어오고 사랑은 하나도 없으며 학대만 하고 그리하여 나중에는 자기 남편의 친구하고 같이 살게 되는데, 이것은 19세기의 이야기입니다만 우리 한국 사람은 이런 문제를 생각하지 않고 살기 때문에 사회에서 비난이 있는 것 같습니다. 진정으로 자기가 사랑하는 사람에게 몸을 주었다는 것은 정조의 파괴라고는 생각하지 않습니다.

정조관념

사회… 정조 관념이 없는 여자가 요사이 얼마나 많은지요?

박진식… 전에 있었다는 대학 교수 부부의 얘기인데, 하루는 남편이 집에 돌아와서 부인이 드러누워 있는 것을 보고 밖에서 한번 강간 식으로 해보자 하고 담을 넘어 들어와서 교제를 했는데 부인도 잠결에 별말을 못했답니다. 그리고 나서 남편은 다시 밖으로 나가 초인종을 누르고 자기가 돌아온 것을 알리자 여자는 갑자기 자기가 강간을 당한 줄만 알고, 당신이 들어오기 전에 욕을 보았으니 나는 이것으로 죽습니다 하고 고만 죽어버렸다고, 이런 이야기가 있습니다.

유두연… 연애는 우리가 사는 데 있어서 기가 막히게 아름다운 보배와 같은 것인데, 여기에 대해서는 우리가 보배대로 있게 해주어야 될 것입니다. 연애관에서 연애라는 것은 깨끗하게 닦아주고 윤이 더 나게 이렇게 해서 연애라는 것을 보호하여야 될 것입니다.

박인환… 연애에 대해서 딴 사람의 연애를 수호해주려 하지 않고 도리어 이것을 파괴하려고 하는 그런 음악(陰惡)한 세상입니다.

유두연… 깨끗하고 기막힌 그런 연애를 하는 것이 좋겠습니다.

사회… 연애 보호법 같은 것을 만들었으면 좋겠군요. 경범죄 처벌법에 해당치 않을까요? (일동 폭소)

박인환… 남의 연애를 방해하는 사람은 경범죄 처벌법에 걸리지 않느냐 그러시는데 그것은 참 좋습니다. 남의 연애를 성취시켜 주려는 사람은 거의 없고 남의 행복을 짓밟으려는 사람이 더 많지 않은가 생각합니다.

유두연… 그런데 여기에는 연애냐 매춘이냐 이것이 중요할 것입니다.

박인환… 남자가 있을 경우에는 그것은 연애가 아닙니다.

박진식… 영하 40도도 춥지 않고 달밤에 같이 다니는 것도 좋습니다. 그러나 이것을 일단 내 아내로 삼겠다고 생각했을 때 아내로 삼기에는 너무나 애인은 아깝습니다. 이 깨끗한 것을 그냥 그대로 두고 싶습니다. 그러나 그러다가 딴 사람한테 뺏겨버리는 것입니다.

유두연… 사실 연애를 했을 때에는 영하 40도의 추위도 문제가 아닙니다.

현대 여성과 유행

사회… 요즘 유행에 대해서 가령 검은 장갑이라든지 모자 심지어는 검은 벨벳 양복이라든지 이런 유행 문제에 대해서는 어떻게들 보십니까?

김용환… 한국 여자들은 모자를 쓰지 않는데 왜 그럴까요.

박인환… 모자만 써도 사실 멋없어요. 전체적인 밸런스가 맞아야 하지 않아요.

유두연… 내가 본 가두 풍경은 전부 영점 이하입니다.

박진식… 화장은 요새 좀 나아진 것 같은데…….

박인환… 자기 몸에 맞도록 의복을 맡기는 것이 없고 대개는 기성품을 사 입는데, 윗옷은 좋은 것을 입었는데 스커트는 그냥 형편없는 것을 입고 게다가 긴 장갑을 끼고 와니(가죽) 가방을 둘러메고 다니는데, 더러는 또 일본에서 만드는 무슨 가죽 껍질 같은 것으로 만든 것을 들고 다니는 것도 있습니다.

사회… 귀걸이는 어떻습니까?

유두연… 귀걸이는 구라파에서는 평상시는 하지 않습니다. 무슨 파티라든지 특수한 행사가 있을 때만 하는 것이며 직장에서나 평소에는 하는 것이 아닙니다.

사회… 목걸이는…….

박인환… 유리로 만든 목걸이는 아주 틀렸습니다. 그리고 하이힐 이것은 자기의 몸과 비해 볼 때 밸런스가 맞지 않습니다.

유두연… 유행은 한국 사람이 양복을 입게 된 때부터 시작되었고, 또 전쟁 후 '빵빵걸'의 풍속이 그대로 상류 풍속인 줄 알고 잘못 수입했는데, 이것을 시정했으면 좋겠지만 어려울 것입니다. 단지 희망입니다.

최인욱… 유행에 있어서 누가 벨벳을 입었다고 하면 무조건 벨벳, 나일론이라고 하면 전부가 나일론, 그래서 자기의 개성 문제는 하나도 살리지 못하고 누구 하나가 한다고 하면 전부 따라서 합니다. 이것이 무슨 유행입니까? 자기의 개성을 살리지 못하고 조화를 이루지 못한 것이 무슨 유행이겠습니까? 사실 영점입니다.

박진식… 예를 들면 잠바를 입었다 하면 어느 정도 활동성이 있는 것으로 보아서 좋은데 외국 사람들은 흔히 에리(옷깃)를 세우고 다닙니다. 외국 사람들은 목이 길기 때문에 에리를 세우고 다녀도 괜찮은데, 우리 한국인은 목이 짧고 키도 작은 데다가 에리를 세우고 다니면 마치 '꼽추' 같기도 하고 좋지 않습니다.

박인환… 내 친구가 자기 사랑하는 여자에게 선물을 하나 했는데 와니 가방을 보냈답니다. 그 후 그 여자와 만났을 때 그 와니 가방을 들고 오지 않았길래 그 이유를 들었더니 집에 두고 왔다고 그러더랍니다. 그런데 그 친구가 양품점에 가니깐 그 주인이 당신이 사 갔던 와니 가방은 얼마 전에 우리 집에 팔러 왔더라고 하드랍니다. 이것은 우스운 문제인 것 같지만 슬픈 문제입니다.

박진식… 나는 이렇게 생각합니다. 없는 살림이니까 핸드백도 좋고 검은 장갑도 좋고 한데, 없는 살림에 돈이 좀 생기면 사기를 원하던 것 좋은 것을 하나라도 사게 됩니다. 이렇게 되면 전연 조화가 이루어지지 않습니다.

김용환… 외국 불란서 같은 데 유행이 오게 되는데 우리는 이것을 보지도 않고 이만큼 양장을 하고 조화시키는 것은 특히 가칭할 만하다고 봅니다.

눈에 띄지 않는 곳

유두연… 우리가 여성들에게서 환멸을 느끼는 것은 눈에 띄지 않는 핸드백 속의 콤팩트라든지 스커트가 바람에 나부낄 때에 속 슈미즈가 형편없는 것이 있습니다. 눈에 띄지 않는 곳에 잘 주의해주시길 바라는 것입니다.

김용환… 1주일분의 드로어즈를 가지고 매일 하나씩 갈아입을 정도가 되면 자연히 그렇게 될 것입니다.

유두연… 우리 옛날의 품위 있는 가정의 여자는 속으로 들어갈수록 점점 더 좋은 것을 입었다는데, 이것이 우리 여성들이 가져야 할 것이 아닐까요.

박인환… 목욕을 자주 갔으면 좋겠어요. 우리 여편네만 보아도 한 달에 두서너 번밖에 가지 않습니다. 여름 같은 때에는 매일 갔으면 좋겠는데…….

사회… 여대학생들이나 회사 같은 데 다니는 여자가 에로 잡지를 표지를 딴 것으로 살짝 갈아 가지고 자기 직장에도 가지고 다니는 것을 볼 수 있는데…….

유두연… 여자 대학생들이 학교에서 지정된 것을 지키지 않고 '빵빵걸'

들이 입는 것을 입고 화장 방법도 '빵빵걸' 같이 하는 화장을 하는 것 같은데, 그것이 여자대학생들이 '빵빵걸'을 겸했다는 이야기와는 다를 터인데 대단히 좋지 않습니다.

유두연… 학교 당국의 교육 방침이 나쁜 탓도 있습니다. 저는 유행도 풍속미와 합치된 미(美), 이것이 좋다고 생각합니다.

나일론 시비

사회… 나일론 저고리나 치마에서는 여성미, 즉 선에 의한 미가 나타나지 않는 것 같지요?

박인환… 한국 여성들은 질겨서 나일론이지 모양을 내기 위해서 나일론은 아닌데 나일론을 무슨 모양을 내기 위한 것으로 알고들 있는 것 같습니다.

박진식… 모양도 있기는 합니다.

김용환… 그러나 요즘의 여자는 대체로 퍽 조화되었습니다. 그렇지 않은 사람도 있기는 합니다만 해방 후 우리가 양복을 많이 입었는데 거기에 비하면 비교적 배운 것도 없는데 괜찮았다고 봅니다.

박인환… 우리나라 여성들이 현재 입는 것은 외국에서는 가정에서 입고 있는 것 정도밖에는 안 됩니다.

최인욱… 우리나라 여성들이 이브닝 가운 같은 것을 거리에서 입고 다니는 사람들이 있는데 이것은 구역질이 나서 보지 못할 정도입니다.

박진식… 또 상의의 뒤에 단추가 달린 것을 입고 다니는 여성들이 있는데 외국에서는 처녀는 이것을 입지 않는 모양입니다. 처녀들은 입을 수가 없고 자기 남편이 이것을 입혀준다는데 우리나라에서는 처녀나 대학생들도 이것을 입고 다닙니다. 이것은 난센스입니다만 외국 군인들은 이것을 볼 적에 부인인 줄 알고 히야카시²를 하지 않을 것입니다. (일동 웃음)

김용환… 양복을 잘 입고 다니는 것은 양갈보라고 보는데…….

박인환… 이외에도 양복을 잘 입고 다니는 것은 양갈보입니다.

박진식… 또 머리 뒤에 꼬불꼬불하게 짧게 만드는 것은 외국에서는 아프리카 같은 데 있는 '빵빵걸'들이 하는 머리라고 해요. 왜냐하면 머리 뒤를 구불구불하게 하면 누웠다 일어났다 할 때에 편리하고 시간이 많이 걸리지 않기 때문에 (웃음) 보기는 시원하게 보이지만…… 그리고 구치베니³ 같은 것도 자기 입이 큰 사람이 생긴 대로 바르고 있는데…… (웃음) 자기의 입 생김에 적당히 맞게 했으면 좋겠습니다.

박인환… 나는 여자들 눈이라든지 입이라든지 하나하나 떼어서 본 일이

---

2 ひやかし : 놀림, 놀리는 사람.
3 くちべに : 입술 연지.

없습니다. 그것은 하나의 인상이고 그 윤곽이 좋으면 미가 있는 것으로, 입 하나가 잘생겼다든지 코가 잘생겨서 송미령의 코라든지 하는 것은 문제가 아닙니다.

김용환… 복장은 한복이 좋다고 생각하는데 이 한복을 입었을 때의 화장하고 양복을 입었을 때의 화장은 달라야 되는 것입니다.

유두연… 이 한복만은 우리 한국 감(복지(服地))으로 만드는 것이 좋겠습니다. 특히 요즘에 흔한 나일론보다도 여름 계절에 맞는 옥양목 같은 것을 좋은 하늘색으로 물들여서 해 입으면 좋으리라고 생각합니다.

한복 예찬

박인환… 한복을 입을 때는 여름이면 모시죠.

유두연… 여름철에 모시는 남자가 느끼는 최고의 매력일 것입니다.

박진식… 것도 좋기는 한데 그러면 어디 가서 앉을 수가 있어야지요. 한 번 앉았다 일어서면 형편없이 쭈굴쭈굴해집니다.

유두연… 매력은 매력대로 인정하여야지요. (웃음)

여성의 에티켓

사회… 여성의 에티켓에 대해서…….

박인환… 여자가 다방에 가면 으레 남자가 찻값을 내주려니 하고 바라고 있는 것, 이것은 남녀평등을 주장하면서 경제에 있어서는 평등이 아닙니다. (웃음)

유두연… 외국에서는 음식점 같은 데 가도 매춘부가 아니면 여자가 그 값을 치른다고 그럽니다. 매춘부라면 남자 편에서 다 낸다고 합니다.

최인욱… 최근 우리나라 여자들은 자기의 선생인데도 불구하고 남자가 먼저 인사를 하여야만 여자는 그 인사를 받는 것인 줄만 알고 있는 것 같은데, 그것은 도리어 여자로서 평등이 아니라 여자의 자기 자신의 수치가 아닌가 생각하는 것이 있습니다.

사회… 다방에서 화장하는 것은?

유두연… 매춘부만이 공중 앞에서 화장하는 것으로 봅니다.

박진식… 여자의 화장은 불과 3시간이 가지 못하는데 아침에 화장하고 나서면 저녁때에는 다 꺼집니다. 그럴 적에 화장이 꺼지려고 하면 잠깐 가까운 다방의 변소라든지에 들어가서 고치는 것도 좋고 다방도 좋고 하니, 공중 앞에서는 하지 않는 것이 좋은 것입니다.

유두연… 에티켓 문제가 나왔는데 벨벳 치마를 입는 경우 공중 앞에서 치마를 들고 엉덩이를 까고 앉는데 이런 것은 (웃음) 주의하지 않으면 안 될 것입니다.

박인환… 그 속치마가 더러울 때 더욱 말씀이 아닙니다.

박진식… 남들이 한참 명랑하게 웃을 때에 입을 벌리고 있는 여성들이 있는데 이 입을 벌리는 습관은 보기 싫은 것입니다.

박인환… 모 다방의 마담인데 이 문화인들이 많이 모이는 데서 남자들의 앞에 와 앉아서 남자의 호주머니에서 남자의 담배를 자기가 꺼내어 피는 것이 있습니다.

김용환… 한국의 여성들은 애교가 없다고 그러는데 우리 여성들은 좀 더 여성다운 친절미를 가져야 될 것입니다.

김용환… 어떤 친구의 집에 가서 부인에게 인사를 하려고 그러면 숨어 버리는 분이 있는데, 이것은 옛날의 풍속이지만 그런 것을 고려하여야 할 줄 압니다.

최인욱… 유부녀들이 다방 같은 데에서 초대권이 두 장이 있으니 극장엘 갑시다 하면 여자가 따라가는데, 나는 그 여자가 초대권을 받게 되었다 할지라도 자기가 돈 2백 환을 내고 표를 한 장 사서 들어가야 좋으리라고 생각하며, 또 그런 때에는 자기 친구라든지를 데리고 남자와 셋이서 다니는 것이 옳지, 될 수 있는 대로 다른 남자와 단 둘이서 극장에 간다, 거리를 다닌다 하는 것은 자성하여야 될 것입니다.

유두연… 그런 것은 벌써 상대방에 무슨 약속이라도 준 것을 표시하는 것이 아닐까요?

박인환… 극장에를 딴 남자와 다닌다는 것은 여자들의 에티켓 문제입니다.

최인욱… 내가 전에 초대권이 두 장이 있어서 어떤 친구의 부인하고 극장엘 가려고 차를 같이 타고 갔었는데 갑자기 을지로 입구에서 부인이 나를 치면서 저기 자기 남편이 온다고 그러면서 그냥 지나갑시다, 그러는 것입니다. 나는 여기서 환멸을 느꼈습니다. 이렇게 우리는 민주주의를 할 필요는 없다고 봅니다.

여성과 취미

사회… 요사이 여성은 어디에 취미를 두고 있습니까?

박인환… 영화 구경이 많고 그리고 사교댄스이겠지요.

박진식… 사교댄스가 많습니다.

유두연… 치안국의 통계에 의하면 유부녀가 사교댄스에 나오는 수가 가장 많다는데요. 붙들려가면 자기 남편이 와서 내가 우리 여편네가 건강이 좋지 않아서 추라고 했다고 그런답니다. 물론 집에 가서는 치도곤이겠지요만……. (웃음)

박인환… 사교춤은 취미로서 하나의 엔조이입니다. 나는 이 엔조이라는 말을 향락이라고 번역하고 싶지는 않습니다만 분명히 하나의 엔조이입니다.

유두연… 마음대로 사교춤을 추기 위해서 자기의 아이들이나 남편을 속이고까지 가서는 안 되리라고 생각합니다.

박인환… 그러면 정비석 씨의 『자유부인』이라는 소설에서 나오는 이야기 같군요.

박진식… 우리나라에서는 이런 문제에 거짓말을 하지 않을 수 없을 것입니다. 아직까지도 초창기이기 때문에 그렇습니다.

박인환… 여자나 남자나 자기가 하고 싶은 것을 하는 것이 자유가 아니라 자기가 하고 싶지 않은 것을 하지 않는 것이 자유라고 봅니다.

사회… 여자들의 다방 출입은 어떻습니까?

유두연… 이런 것은 혹 어떤 스캔들을 만들 수 있는 기회를 가지지 않을까 하는 이런 희망을 가지고 가는 사람도 있다는 것이 눈에 보이는 것입니다.

박진식… 다방에서 보면 혼자서 여자들이 나와 여기저기 앉아 있는 것을 볼 수 있는데, 진작 알았으면 같이 앉아서 차라도 한잔 먹었으면 하게 그렇게 보입니다.

유두연… 가정에 있을 만한 부인이 혼자서 다방에 나와 있다는 것은 특히 한국가정 부인은 그럴 시간을 가질 수 없을 터인데 이것은 취미가 아니고 타락이 되는 것이 아닐까요?

최인욱… 이것은 남자가 여자를 민주주의적으로 잘 지도를 하지 못하기 때문에 그런 것입니다.

유두연… 오늘은 될 수 있는 대로 남자를 옹호하고 여자를 규탄하는 입장에 서야 될 것입니다. (웃음)

최인욱… 가정 여자를 혼자서 다방에 나가게 한다는 것은 여자를 딴 남자에게 빼앗겨도 좋다는 것일 것입니다. 남자가 여자를 컨트롤하지 못하고 그러는 것입니까?

유두연… 자기 아내한테 생활을 의탁하는 것이 무력한 남자의 취미로 되는 것이 있습니다. 이런 것은 남자의 취미로 끝냈으면 좋겠는데 이것이 취미가 아니라 남자의 생활 태도로 되면 큰일입니다.

김용환… 어떤 유명한 사람인데 그 내외간이 퍽 쓸쓸했던 모양입니다. 남자가 애정을 보이지 않아서 그랬는데……. 이 부인이 그러자 돈벌이를 시작했다나요. 무역도 하고, 자동차도 사고, 큰집도 마련하고, 그러자 남편의 태도가 좀 달라져갔답니다. 그래 자기한테 친절히도 해주고, 전차 같은 것을 타도 먼저 태워주고, 그러더라면서 그 여자가 하는 말이, 좌우간 여자도 돈을 가져야 된다, 그러면 애정도 도로 회복할 수 있다고 하는 이야기를 전에 들었습니다.

현대 여성과 돈

사회… 돈 이야기가 나왔으니 여기에서 돈과 여성에 대하여 더 구체적으로 파볼까요?

박인환… 돈은 여자도 좋아하고 남자도 좋아하는 것입니다.

유두연… 요사이 여자는 남자보다도 더 돈에 팔리는 모양입니다. 마릴린 먼로가 주연을 한 〈신사는 금발이 좋다〉[4]라는 영화를 보면 남자의 얼굴이 돈이나 보석이나 그런 것으로 보이는 것이 있는 것 같은데, 이것이 아마 현대 여성들의 상징인 것 같이 느껴집니다.

박인환… 사회적인 지위나 그 사람의 인품이나 이런 것보다도 저놈이 돈이 있나 없나 이런 경향이 6·25를 통하여 특히 현저합니다.

---

4 〈신사는 금발을 좋아해(Gentlemen Prefer Blondes)〉: 1953년 하워드 호크스가 감독이 개봉한 미국의 뮤지컬 코미디 영화.

유두연… 그러기 때문에 여자들이 사람보다도 돈을 먼저 찾게 되니까 이것을 만들기 위하여 모든 죄는 이 돈을 만들기 위하여 남자들이 짓게 되는 것입니다.

박인환… 사회 질서의 문란은 여자들이 돈을 존귀하기 때문에 생기는 것이지요.

유두연… 돈과 사랑과 인간과의 투쟁이라는 것은 인간이 생길 때부터 오늘날까지 계속되고 또 영구히 계속될 것입니다. 여기에서 여자가 농락한다는데 비극이 생기는 것 같습니다.

박인환… 전에는 정신문명이 있는데 해방 후 미국 사람들이 들어오고 따라서 물질문명이 그대로 수입되었습니다. 그런데 물질은 여자들이 전부 돈인 줄만 알고 있습니다. 물질문명의 극치는 돈이니깐 돈이면 다 해결이 되는가 보다 그런 모양입니다.

박진식… 요사이 여자들이 남자를 테스트할 때에 돈을 표준으로 삼는 모양입니다.

사회… 고맙습니다. 오늘은 이만 끝마치겠습니다.

(『여성계』 3권 6호, 1954. 6. 1)

제10부

기사

38선 현지 시찰 보고

【38선상(上)서 본사 특파원 박인환 발】

(상)

절망의 38선상(三八線上)
이북 산천도 눈물로 젖어

1945년 가을 이승만(李承晚) 박사를 중심으로 발휘하였던 독립촉성중앙협의회(獨立促成中央協議會)[1]는 '4대 연합국[2]과 아메리카 인민에게 보내는 질의서'에서 "우리 한국은 양단된 신체와도 같고, 이와 같은 신체로서 어떻게 생존하며 적당한 활동을 할 수 있느냐? 우리들은 카이로 선언에서 발표된 전 민족적 생활을 통일체로 조직할 수 있는 기회의 허용을 단연

---

1 1945년 10월 23일 자주독립을 위해 각 정당과 단체들이 만든 정치 단체. 총재가 된 이승만이 무원칙한 통합을 제창하면서 친일파 및 민족 반역자들까지 수용하자 동의할 수 없는 세력들이 참여를 거부함. 1945년 11월 23일 귀국한 김구의 임시정부 측과도 합작을 이루지 못함. 이후 신탁통치 반대 위원회와 통합해 1946년 '대한독립촉성국민회'로 바뀌어 1948년 정부수립 때까지 이승만의 기간 조직이 됨.
2 미국, 소련, 영국, 프랑스를 가리킴.

요구한다."고 주장하였고, 1947년 여름 암살된 자유주의자 여운형(呂運亨) 씨는 그 전해 6월 미소공위(美蘇共委)[3]의 결렬에 뒤이어 "38도선을 군사상의 선이며, 우리들 조선 사람들의 선은 아니다. 남북 좌우 일체가 되어 국민운동으로서 양군의 철퇴를 요구하자."라고 하였으나 그 뜻도 이루지 못한 채 지구에서 떠나버렸다. 김구(金九) 선생은 "현하 민족 존망인 이때, 서북(西北) 동포들도 모두 우리 민족이다. 남북 협상에서 좋은 결과를 거두지 못하면 38선상에서 죽음으로 보답하겠다."라고 말하였으나, 이 역시 가열한 현실에 부서져버리고 말았다. 해외에 망명하였던 지도자들이 해방된 고국으로 찾아들었을 때 악독한 식민 정책하에서 앙상하게 쪼들끼었던 민족과 산천과 문화와 거기에 운명의 일(一) 선이 '민족의 교수선'이라는 참혹한 이름으로서 동포의 가슴 위를 모진 채찍처럼 지나가고 있는 데는 놀라지 않을 수 없었던 것이다. 그 후 우리들의 일상생활에서는 38선이란 버리려야 버릴 수 없는 비극의 제 요소를 품고 있다. 국토는 문자 그대로 양단되고, 이에 따르는 수없는 혼란과 정치, 경제, 문화의 부패는 이를 열거할 필요조차 느끼지 않는다. 이러한 폭풍 속의 세월이 벌써 4년. 가난한 몸부림에서 목메어 외치는 '철폐하자 38선'의 소리는 끝까지 헛되어, 이북에서는 소련 세력하의 공산정권이 소위 보안대와 인민군을 창설하고, 이남에서는 5·10 선거 후 정식으로 대한민국 정부가 수립되어, 더욱 38 장벽은 굳어 갔다. 그러는 동안 소군[4]이 철퇴한 후 인민군은 대한민국 정부가 육성되어 감에 따라 38선을 넘고 접경지대

---

3 미소공동위원회(美蘇共同委員會) : 모스크바 삼국 외상 회의의 결정에 따라 한국의 임시정부수립을 원조할 목적으로 미소 점령군에 의하여 설치됨.
4 蘇軍 : 소련군.

의 경찰 지서 또는 국군, 양민 촌락을 침입 습격함으로써 이남 민생을 혼란케 했고, 그들의 이데올로기에 밸런스된 비열한 도전을 일삼았다. 남한의 신문은 연일 이러한 민족 상실의 슬픈 보도를 인민에게 보내었는데, 아[5] 민족의 한 사람의 피를 보면 자기의 가슴 속에서 뻗쳐 나온 것처럼 진하고 순수한데, 그들은 무엇을 위하여 총을 들고 싸우며 죽이고 누구 때문에 목숨을 버리었던가? 이 역시 민족의 교수선이 빚어낸 오늘의 세계의 신비이며, 우리의 애달픈 해방의 선물이 아닐 수 없다. 그러면 비극과 분열의 주동자인 이 운명의 선, 국가를 사랑하는 민족의 이름으로서 원망과 함께 철폐하려고 갖은 노력을 아끼지 않았던 38도선을 영영 우리의 현실에서 떠나가지 못하는가? 오늘 이처럼 불안정한 시대에서 국가 보존과 인민의 자유를 사수하기 위하여 밤낮 헤아릴 수 없이 접경 지대를 경비하고 있는 대한민국 국군과 경찰관은 어떠한 고초를 겪고 있으며, 접경지대의 주민은 어떤 방법의 생활과 생각으로서 위험한 시간을 보내고 있는가? 알고자 하는 이러한 욕망에서 기자는 공보국장 이정순(李貞淳) 씨 인솔하에 '38선 위문단'의 선량한 일원으로 강원도 춘성군(春城郡) 내 접경 요처를 방문할 기회를 갖게 되었다.

주민은 해방을 원망(怨望)
사상엔 동족도 없나?

38선 현지 상황

멀리 희미한 안개 속에 산이 보이었다. 아침의 생생한 공기, 달리는 자

---

5 아(我) : 우리.

동차, 모두가 움직이는 가운데서 우리가 찾아갈 곳을 생각해보니 한없이 슬픔에 잠긴다. 우리들이 목적한 현지는 춘천부에서 20킬로 떨어진 무진강(毋津江) 경비소와 또 한 곳 26킬로가 되는 추전(秋田) 제2경비소인 바, 우선 오전 중에는 무진강을 찾고, 오후에는 추전으로 향할 계획이었다. 강원도만의 독특한, 평풍[6]처럼 겹쳐진 산과 골과 물…… 이러한 준험한 산 밑 아래 자동차길, 자동차에서 내려다보이는 푸른 강물은 유구의 전설도 오늘의 현실도 모르는 듯이 묵묵히 흐르고만 있었다. 무진강은 수원[7]을 금강산에 두고 이북인 금□□천 등지의 산협 지대를 거쳐 한강에 합류하는 강인 바 물 위에 떠내려가는 푸른 잎사귀에 슬픈 이북 동포의 소식이나 전하여 있지 않은가? 우리는 바야흐로 이 강줄기를 타고 속력을 내었다. 쌀쌀한 바람이 귓속으로 스며든다. 동승하였던 춘성군 내무과장인 이윤□(李潤□) 씨의 설명을 들으면 가까이 보이는 저 산이 이북의 산이라 한다. 해방이 되기 전만 해도 저곳에서 만든 숯이 춘천에 들어왔으나 지금은 틀렸다고 웃음을 띠는 그의 얼굴은 서글펐다.

연도[8]에는 촌락민들이 서서 우리들에게 즐거운 환영의 손짓을 던진다. 먼지로 온 얼굴은 꺼매지고, 경비소에 도착하면 우리들을 무엇을 볼까 하는 생각만이 앞설 뿐이다. 이 무진강 경비소는 사북면 인람리(仁嵐里)에 있는데 추전 경비소와 아울러 경비상 가장 중요한 요소의 하나이다. 약 한 시간 20분 후 우리들은 차를 사북면 사무소 앞에 두고 경비소를 향하

---

6 평풍 : 바람을 막거나 무엇을 가리거나 또는 장식용으로 방 안에 둘러치는 물건. 병풍.

7 水源 : 물이 흘러나오는 근원.

8 沿道 : 큰 도로 좌우에 연하여 있는 곳.

여 걸어갔다. 도중에서 본 바와 같이 주민들은 우리에게 경례를 함으로써 일행을 환영하였다. 경찰관들은 전시 태세와도 같이 무장하고 호국 단원들도 역시 총을 메고 거리를 거니는 것이다. 도저히 도시에 사는 사람으로서는 상상도 할 수 없는 경비 상태이다. 면소에서 약 200미터를 걸어가면 거기에 미군 병사[9](퀀셋)[10]가 있는데, 미군이 철퇴한 다음부터는 우리 경찰 병비원[11]의 숙소로 사용하고 있다 한다. 병사 옆에 꿇어앉은 노파가 있었다. 기자는 내려가 그를 잡고 연고를 물은 즉, 입맛을 잃었는지 그는 아무 말도 하지 않고, 그 옆에 있는 박득춘(朴得春, 46)이라는 남자가 눈물 어린 얼굴로 "우리 집 가족 여섯은 38선에 가장 가까운 저기 뵈는 저 집 옆에서 농사를 짓고 살고 있었는데, 지난 14일 밤 인민군이 내습하여 내가 이곳 경비원에게 밥을 지어주었다는 이유로 불을 놓아 눈 깜짝할 사이에 타버리고 말았습니다. 그래서 갈 곳이 없는 우리 식구는 솥을 들고 경비 대원들의 옷을 빨고 역시 밥을 짓고 하루하루를 죽지 못해 연명할 따름입니다.

"모금겄[12]을 생각하면 꿈인가 지옥인가 합니다." 그는 흐느껴 울며 "저 노인은 내 장모인데 올해 예순여덟입니다. 우리들은 지금까지 이곳을 지상에서 제일 좋은 낙원으로 믿어왔는데 해방인지 무언지가 꿈 밖에 나타나 생사람을 잡았습니다. 그럭저럭 작년까지도 견딜 만했으나 미군이 떠난 후부터는 소란스럽게 종소리가 들리고 여러 차례나 침입해왔습니다.

---

9 兵舍 : 군대가 집단적으로 거처하는 집.
10 Quonset : 반원형의 군대 막사.
11 兵備員 : 군대나 병기 등 군사에 관한 준비를 하는 사람.
12 원본대로 표기함.

이북에 논마지기가 얼마 있었는데 작년까지는 서로 교섭하여, 나는 이북 땅에 들어가고 그쪽에서는 내려와 농사를 하였지요. 그것도 금년에 들어서는 옛일로 되었습니다. 저기 뵈는 보리밭은 내 것이었습니다." 눈에 뵈는 강 건너 보리밭에는 파란 새싹이 곱게 자라고 있었다. 올여름 보리농사 때에는 그 누가 보리를 깎아[13] 갈 것이냐? 주인의 손에 안겨 온 병아리 새끼 그리고 그의 하나의 재산인 돼지는 꿀꿀대며 풀을 뜯고 있었다. 경비소에서 약 100미터 되는 곳에 길이 300미터가 되는 무진교(母津橋)가 걸려있는데, 다리 초입에 기관총을 장비한 경비대원이 바로 앞산을 핏대 선 눈으로 쳐다보고 있다. 미군이 있었을 적만 해도 소군이 그 다리를 건너와 양담배 등을 얻어 가지고 갔다는, 지금은 넘을 수가 없는 운명의 다리인 바, 일부러 죽고 싶은 사람 이외는 누구 하나 이곳을 건너갈 수 없다. 다리의 중심은 서로의 위치에서 불과 사정거리밖에 안 되므로 바람에 날려온 먼지와 낙엽만이 지나갈 뿐이다. 다리가 끝나는[14] 바로 앞산 눈앞에 클로즈업 한 몇 개의 나무가 무심히 자라고 있는, 침울하고 점잖던 그 산이 이북이었다. 산비탈 아래 5~6호의 집이 있는데 그것은 이남의 땅 위에 있음에도 불구하고 주민은 수십 년간이나 살아온 집을 공포의 풍운에 못 이겨 버리고 어디론지 떠나버렸다 한다.

  오직 그들에게 있어서는 안정할 곳을 향해 떠나는 것만이 희망이었다. 그러나 안정한 지대와 집은 어느 곳에 있으며, 그것을 해결할 경제적인 문제는 막연할 따름이었다. 요 지난 14일만 해도 면전에 배치되어 있는 인민군 7개 소대 500명 중 300명이 회평리(回坪里)(호수 113)란 곳에 내

---

13 깎다 : 풀 따위를 잘라 내다.
14 원본에는 '끝이는'으로 표기됨.

습하여 수 개소에 방화하고 부락민 30명을 납치하여 갔는데, 그 후 소식은 요요할 뿐이다. 우리들이 경비소 언덕을 걷고 있을 때 이북에서 우리를 향하여 발사하는 세 방의 총소리가 잔잔한[15] 강물과 고요한 산속의 맑은 공기를 뚫고 울려왔다. 물론 맞을 사람은 하나도 없으나 참으로 전지에 나온 운과 무서움이 설렌다. 보초소 좁은 구멍 통해 망원경으로 보이는 산등[16] 위에 펄럭이는 인공기……. 아, 우리 민족은 완전히 분열되었구나! 하루바삐 38선을 넘어 통일을 하라고 누구에게나 애원하고 싶은 마음만이 간절하게 복받쳐 오른다. 그러나 이런 감정이 나의 순간의 충ㅁ이라면 나는 이미 민족의 한 사나이라는 빛나는 자격을 상실하였을 것이다.

(중)

북천(北天)을 바라보며
향수에 우는 경비대원

눈앞에 나타난 여러 면을 살펴볼 때 지금까지 우리들이 도시의 한복판에서 몇 가지의 고생 또는 눈물만으로 신경을 소모해왔다는 것이 무척 어리석었고, 그와 동시 안일하기 짝이 없었다. 조금 전 소실된 집을 가까이 바라며 며칠 후 기아로 죽어갈지도 모르는 늙은 장모와 다섯의 가족을 거느리면서도 목숨을 험악한 곳으로 끌고 가는 농부 박득춘은 어데 가든지

---

15 원본에는 '잠잔한'으로 표기됨.
16 山등 : 산의 등줄기. 산등성이.

가혹한 현실을 참고, 참지 못하면 박차고 나가겠다는 단순한 의욕이 나를 괴롭혔다.

돌아오는 길, 우리는 20여 호의 쓰러져가는 '공포의 집'들이 나란히 서 있는 길 복판에다 자동차를 멈추고 그곳 주민들에게 실정을 듣기도 했다.

"언제 인민군이 내습하여 올지 모르므로 이 마을 사람들은 옷도 벗지 못하고 잔다든가, 또는 이북뿐만 아니라 아주 가까운 접경지대에 사는 관계로 가재[17]만 겨우 끌고 나온 사람이 수없이 많아 한 집에서 두세 세대가 살고 있는데, 여름이 가까워오면 이런 길가에서 시원하게 살 수 있다"는 슬픈 풍류의 말을 하며, 우리를 부럽게 여기는 노인은 심화삼(沈和三. 69)이라는 이미 칠순이 가까운 분이었다. 자동차는 또다시 그곳을 떠나 마을 밖까지 나왔는데, 머리를 뒤로 돌려 촌락을 바라본즉 자동차의 먼지로 어데가 어딘지 분간조차 할 수 없고, 오직 눈앞에 선하게 어리는 것은 쓸쓸한 물결에, 두견새 소리에, 세월을 등지고 고향을 지키는 황토 냄새를 풍기는 사람들의 힘찬 얼굴들뿐이었다.

연도에 국군의 젊은 병사 2명과 함께 30여 명의 농부들이 괭이를 메고 지나가므로 안내자인 군 내무과장 이 씨에게 물어본즉, 38 접경 산악으로 참호 또는 토치카[18]를 파러 가는 길이며, 이 마을 사람은 오늘까지 중노동을 하여온 관계로 5~60리씩 떨어진 동리에서 왔다는 바, 그들은 밤에는 일단이 되어 합숙을 하고 5~6일간을 산을 파다가 다른 마을 사람과 교대를 한다는 것이었다. 약 40분 후 차는 소양강 북안 신북(新北)의 거리를 지

---

17 家財 : 집안 살림에 쓰이는 일상 용구. 집안의 재물이나 재산.
18 tochka : 콘크리트 등으로 단단하게 쌓은 사격 진지.

나자 각돌[19]을 뿌린 좁은 길 위를 바람처럼 질주한다. 추전 경비소까지 도착하기에 약 두 시간이 걸리었다. 이곳 추전 경비소는 보안과장 김만□(金萬□) 씨의 해설에 의하면 교통상의 요처로서 춘천과는 70리, 그리고 이북에 있는 양구(陽口)와는 불과 30리밖에 안 되므로 전략상 참으로 중요한 곳이라 한다. 1월 23일 이후 지금까지 50여 회의 전투가 벌어진 곳이며, 인민군은 매월 24일경 달[月]이 전연 뜨지 않는 어두움을 이용하여 내습한다는 것이었다. 이북 인민군이 소지하고 있는 무기는 주로 '따발총', '소련식 장총', '기관총', '기관포' 등이다. 경비대의 장비도 절대 그들에게 지지 않는다고 자신 있는 말을 하는 젊은 지서 주임 이근□(李根□) 씨는 매일 밤처럼 북쪽에 빛나는 별만 볼 때면 고향에 두고 온 가족들의 생각이 나서 운다는 것이다. 이곳에 있는 경비대원의 대다수는 서북인들이었다. 그들은 고향을 가장 가까운 곳에 바라보며 하루빨리 38선이 철폐되면 고향에 돌아가 좋은 새나라의 일꾼이 되겠다는 의지의 투사들이었는데, 어딘지 전투에 시달린 피곤한 모습을 하고 한 대의 담배를 굶주린 듯이 피워물고 연기를 탄식과 함께 토하는 것은 마치 외국 영화에서 본 '외인부대'를 연상케 한다.

　최전선인 275고지를 시찰키 위하여 우리는 강을 건너기로 했다. 저오의 대안을 굵은 철사로 연결시켜 작은 나룻배는 돛대도 노도 없이 철사를 밀고 우리를 싣고 갔다. 강변은 돌과 모새[20]로 황무지를 이루어 약 10분간 건너니 20여 호의 농가와 우차를 끌고 오는 가족을 만났다. 그 가족의 가장 원봉희(元鳳喜. 30)는 수일 전까지 이 골에서 농경작을 하여왔는데, 그

---

19 '자갈'을 뜻하는 강원도 방언. 자각돌.
20 모새 : 가늘고 고운 모래.

의 홀아버지가 이북 인민군과 정보 기타 여러 가지의 간첩 행동을 했다는 혐의로 체포된 다음 그는 안해[21]와 어린 아들을 이끌고 마을에서 떠나는 것이었다. 그는 여러 차례나 마을을 돌아보았다. 충혈된 눈으로 우는 어린애를 달래면서 새 출발의 첫걸음을 하는 것이었는데, 눈앞에 □인 강은 누가 건너줄 것이며, 떠난대야 어디로 가는 것일까?

도 내무과장과 걸어가는 길목에 6~7명[22]의 늙은 농부들이 우리를 향하여 인사를 한 후 "나리, 도청에서 나오셨다구요? 이래서야 어떻게 삽니까? 집에 좀 들어와보십시오. 젊은 자식들은 밤낮의 경비로 인하여 병이 들어 누워 있지 않습니까? 농사철 봄도 만나고 해서 마음을 좀 놓았더니 일할 놈들이 하나둘씩 병든 걸 보고서야 어찌 산단 말입니까?"라고 한탄하니 내무과장은 천연스럽게 "걱정 마시요. 얼마 아니면 38선도 깨지고, 여기 이 손님들이 찾아오신 것도 38선이 깨질 첫 징조 아니오?" 하고 대답을 한다.

공포와 적막의 선(線)
임자 잃은 공가(空家)와 농토

나선계단(螺旋階段)처럼 산 밑에서 깎아 올린 길을 10여 분간 땀을 흘리고 올라가니, 날려갈 듯이 바람이 분다. 20여 명의 무장 경비대원이 참호 속 또는 토치카 속에서 총을 겨누고 이북을 바라보고 있는데, 이북이라야 바로 그곳을 □□□ 내려가면 그뿐, 불과 2백 미터의 거리밖에 안 된

---

21 안해 : 혼인하여 남자의 짝이 된 여자. 규범 표기는 '아내'.
22 원본에는 '67' 명으로 표기됨.

다. 조망되는 곳은 모두 이북의 땅이었다. 이곳과 대위하고 있는 앞산 위에 인민군의 토치카가 보이고, 헌옷을 입은 인민군의 보행을 순간 확인할 수 있었다. 이곳에서 볼 수 있는 □□이란 이북의 토지에도 20호의 집이 있었으나 그들 역시 모두 집을 버리고 떠났다. 망원경으로 집 마당을 살펴보아도 개미 한 마리 찾을 수 없는 죽음의 적막의 가옥들이 바람 속에 고독히 서 있을 뿐이었다. 서쪽 다리를 건너 보이는 긴 납작집이 옛날의 추전 소학교라는 바, 수업은 벌써 오래전부터 그치고 소학생들은 부형을 따라 떠나버렸다. 넓은 운동장에는 회오리바람에 먼지가 돌고, 그 한구석 운동기구는 평화의 날 주인이 찾아올 것만 기다리고 있는 듯 쓸쓸하기 짝이 없다.

산 위를 우리들이 올라온 것을 눈치채었는지 3발의 총소리가 귓등을 지난다. 이곳 경비대원은 응전의 총도 쏘지도 않고, "이런 것은 보통입니다. 약 30분 전만 해도 중기관총의 소사가 있었습니다. 그리고 밤이면 저 강 위에 탄환의 불꽃이 끊일 새 없이 피고 흩어지고 합니다. 원래 장거리 사격이란 명중치 않으므로 그들은 우리에게 신경전을 하는 모양입니다. 새벽이면 재미있지요. 서로 잘 잤느냐, 어젯밤 무엇을 했느냐는 말도 주고받으니깐요. 여러분, 우리와 같이 목숨을 걸고 있는 놈은 하루 세 끼의 밥을 먹고 총 쏘는 것만이 현재의 즐거움인데, 이런 것이 못 되고 있습니다.

하루 4홉의 배급 쌀로서는 배가 고파 도저히 일할 수 없습니다. 그래서 가난한 촌락민들이 그 가난 속에서도 쌀을 한 공기 두 공기 모아 우리에게 밥을 지어주는데, 미안해서 목에 넘어가지 않습니다. 중앙에서는 이러한 제일선 벽촌에 있는 우리들을 안중에도 두고 있지 않는 모양입니다."고 솔직한 말을 들려주는 것이다.

우리는 올라간 길을 내려왔다. 역시 강을 건너 추전 지서 앞에서 대기하고 있는 자동차에 몸을 올려놓고 혼동된 정리하려 했으나 흔들리는 자동차 충돌 때문에 술 먹고 비틀거리는 그러한 무감각의 몇 분 후, 겨우 우리들 본 현실과 우리들이 생각하였던 것과는 절대적인 차이가 있다는 것을 깨달을 수 있었다. 인도 우리의 자동차는 숙박지 춘천을 향하여 달렸는데, 해가 서산에 넘어갈 무렵 내평(內坪) 못 미처의 언덕 위로, 아까 보았던 추방된 부락민, 신개지를 찾아가는 농부 원봉희 일가의 장난감 같은 살림 도구와 그의 울던 아해[23], 두 부부의 힘없는 행진이 계속 되고, 언제부터 흘렀는지 모르나 오대산에 수원을 둔 상류 한강의 맑은 물결이 바위를 지난다. 오직 강물은 북에서 남으로 자유롭게 흘러갈 따름이었다. (사진 상(上)은 토치카, 하(下)는 강을 건너는 광경)

(하)[24]

부역(賦役)과 기부금에
주민 생활 극도로 피폐

민간 실정(實情), 고산면(古山面) 편

(1) 주민의 부역이 너무 과중한 것…… 정기 임시 도로 수선과 기타 부역 이외에 현재까지의 출동 인원은 50,950명으로서 이것을 매 호로 나누

---

23 兒孩 : 아이.
24 원본에는 표기가 없으나 마지막 회 글이므로 넣음.

어보면 평균 34명으로, 농경의 지장은 물론이며, 더구나 본 면은 대부분이 하루 품사리[25] 노동 또는 제한사업들의 작업자 등으로서 그날 그날의 생계가 곤란케 되어 비명이 자자하다. 그리고 지금까지 각 작업에 동원되었던 인원은 다음과 같다.

> 가. 상수내□□□ (上水內□□□) 도로 10,000명
> 나. 오□□□ (吾□□□□) 도로 12,000명
> 다. 부□(富□) 토치카 2,300명
> 라. 275 고□비(高□陣) 구축 3,500명
> 마. 제2경비소 진지 구축 3,500명
> 바. 38선 경계 입목(立木) 제거 작업 5,300명
> 사. 내평리(內平里) 토치카 3,000명
> 아. 오□리(吾□里) 토치카 2,500명
> 자. 신안(新案) 각 지서 신축 급(及) 증축 급 잡□ 8,000명

(2) 경제적인 부담이 과중한 것…… 본 면은 산악지대로서 농경지가 협소하여 대부분이 세궁민[26]이며 품사리꾼, 산물 사업장의 노동자인데, 여기에 따라 생계에 있어 풍부하지 못함에도 불구하고 제반 공과금 외에 경제적인 부담을 열거하면 대략 다음과 같다.

> 가. 38 경계선 경찰관에 대한 식량 보충의 부담
> 나. 신축 지서 급 신축 □ □ □

---

25 품사리 : '품팔이'인 듯.
26 細窮民 : 매우 가난한 사람. 원본에는 '세국민'으로 표기됨.

다. 38 경계선 경찰관용 된장 □출(□汁) 식량 기타 부식물(副食物)(김치,
　　　짠지 등) 제공

　　라. □□군에 대한 경비 부담

　　마. 청년대원 합숙 훈련비 부담

(3) 식량 중점 배급 대상자 수의 감소로 인한 주민의 생활난 상태는 다음과 같다.

　금번 식량 임시법 실시는 현하 양곡 매상 부진으로 말미암아 목하 중점 배급 정책을 취하고 있는 것을 부득이한 사정으로 확신하나, 전기한 바와 같이 본 면은 산악지대로 농경지가 극히 협소하여 세궁민이고 또한 임산(林産)지대라는 관계로 이에 종사하는 중·경노동자 및 이북으로부터 월남한 이재민과 세궁민 등이 총 인구의 3분지 1 이상을 점령하고 있으며, 더구나 38 최전선인 추전 □위리(□爲里) 피난민 등은 자경 농지를 내던져 버리고 면내 각 리로 유리 분산하여 품팔이꾼으로 전환하고 있는 현상으로, 이것은 재언할 필요도 없이 전부가 중점배급의 대상자이며 절대적 수배[27]를 요하는 것이다. 이들 대상자 인구가 확보되지 않는 한 다수의 전출자가 예상되며, 따라서 민심의 혼란이 야기되어 곤란을 면치 못한다는 것을 절실히 느끼게 된다. 아울러 38 경계 전선인 본 면이니만큼 아직 민심의 질서가 안정되지 아니한 오늘, 만일 이러한 불미한 사태가 전개된다면 본 면이 민□한 불상사가 아니□ 그 영향은 타 면에까지 넓히 미칠 것으로 보인다.

---

27 受配 : 배급을 받음.

(4)**민심의 동향**······ 민심의 동향은 이상에 열거된 부역 부담의 과중, 경제적 부담의 과중, □□□에 있어서의 불안정 등으로 □□자가 격증할 것은 물론 민심의 질서가 혼란되어 행정상 지장이 막대할 것으로, 사수하여야 될 38 경계선 경비상에도 영향이 있을 것이며, 만약 다수의 이동자가 생길 때에는 면내는 공허지로 변할 것이다.

사북면(史北面) 편

(1) **교육 시설**······ 해방 전의 초등교 2개소 중 1개소가 이북에 편입되어 취학 기관이 적어졌으므로 작년 총 공비 100만 원에 일부[28] 800명을 면 부담으로 2 교실을 축조하였다.

(2) **경비 기관**······ 경비 지서 ○개소, 경비소 ○개소, 경찰 인원 ○○명에 대한 설치 부담은 다음과 같다. ○지서 신축, ○지서 수선에 대한 총 공비 100만 원과 노동자 ○○○○명을 면에서 부담하고, 1 경비소 신축에 대한 노동자 300명을 부담하였다.

(3) **38 경계에 관한 시설**······ (작년 12월 이후 금년 3월 말까지) □서 방호 창호 진지 축성에 대한 경비 ○만 원과 인부 출동 ○○명 그리고 호국 청년을 매일 ○명 내지 ○○명씩 교대하여 지서 주위 및 요처를 철야 방위하므로 면 농업 생산에 막대한 지장을 보고 있는 한편, 상주(常駐) 경찰관 급 임시 응원대의 부족 식량을 면 부담 또는 면민들이 부담으로 한 금

---

28 一夫 : 일반적인 남자.

액이 16만 원에 달하며, 지서 연료용, 경호소, 야경소 등유(燈油)를 부담한 것이 총액 30만 원이다.

(4) 면민 전체의 생활 상태…… 경지 협소한 산간지대인 본 면은 주민의 대부분이 화전민이며 3~4개월분 식량도 충분치 못하여 식량 배급에만 의존하는 반면에 공장 기타 사업장이 없으므로 노동 임금까지 취득할 도리가 없어 3, 4회씩 배급미도 살 수 없는 형편이다. 그리고 오직 면민 전체가 희망하고 요구하고 싶은 것은 1. 38선 경비를 강화하는 제 비용을 국비 지변으로 할 것, 2. 38선 주민에 대한 구호 대책을 수립하고 상시 안착을 강구할 것, 3. 면사무소 건축비를 속히 보조하여 이를 촉진할 것과 공무원에 대한 대우를 개선하여 주는 것이라 한다. (이상 면 보고서에 의함) (끝) (사진은 ▢ ▢ ▢ ▢ ▢)

『자유신문』, 1949. 4. 26~28)

서울 돌입!

― 본사 특파원 종군기

【서울 한강 철교 부근에서 민재정, 박성환, 박인환 본지 특파원 12일 발(發)】

 11일 0시 40분 유엔군의 일원(一員)인 한국군 제6185부대는 보다 더 강력한 정찰 전투부대를 서울시 남방으로부터 돌입시켰으며 이를 원호(援護)하기 위한 유엔군의 서울시 포격은 본격적으로 시작되었다. 한강 철교와 인도교 간의 해방되지 않은 부분을 타고 정찰대가 서울시에 잠입하기 직전 유엔군 원호 포격 부대는 한강 대안(對岸)[1]의 철로 연선(沿線)[2]에 잠복하고 있는 적들에 대하여 탱크포와 박격포의 지상 포격을 개시하고 동시 공군 부대는 저초공(低超空) 비행을 감행하면서 폭격하는 일방 한강 전선 '서울시 측'에 연막을 펴고 정찰대 돌입을 용이케 하였다.

 기자는 한강선 최전선 참호 속에서 한강 철교와 인도교 사이의 아직 해빙되지 않은 얼음판을 타고 다람쥐와 같이 대안(對岸)인 서울시를 향하여

1　대안 : 바다나 강 등의 건너편에 있는 언덕이나 기슭.
2　연선 : 선로를 따라서 있는 땅.

돌진하는 국군의 씩씩한 모습을 보고 있다. 정찰 부대는 연막(煙幕) 속에 사라지자 배치를 완료하였다는 무전 보고를 해왔으며 수분 후에는 용산 남방 ○○고지를 점령했다는 보고가 들어왔다.

이로써 서울시는 동(同) 시가(市街) 남방으로부터 탈환되는 것이다. 서울 바로 남방을 향하여 진격하던 강력한 유엔 부대가 동 시가 동북방을 제압하며 한편 인천으로부터 북상하는 유엔군이 서북방으로 진격을 계속하고 있다.

그러나 11일 오후에도 서울시는 완전 탈환되지 못했다.

그런데 아방(我方)³ 측은 서울시 탈환보다도 적의 추격 섬멸에 주목적을 두고 있는 듯하다.

중공군과의 시내 접전은 아직 없었는데 적들은 도주하고 있는 듯하다. 적들은 10일 오후 3시경부터 서울 시내 남방 고지에서 한강 대안 유엔 군 부대를 향하여 박격포를 사격해 왔으며 한강선에 잠복하여 직사포, 기관총들을 사격해 왔으나 11일 공군 정찰대가 돌입한 이후에는 적들의 대안 사격은 없었다.

그런데 아국군 제6185부대는 10일 오후 10시 30분 한강 남안(南岸)⁴에 도달하자 최초로 경찰대를 서울 시내에 돌입시킨 부대이며 서부 전선 유엔군에 편입되어 있는 국군 최전선 전투 부대이다. 기자는 적들의 직사포가 이타(耳朶)⁵ 밑을 지나고 적들의 박격포가 좌우에 작렬하는 속을 제일선 부대와 함께 서울을 향하여 진격하고 있다.

---

3 아방 : 우리 쪽을 이르는 말.
4 남안 : 강이나 바다 따위의 남쪽 기슭.
5 이타 : 귓바퀴의 아래쪽으로 늘어진 살.

기자는 거년(去年)[6] 9 · 28 서울시 탈환전에 참가하여 서울시에 돌입한 당시의 감정과 판이한 감정 속에 있다. 9 · 28 당시의 그것을 환희의 감격이 있다고 하면 오늘의 그것은 비통한 분노 이외의 아무것도 아닌 것이다.

(『경향신문』, 1951. 2. 13)

---

6 거년 : 지난해.

과감 6185부대 침착, 여유 있는 진공(進攻)

【서부 전선 ○○기지에서 본사 특파원 민재정, 박성환, 박인환 9일 발 연착(延着)[1]】

서부 전선 유엔군과 협동 작전을 전개하며 서울을 향하여 북진하는 유일의 한국군 부대 6185[2]부대는 65킬로에 걸친 전 서부 전선의 공습을 담당하고 동 전선의 유엔 각 부대와 보조를 맞추어 진격을 계속하였다.

서울을 향하여 진격하는 동 전선의 견실하고도 믿음직한 전진에는 중공군과 괴뢰 잔적[3]들은 완전히 키로전투 의식을 상실케 하였던 것이다.

동 전선 한국군 대변인이 언명한 바에 의하면 한국군이 담당하고 있는 공습 전면의 적은 중공군이며 그 수는 약 3개 사단으로 추산된다고 하는데, 이것은 물론 확실한 숫자는 아니라고 말하고 있으나 동수(同數) 내외의 적이 전면(前面)에 있는 것만은 거의 확실하다고 말하였다.

그리고 "언제 서울을 탈환하게 될 것인가"는 기자의 질문에 대하여는

---

1 연착 : 정하여진 시간보다 늦게 도착함.
2 원본에는 '5816'으로 표기됨.
3 殘敵 : 패망한 뒤 죽거나 잡히지 않고 남아 있는 적병.

답변을 회피하고 있으나 "그리 멀지 않은 시일 내에 서울은 재탈환될 것이며 유엔군과 아군의 견실한 점진 작전은 쉬지 않고 계속될 것이다."라고 말하였다.

　서울 재탈환까지에 일대 섬멸전이 전개될 것인가 아닌가에 대하여는 군측은 언명을 회피라고 있는데, 서울 동남방에서 격전이 예상된다고 하나 예정대로 진격할 것이라고 군측 대변인은 언명하였다. 요행히도 이 땅의 어느 기자에 앞서 최초로 서부 최전선에 종군하고 있는 기자들은 백설에 덮인 안양 포도원(葡萄圓) 앞을 지나 노량진 전면 관악산 ○○고지에 서서 허리로부터 아래를 포연 속에 파묻고 이마만 노출한 북악산을 바라보고 있다.

(『경향신문』, 1952. 2. 13)

지하호에 숨은 노유(老幼)[1] 하루바삐 국군의 입성만을 고대

【서울 한강철교 부근에서 민재정, 박성환, 박인환 본사 특파원 12일 발】

서울 시내의 금번 탈환전에 있어서의 피해는 지난 9·28 탈환전에 있어서의 피해보다는 훨씬 적다.

작년 9·28 서울 탈환전에 있어서의 폭격과 포격에 의하여 서울시는 거의 폐허화되었던 것이며, 이제 금번의 탈환전에 있어서 피해를 입었다 해도 그것은 엎치고 덮친 격으로 별로히 전보다 황폐했다는 감은 주지 않는다.

그러나 기자의 시야 내에 들었던 집이란 집은 거의 다 울타리는 물론 문짝 하나 올바른 것이 없고 전부 없어져 버렸다. 고층건물은 아직 대부분이 있으나 벽만이 앙상하게 남아 있을 따름이다.

요(要)는 서울은 이미 지난해 9·28 탈환까지에 완전히 폐허가 되어 있었던 것이다.

---

1 노유 : 늙은이와 어린이를 아울러 이르는 말.

서울 시내에는 금번의 폭격과 탈환 속에서도 아직껏 노유는 남아 있어, 지하호 속에서 국군의 입성을 기다리고 있었다고 한다. 그들은 지하 속에서 오늘인가, 오늘인가 조마조마한 심경(心境)으로 국군의 입성을 기다리고 있는 것으로서, 시내 일부에서의 사격 소리가 멈추자 그들은 지하호 속에서 비스듬히 밖을 내다보고 뛰어나온 것이다.

그들은 국군의 진격을 바라보자 국군들에게로 달려오는 것이었다.

작년 9 · 28 서울 탈환 당시에 감격보다도 훨씬 다른 감격이 그들의 얼굴에 떠도는 것 같다.

그들은 전쟁에 훈련 받고 경험을 쌓은 민족같이 거의 무표정에 가까운 것이었다.

그러나 이것은 극도의 식량난에 의한 그들의 기아(飢餓)가 이러한 표정을 만들었는지도 모르겠다.

이것은 중공군과 인민 패잔병들은 식량을 획득하기 위하여 가가호호에 침입하여 식량을 약탈해 갔던 것이라 한다.

그들은 가가호호의 땅속에 은닉해놓은 쌀까지도 지극히 교묘하고 신기한 방법으로 이를 발견하여 탈취해 갔던 것이라고 하며, 동대문시장과 중앙시장에는 그들의 점령 기간 속에서도 매일같이 장은 섰다고 한다. 그러나 두 시장 모두 많을 때에는 200명 내의 사람들이 모였고, 매일 보통 4~50명씩 장을 보고 있었다고 한다. 시내 지하호 속에 숨어 있던 노파는 기자에게 별항과 같이 말했다.

(『경향신문』, 1951. 2. 13)

'콩가루 자루' 메고 식량이라면 모조리 탈취[1]

— 노파가 전하는 되놈[2]들의 광상(狂相)

"우리 쪽 비행기는 거의 매일같이 왔습니다. 되놈들이 집집마다 뒤져서 쌀이 없는가고 졸라대는 것이었습니다. 양복장, 궤짝 속은 물론 뒷마당 울타리 밑까지를 파보며 쌀을 감추어두지 않는가 했습니다. 그리고는 식량이라면 무엇이든 모조리 가지고 가는 것이었습니다. 김장도 모두 퍼 가고 말았습니다."

이상과 같이 말하였다. 또 다른 노인 한 분은 기자에게 다음과 같이 말하였다.

"되놈이나 괴뢰군들은 무기도 변변한 것이 없었으며, 지난번보다 더 초라하게 보였습니다. 되놈들은 콩가루 자루를 메고 다니고 있었으며, 식량을 얻는 데 전 힘을 다하는 것 같이 보였습니다. 식량이라면 무엇이든 사

---

1 이 글의 필자는 기재되어 있지 않지만, 신문의 같은 면에 배치되어 있고, 기사의 내용으로 보아 박인환을 비롯한 특파원이 쓴 것으로 보인다.

2 되놈 : 되놈. 중국 사람을 낮잡아 이르는 말.

정없이 탈취해 가는 것이었습니다."

　이상과 같이 말했는데 적들의 목적은 전투 그 자체보다 식량 획득에 더 주력한 듯하다.

(『경향신문』, 1951. 2. 13)

1월 말 현재 서울의 물가 소두(小斗) 한 말에 2만 3천 원(圓)

【서부 전선에서 본사 특파원 민재정, 박성환, 박인환 발】

부득이한 사정으로 지난 1월 5일 서울서 물러나온 김용문(金龍文)(27)이란 청년은 다음과 같이 아군 재탈환 직전인 서울의 소식을 전하고 있다.

"서울 시내에는 괴뢰군과 중공군이 약 1만 명가량 있다고 볼 수 있습니다.

1월 3일 서울서 정부 각 기관이 후퇴하자 수도는 불안과 공포의 도시로 변모해 버리고, 물가는 살인적으로 앙등하여 1월 말일 현재 백미 소두 한 말에 2만 3천원이 되었습니다.

서울에 잔류한 시민의 수는 10만 미만인데, 모두가 노유(老幼), 그리고 병자들뿐입니다.

화폐의 환산은 공산군 군표 100원에 한국은행권 3천원으로 강제 교환되고 있으며, 소위 동(洞) 인민위원회, 그리고 민청(民靑)[1]도 다시 조직되어

---

[1] 1946년 1월 북조선민주청년동맹으로 발족되어 1951년 1월 남북민주청년동맹(약칭 민청)으로 통합됨.

시민들은 그 마수로 하여금 생의 의식조차 완전히 상실하고 있으며, 각 동·반을 통하여 각종 물품과 인부를 악착하게 강제로 동원하고 있습니다. 그리고 보도 발표라 하여 대구를 점령하고 부산을 공격 중인데, 부산을 점령한 다음엔 다시 일본 본토 상륙작전을 개시할 것이라고 참으로 얼빠진 허위 선전에 발광하고 있으나 시민들은 이러한 모략에는 귀도 기울이지 않고 다만 바라고 고대하는 것은 대한민국의 국군이 하루 속히 돌아오기만 기다리는 것입니다."

(『경향신문』, 1951. 2. 13)

도로 연변은 거의 파괴상(破壞相) 노량진 근방 산 밑은 약간의 피해

【서울 한강철교 부근에서 민재정, 박성환, 박인환 특파원 12일 발】

지난달 1월 15일 서부 전선에서 유엔군이 처음으로 오산(烏山)을 탈환한 이후, 진격과 철수를 자유자재로 한 유엔군의 전술에 완전 패배를 당한 중공군은 이제 한강 북방 서울 북방으로 도주 중에 있는데, 이제 놈들의 더러운 발자국을 남겨놓은 도로 연변의 풍경을 간단히 적어 보내기로 한다.

오산(烏山)= 건물이란 건물은 하나 올바로 서 있는 것은 물론 없고 거의 대부분이 도괴(倒壞)[1], 파괴되었다.

병점리(餠店里)= 전부가 도괴되었다.

수원(水原)= 북문의 누각 및 성벽의 절반은 포화에 날아가고 절반만 남

---

1 도괴 : 넘어지거나 무너짐.

아 있다. 북문과 남문 중간의 구(舊)시가지는 거의 전부가 파괴 내지 도괴되었다. 그리고 남아 있는 집이라 해도 문짝 하나 성한 집은 없다.

동남방에 있는 천주교당을 사이에 두고 적의 소탕전이 있었던 고로 천주교당 수녀원과 학교는 완전히 없어지고, 성당만 남아 있다.

눈물이 나오지 않을 정도로 비참한 광경이다. 3~4, 5~6 떼를 지어 다니는 피난민들은 극도의 식량난에 발걸음도 바로 옮기지 못하고 있으며, 믿음에 대한 회의(懷疑) 속에 죽지 못하여 사는 듯한 광경이다.

이 폐허된 수원읍에 아침저녁이면 금번의 전란을 면하여 남아 있는 성당에서는 여전히 미사를 올리고 아침저녁이면 종이 울린다.

안양(安養)= 대부분이 파괴, 도괴되었다.

과천(果川)= 건물 피해는 퍽으나 적다고 하겠으나 그래도 큰 건물은 대부분이 없어졌다.

영등포(永登浦), 노량진(鷺梁津)=도로 연변의 건물로서 하나 성한 것은 없다. 대부분이 파괴 내지 도괴되었다. 그러나 산 밑의 건물들은 약간의 피해만 입었을 따름이다.

(『경향신문』, 1951. 2. 13)

서울 탈환 명령을 고대(苦待)
6185부대 한강 연안(沿岸)¹ 대기
남안(南岸) 일대에 강력한 포진 완료

【서부전 한강 남안에서 본사 특파원 민재정, 박성환, 박인환 발】

지난 9일 한강 연안에 도달한 강력한 아국군 부대는 현재 연안 일대에 견고한 진지를 구축하고 대안의 적 방어 진지에 수시 맹포화(猛砲火)를 가(加)하고 있다.

연일 화염이 충천(沖天)²하는 수도 서울 구시가는 청명한 일기가 계속되는 이 진지에서 육안으로도 능히 그 전모를 파악하기에 족하다.

11일 오후 12일 40분부터 아군은 공군과 탱크대(隊)의 정확한 엄호(掩護) 사격 아래 유력한 탐색대를 대안(對岸) ○○천(粁)³까지 도하시켜 적정(敵情)⁴을 탐지케 하고 있다. 동일 야반(夜半)에는 최후 발악을 쓰는 적의 일대가 당돌하게도 기습을 기도하여왔으므로 아군은 이에 십자포화를 퍼부어 15

---

1 연안 : 강이나 호수, 바다를 따라 잇닿아 있는 육지.
2 충천 : 하늘 높이 오름.
3 粁 : 킬로미터(kilometer). 1,000미터. 약자는 km.
4 적정 : 전투 상황이나 대치 상태에 있는 적의 특별한 동향이나 실태.

박인환 평론 전집

명 내외의 적병을 사살하고 잔여는 즉시 둔주(遁走)⁵케 하였다.

그런데 서울 구시가 가까이 육박한 역전의 아군 장병은 지금까지의 쾌속적인 진격을 멈추고 적 진지 및 빙하(氷河)를 흘겨보면서 시내 진격의 명령이 내리면 재빠르게 이를 도하(渡河)할 수 있는 만전의 태세를 갖추고 있는 중이다. 아국군 부대의 대변인은 이에 대하여 다음과 같이 언명하고 있다.

"우리들은 명령 일하(一下)⁶ 전 서울시를 장악할 것이다. 그러나 우리는 시내 소탕보다도 한 놈의 적놈이라도 더 많이 살상하여야만 한다. 지금에 와서는 수도 완전 재탈환보다도 긴급한 문제는 구적(仇敵)⁷을 어떻게 하면 더욱 많이 섬멸시키느냐는 것이다."

(『경향신문』, 1951. 2. 18)

---

5 둔주 : 도망쳐 달아남.
6 일하 : 명령이나 분부 따위가 한 번 떨어짐.
7 구적 : 원한이 맺힐 정도로 자기에게 해를 끼친 사람이나 집단. 원수.

혁혁한 전과 6185부대 용전(勇戰)

【서부 전선 ○○기지에서 본사 특파원 민재정, 박성환, 박인환 발】

지난 7일 밤 현지 적의 주력(主力)은 이미 분산되어 서울 지구로부터 동 북방으로 둔주하고 있는 것 같다고 우리 제6185부대의 대변인은 말하고 있다. 그런데 그는 이어 지금 한국 부대가 소속되어 있는 ○○사단 전면의 적은 소위 중공 국군 제50군단과 괴뢰군 제1군단의 패적(敗敵)이 반항하 고 있다는 바 제50군단은 제148사단, 149사단, 150사단의 3개 사단이며 괴뢰군도 역시 제8사단, 제47사단, 제17사단이라 한다. 적 제17사단은 기계화 부대로서 이는 우리 제6185부대의 공격 목표가 될 것이라 한다.

그런데 서울을 지호간(指呼間)¹에 둔 이 가장 중요한 시기에 있어서 우 리 부대가 담당한 사명이야 참으로 중대한 바가 있다. 즉 9일 오전 8시 30 분에 총공격을 개시한 6185부대의 수색대는 적의 경미한 저항을 받아가 면서 최초로 한강선(漢江線)에 도달한 후 후방 진지에 귀환하였다는 바 이

---

1   지호간 : 손짓하여 부를 만큼 가까운 거리.

한강선은 서울 시내에서 불과 ○천(粁) 대안이라고 한다. 한편 지난 5일간에 있어 6185부대의 종합 전과는 다음과 같다고 한다.

▲ 중공 포로 69명(장교 3명), ▲ 사살 확인 602명, ▲ 장총 111정, ▲ 경기(輕機) 6, ▲ 중기(重機) 5, ▲ 기관단총 26, ▲ 수류탄 2,100개, ▲ 박격포 6, ▲ 박격포탄 500개.

(『경향신문』, 1951. 2. 18)

아군 진격 뒤이어
기쁨에 피로에도 고사(姑捨)[1]!
정든 땅 찾는 '종군 피난민'

....

【한강 인도교 상에서 본지 특파원 민재정, 박성환, 박인환 발】

아군 부대가 완전히 한강선에 도달했다는 보고를 도처에서 들은 수십만의 피난민은 북쪽으로 방향을 돌리고 있다. 이들 피난민의 대부분은 외모로부터 행장에 이르기까지 흡사히 걸인이 되고 말았다.

4, 5세밖에 안 되는 여아와 70여 세에 달한 노인들이 아침과 저녁의 식사도 변변히 얻지 못하고 서울로 향하고 있다. 서울에 가면 이들은 어찌 될 것인가?

정든 서울에의 향수는 이들의 전 생명인 같기도 하다. 멀리선 아군의 공습의 폭음이 울리고 간혹 분산된 적의 직사포가 터진다. 그러나 이들 피난민은 충혈된 눈과 피곤에 빠진 발을 화열에 덮인 서울로 돌리고 그대로 기아의 행진을 계속한다.

지프 앞에 퍼덕이는 본사 기를 바라보고 반가이 뛰어오며 "서울로 가십

---

1   고사: '고사하다'의 어근. 앞에 오는 말의 내용이 불가능하여 뒤에 오는 말의 내용 역시 기대에 못 미침을 나타냄.

니까" 물은 아이 업은 여자는 도리어 남편이 가 있는 대구와 부산의 걱정을 하며 서울에 들어가면 또다시 가족들이 모여 살 수 있을 것이라고 즐거워한다.

온 민족의 수난을 혼자 몰아 받은 것과 같은 이들 수십 만에 달하는 피난민은 신발도 없이 돈도 없이 남편도 없이 서울로 간다. 이들은 군의 진격에 뒤이어 따라 정든 땅을 찾아간다. 그리하여 우리는 이 피난민을 '종군의 피난민'이라는 칭호로써 부르기로 했다.

한 톨의 쌀도 볼 수 없다는 폐허의 도시, 서울 집은 허물어지고 남겨둔 가재는 공산군에게 전부 약탈되었다는 서울로 이들은 무엇 때문에 돌아가는지 우리는 참으로 이해키 곤란하였다.

(『경향신문』, 1951. 2. 18)

칠흑의 강물 건너 우렁찬 대적(對敵) 육성의 전파

【한강 남안에서 본지 특파원 민재정, 박성환, 박인환 발】

흘러나오는 멜로디, 싸늘하게 얼어붙은 대지에 꿇어앉아 마이크를 조절하는 대적 '대공' 방송반의 검은 그림자가 손톱 달빛에 어릿거린다.

여기 한강 인도교 남쪽 측에서 불과 ○○미터 떨어진 전방엔 원수놈들이 무모한 항전을 꾀하고 떼를 지어 엎드렸다.

"공산군 전사들이여…… 너희들은 무모한 항전을 하지 말고 지금도 늦지 않으니 무기를 버리고 항복하라. 너희들의 처자가 가엾거든……." 또렷또렷한 방송반원의 육성은 전파를 타고 칠흑의 강물을 더듬으며 용산 방면으로 흘러간다.

이때 적이 쏘는 직사포만이 방송차의 주변에 우박같이 퍼부어지나 최전선 첨병밖에 늘어서 있지 않은 이곳 다만 지형과 적의 집결지를 찾아 방송 효과를 좀 터뜨리려는 대원의 투지에 기자는 소리 없이 울지 않을 수 없다.

역력한 효과를 거두기에 힘이 드는 그들의 용사 방송반원의 신고를 후방 국민은 한 번 더 인식하여야 한다. 총탄과 싸우며 적을 정신적으로 위

압 투항케 하는 우리들의 용사는 이리하여 수도 서울 완전 탈환을 앞두고
서 진눈깨비 내리는 노량뜰 모래사장에서 치열히 대진하고 있다.

(『경향신문』, 1951. 2. 18)

극도로 시달리는 식량난 주민은 거의 기아 상태

【한강 남안에서 본사 특파원 민재정, 박성환, 박인환 발】

수원을 비롯한 서부 전선 일대의 각 부락도 쓸쓸한 모습이 하루하루 변모되어 활기를 띠고 있으나 모든 주택은 지난번 적군 침입과 금번의 아군 재진격으로 말미암아 도로 주변의 모든 집들은 거의 파괴되었다.

모든 가재를 버리고 남하하였던 피난민은 1개월여의 피난 생활에 지쳐 그리고 아군의 손에 돌아온 고향을 향하여 모여들어 오고, 수일 내에 완전 재탈환될 서울을 목표로 천안 지구 주변에 피난했던 주민들은 재빨리 한강 가까이까지 찾아와 원망스러운 강을 건너 불타는 서울 거리를 전망하고 있는데, 이들 피난민이 다시 정든 서울에 들어간다는 것은 또 하나의 비극에 가까운 사실이 될 것이다.

즉 천안 이북 수원, 안양, 시흥, 영등포 등지에는 식량이 전부 중공군에게 깡그리 약탈되어 쌀 한 톨도 전혀 볼 수 없고, 피난 중에 출생한 어린이와 그 어머니가 식량난으로 죽은 이야기까지 있는가 하면, 주민의 대다수가 기아 상태에 빠져 적 공산군을 원망하며 죽음의 날만을 기다리는 사실을 기자는 목격할 수 있었다.

이와 같은 비참한 식량난을 보고 우리 국군 장병들이 얼마 안 되는 군량미를 절약하여 최소한도로 구호의 손을 내밀고 있으나 지금과 같은 현상으로서는 도저히 해결치 못할 것이다. '돈이 있어도 쌀을 살 수 없다'는 것이 이곳 도시와 촌락 주민들의 소리이다.

서울에 돌아가고 싶다는 것이 모든 피난민의 간절한 희망일 것이다. 서울에 돌아간다 하더라도 서울 시내에는 하루의 식량도 없을 것이 이곳에서 알 수 있는 참상이다.

그러하므로 현재 남하한 피난민을 당분간 수송 기관이 복구되어 식량 사정이 확립될 때까지는 서울 귀환을 보류할 것이 지금의 형편으로 보아 선책일 것이다.

(『경향신문』, 1951. 2. 18)

---

1 원본에는 '주검'으로 표기됨.

피아(彼我) 영등포 한남동 간 대치
적(敵)은 병력 보충에 급급

【서부 전선 한강 남안에서 본사 특파원 민재정, 박성환, 박인환 발】

　막대한 손해를 받으면서 적은 병력 보충에 급급하고 있는 최근 □□□ □□□ 한강 방(方)의 □□□□□□ 청년의 보충 □□□□□□ 국련군(國聯軍)에 격파되어 한강 북방으로 도주 당시에는 다만 소수의 북한 괴뢰군만이 □동하던 것이 최근 수삼일 전부터는 재차 중공군이 출현하였다 한다.

　현재 피아 대치 거리(距離)는 한강 인도교 영등포 한남 □□□□면으로 연(沿)하는 선(線)으로부터 한강을 격(隔)하여 1천 미(米)[1] 내외의 거리로 대치하고 있는 것이다. 기자가 있는 한국군 최전선 진지에서는 아방(我方) 포화 및 공군기의 총폭격(銃爆擊)으로 인하여 연상(燃上)하는 수도 서울의 모습을 손에 잡힐 듯이 볼 수 있는 바, 최근 아방의 공중 공격 및 포화로 말미암아 수일 전까지 별 피해가 없다고 추측하던 '서울' 시내의 피해는

1　米 : 미터(meter)의 취음

날로 확대되는 것으로 추측되고 있다. 그런데 한국군 일(一) 장교는 적의 병력 보충에 언급하여, 이는 다만 '서울'을 수비하기 위한 병력 보충으로 보고 있으나, 이도 역시 격파될 것은 의심할 여지가 없다고 말하였다.

(『경향신문』, 1951. 2. 20)

짓밟힌 '민족 마음의 고향 서울' 수도 재탈환에 총궐기하자!

【마포 강반(江畔)[1]에서 본사 특파원 민재정, 박성환, 박인환 발】

　　네 번째 포화의 세례를 받고 있는 운명의 도시 대서울의 그 뒷모습! 삼천만 겨레 마음의 고향은 아직도 오랑캐에게 짓밟히고 있다. 한국의 수도를 하루바삐 재탈환할 것을 손꼽아 기다리지 않는 자 어디 또 있을까. 한 놈의 공산 악귀라도 더 섬멸하기 위해 한 지역만의 탈환을 중요시 않는 금차 작전의 위대한 성격에 국민은 조바심할 필요는 없다고 본다. 그러나 그리운 내 마을 낯익은 내 집에 하루바삐 돌아가고 싶어 하는 160만 시민들의 성급한 심사에 일종 동정을 가지는 바다. 기자는 지난 1월 3일 이후 다시 한번 변모되어버리고 있는 대장안의 참담한 모습을 엿들어 이에 소개하는 한편 공산 악마를 이 잡듯이 무찔러버릴 불타는 적개심을 북돋아 국민의 총궐기를 촉구하는 바이다.

1　강반 : 강가의 판판한 땅. 또는 그 강가.

서울 시내의 현영(現影)[2]

◎ 피손(被損) 대건물

중앙청, 중앙전신국, 경향신문사, 조선호텔, 한청(韓靑)빌,[3] 숙명여대, 국립도서관, 남전(南電)회관, 고려문화사빌, 서울신문 사옥, 서강제빙회사, 용산 구(舊)중앙청 관사 (2월 15일 현재)

◎ 피손 동가(洞街)

내자동, 가회동, 계동, 공평동, 제동, 관훈동, 원남동, 종로 6가, 충무로 1가, 을지로 5가, 소공동, 아현동, 홍제동, 만리동 3가, 돈암동, 한강로, 서빙고동, 보광동, 신당동, 회현동, 원효로 3 · 4가, 공덕동 (2월 15일 현재)

(『경향신문』, 1951. 2. 20)

---

2   현영 : 형체를 눈앞에 드러냄. 또는 그 형체. 현형(現形).

3   한청빌 : 한청빌딩.

의복과 총을 바꾼 오랑캐
도취품(盜取品) 메고 시가를 행보
아(我) 공군 감시에 허세 행사도 잠잠

【마포강에서 본사 특파원 민재정, 박성환, 박인환 발 = 연착】

거듭 실패한 공산 정치 놈들이 6 · 25 이후 두 번째나 서울에 불법 침입함으로 말미암아 지난 1월 초순부터 서울에선 끔찍끔찍한 악마의 공산 탄압이 시작되었다고 한다. 판에 박은 듯이 놈들은 소위 서울시 인민위원회니 구역 인위니 동 인위니 하는 것을 비롯해서 소위 민청, 여맹[1]이니 하는 것을 만들어는 보았으나 이들의 기관에서 활동할 분자는 거의 없다고 한다.

왜냐하면 우리 편에서 조직적 후퇴를 하였음으로써 지난 1월 3일 밤 이후에는 만부득이 서울에 남은 70, 80 이상의 노인들 외에는 대한민국의 자유 시민은 한 명도 없었던 까닭이다. 물론 의식적으로 숨어 있던 악질 분자가 놈들에게 협력한 것도 사실일 것이나 최근의 인구 동태는 불과 몇만 명이 안 된다고 한다. 적 공산군이 침입하고서부터는 쌀을 비롯해서

---

1   여맹 : 여성동맹.

온갖 식량은 전부터 약탈해서 어디로인지 운반해 갔고, 의복과 피륙도 샅샅이 뒤져 놈들이 총탄 대신 짊어지고 다니더란 사실로 보아, 장안의 모든 주택은 전부 대문이 열려 있고 방문짝도 거의 다 태워버려 장작 대신으로 아궁이로 쓸어갔을 것도 또한 틀림없다.

　지난 2월 8일 놈들이 모종의 행사를 하였다고 하는데 6·25 때 장안 도처에 세워놓은 솔문[松門]도 불과 몇 군데밖에는 못 만들었다고 하는 것으로 보아 놈들이 뽐내던 기세로는 너무나 싱거운 현상이다. 더욱이 우스운 꼴은 한 달 이상을 두고서 데모 행진을 두 번밖에는 못 하였다고 하는데 놈들이 밥 먹기보다도 좋아하는 이 짓을 왜 못 하였을까. 들건대 우리 편 항공기가 24시간 서울 상공에서 가두를 감시하였던 까닭도 있지만, 이번 침입 이후는 6·25 당시와 같은 '빨갱이'의 힘이 전혀 없어진 까닭일 것이다. 작전 면에 있어 중대 오산을 한 그들은 민중과 완전히 유리되었고 삼천만 국민의 손에서 확실히 떨어져 나갔으며 원수가 되어버린 까닭이었다. 공산 독재정치는 1월 재침입 이후 자유를 찾아 남하한 서울 160만 시민의 수도에 반비례해서 수도에서 완전히 녹다운당하였다. 북한 괴뢰집단의 단장격인 강도 김일성의 상판이 이번에는 한층 더 떨어져 악마 스탈린, 마적 모택동 다음으로 쓸쓸히 붙어 있었다고 하는 것도 추풍낙엽의 감을 갖게 한다.

　아마도 이번에 수도를 재탈환한 뒤엔 장안에 집을 가졌고 세간을 두었던 시민은 새로운 각오와 굳은 결의를 하지 않고서는 안 될 줄 안다.

　마적 떼에게 휩쓸린 만주 부락 이상으로 깨끗이 서울 가가호호는 소위 중공군과 김일성 괴뢰군에게 약탈당한 뒤 다시 적색당들에게 밀린 까닭으로 성하게 남은 집이라야 문짝 없는 네 기둥 집이 된 까닭이며 전기, 수도, 기타 모든 문화기관은 100% 마비되었다고 하니 이제야말로 새 땅에

새살림을 한 집에서 성(性) 다른 동포 열 가구 이상 배치해서 자유와 희망
의 서울시를 이룩하지 않아서는 안 될 것이다.

(『경향신문』, 1951. 2. 20)

영등포 노량진은 불변(不變)
서울 시내는 이제부터

【노량진에서 본사 특파원 민재정, 박성환, 박인환 발】

12일 현재 시흥을 거쳐 영등포에 들어서니 폭격의 자취는 전연 없고 9 · 28 이전의 피해뿐이며 금번 후퇴 후로는 전연 피해가 없는 데는 놀라지 않을 수 없었다. 노량진 방면 역시 피해는 전연 없는데 공산군의 약탈 피해는 다른 촌락과 동일하였다. 한강 인도교상에서 전망되는 마포 급 용산 지구는 아군의 사격이 개시되고 있으므로 앞으로 다소 변모된 것같이 보이나 아군 대변인은 되도록이면 서울의 건물 피해를 피하여 앞으로 진격할 것이라고 말하고 있다.

그러나 시흥, 안양 도로 연변의 주택은 지난번의 전투로 폐허화되었고 혹시 남아 있는 가옥이라 해도 공산군의 약탈로 가재는 사방에 흩어져 그 참상이야말로 필설로 표현키 어려울 뿐 눈물이 솟아날 것만이었다.

(『경향신문』, 1951. 2. 20)

중공군 서울 퇴각? 괴뢰군만 최후 발악

【서부 전선 과천에서 본사 특파원 민재정 박성환 박인환 발】

19일 한국군 일(一) 정보 장교가 전하는 바에 의하면 각 전선에 걸쳐 노도(怒濤)¹와 같이 적을 격파하면서 북으로 진격하는 아군의 맹위에 적은 분산적으로 후퇴하고 있으며 중공군은 광주(廣州), 노량진, 김포의 세 방면에서 포위된 서울에 대한 정식 퇴각령을 최근 명하였다 한다.

그리하여 중공 패적(敗敵)은 아군 중포(重砲)² 사격을 피하여 서울 동북방 공로(公路)³를 이용하면서 야간 퇴각을 계속하고 있는데 최후 발악에 급급한 북한 괴뢰군은 아직도 그 잔여 병력으로써 희망 없는 서울 최후 방위를 기도하고 있다 한다.

또한 이 정보 장교는 언급하기를 중공군과 북한 괴뢰군 간의 공동 전선은 이와 같은 퇴각 명령의 불통일로써도 이미 분열되고 있으며 중공군은

1　노도 : 무섭게 밀려오는 큰 파도.
2　중포 : 구경 155mm 이상으로 파괴력이 크고, 사정거리가 긴 야포.
3　공로 : 많은 사람과 차가 다니는 큰길.

북한 괴뢰군의 6 · 25 불법 남침의 동기와 그들의 잔인무도(殘忍無道)[4]한 제(諸) 정책의 실정(實情)을 열거하면서 강력히 비난하고 있다 한다.

(『경향신문』, 1951. 2. 21)

---

4 잔인무도 : 더할 수 없이 잔인함.

장비 없이 출전한 오랑캐 '수류탄에 볶은 쌀가루' 뿐

【서부 전선 ○○기지에서 본사 특파원 민재정, 박성환, 박인환 발 연착】

공산 악귀의 정책에 대해 삼천만 대한 자유 국민은 소위 김일성 집단에 대해서는 너무나 또렷이 파악하여왔고 놈들에게 시달려왔거니와 모택동이란 천하의 악당에 이끌리는 소위 중공군이란 마적 떼의 정체는 지금까지 일종의 수수께끼였었고 공포와 무자비의 대상으로서 대하여왔었다. 2월 초순까지 소위 중공군이 강제 숙영하고 있었던 안양읍 2동리 김만영이란 촌노인[寸老]에게서 들은 바 젊은 중공군의 솔직한 고백을 소개하면 다음과 같다.

놈은 사천성(泗川省)에서 강제로 끌려 나와 북평(北平)으로 와서 며칠 훈련을 받은 뒤 수류탄 여덟 개와 볶은 쌀가루 닷 되를 얻었을 뿐 아무런 장비도 없이 만주로 강제 파견되었다. 그 뒤 소위 연대장이란 자가 "한국에 가면 돈도 많고 비단도 많고 또 어여쁜 여자도 얼마든지 있으니 너희들이 가서 싸움만 이기면 모든 것이 손에 들어올 것이요 일생을 호화롭게 지낼 수 있다."고 허무맹랑한 소리를 하여 무지한 중국 청년들을 속이고 있는 모택동 일당을 몹시 원망하더라고 한다. 더욱이 우스운 것은 제트기는 전부가 소련 비행기라고 거짓 선전한 결과 처음에는 놈들이 전연 겁을 안 내고 숨지도 않았던 것이 의외에로 많은 습격을 당하고 놈들이 죽어 넘어감에 따라 그 뒤부터는 상관이 이야기하는 것을 도시 곧이를 듣지 않게 되어 제놈들 편에서 쏘는 박격포도 우리 편에서 쏘는 것인 줄 알고 종일 숨어 박히게 되었다고 한다. 그리고 놈들은 하루바삐 일기가 풀려서 우리 국군과 유엔군이 반격을 대대적으로 해서 김일성이가 거꾸러져 놈들은 빨리 중국으로 돌아가기만 짐짓 고대할 뿐이라는 이야기를 하더라고 한다.

　김 노인이 이야기하고 있을 때 힐끗 방 벽에다 써놓은 중공군의 필적을 보니 혼취론재 이로지도(婚娶論財 夷虜之道)¹란 허울 좋은 구절이다. 학착약 술책으로 무고한 백성을 속이는 공산 악당 공통의 죄악에 대해 한없는 통분과 한숨을 금키 어려웠다.

(『경향신문』, 1951. 2. 21)

1　『소학』에 나오는 구절로 '시집가고 장가감에 있어서 재물을 논함은 오랑캐의 도덕이다' 라는 의미.

산 · 산 · 산

산과 산속으로 우리들은 걸어갔다. 오래도록 이 산에는 인간의 슬픈 생활이 영위되어왔다 한다. 그러나 지금 산과 산 사이에는 아무것도 남아 있지 않았다. 철(鐵)의 삼각지대(三角地帶)[1]의 중요한 거점으로 알려진 이 무명 고지에는 어제까지의 가열하고 또한 인류사 이래 처음으로 처참하였던 역력한 전적[2]만이 남아 있었고 몇 개 안 되는 집과 수목들은 적군의 어떤 중대 병력과 함께 우리의 네이팜탄의 간단없는 폭격하에 아마 이 세상에는 없다.

×   ×

---

1 Iron Triangle : 강원도의 평강군, 철원군, 김화군을 잇는 지리상의 삼각지대. 중부 전선 장악을 위한 전략적 요충지로서 최적의 방어 지형을 지니고 있어 한국전쟁 당시 남북간 치열한 쟁탈전이 벌어졌다. 전쟁 후 남북이 이 지역을 양분했다.
2 戰跡/戰迹 : 전쟁을 한 흔적.

우리는 이러한 산과 산들은 낙동강 이북 여하한 곳에서 찾을 수 있었다. 전투가 치열해갈수록 우리의 젊은 용사들은 피와 청춘을 이러한 고지 탈환전에 아낌없이 바쳐버리고 말았다. 마치 깎다 만 머리와 같이 군데군데 큰 흠집을 남기고 수천 년의 역사와 함께 적루[3]하여온 암석들은 하나의 흙덩어리로 화해버렸다.

지금은 침묵의 산들. 그러나 이들은 우리들의 자유의 부단한 정신을 내포하고 있으며 여러 사병들이 마지막 외치고 떠나버린 그 이야기를 우리에게 말한다. 멀리서 삭풍만이 불어오는 이 정막의 산들을 바라며 멈추는 발걸음으로 용사들이 영원에의 길로 걸어갔던 좁은 길을 뒤돌아 사단 CP[4]에 돌아오니 뉴스는 전한다. "8군 사령부가 확인한 바에 의하면 한국군 사단이 철의 삼각지대(금성 동남방)에서 벌어지고 있는 작전에 공격의 주동이 되어 있다"라고. 내 눈앞에는 조금 전의 그 산과 산들이 또다시 클로즈업되는 것이다.

(『경향신문』, 1951. 11. 21)

---

3 積累 : 포개어 여러 번 쌓음. 포개져 여러 번 쌓임. * 인쇄 상태가 흐려 정확하지 않음.

4 Command Post : 지휘소. 지휘관과 참모가 작전 임무를 수행하는 부대의 본부.

거창사건 수(遂)[1] 언도!
김종원(金宗元)에 3년
최고 무기(無期) 신씨(申氏)는 제외

【대구에서 본사 특파원 박인환 16일 특전(特電)】

언도

김종원… 3년 징역
오익경… 무기 징역
한동석… 10년 징역
이종배… 무죄

금년 2월 초순 거창군 신원면에서 일어난 부락민 학살 사건으로 인하여 내각의 일부까지 경질을 보게 된 거창사건은 내외의 주시를 받으면서 근 10개월간 끌어오던 바, 드디어 재작[2] 16일 오후 1시로서 결말을 짓게 되었다. 즉 16일 오후 1시부터 속개된 대구 고등군법회의에서는 김종원에게 3년 징역을 비롯하여 각 피고에게 다음과 같이 판결을 언도하였다.

---

1 수(遂) : 마침내.
2 再昨 : 어제의 전날. 그제.

구형은······

그런데 작 전한 바와 같이 이에 하루 앞서 15일 오후 1시부터 공개된 동 공판정에서 검찰관 측으로부터 김종원에게 7년의 구형이 있었고 각각 다음과 같이 구형하였던 것이다.

△ 김종원 대령 7년 징역, △ 연대장 오익경 대령 사형, △ 대대장 한동석(韓東錫) 사형, △ 정보주임 이종배 소위 10년 징역

(『경향신문』, 1951. 12. 18)

병기창 방화범 일당 8명
주범은 정지한(鄭芝漢)[1]

【대구에서 본사 특파원 박인환 발】

　육군 법무감실에서는 지난 25일 육군 특무부대에서 이송되어 온 부산시 서면(西面)에 있는 국방부 제1조병창[2] 폭발 사건에 관해 예의 심리하여 오던 바, 근일에 있어 조사의 일단락을 보아 오는 신년도 최초의 고등군법회의를 제1조병창 사건으로 결정하기로 되었다. 즉 85년[3] 정월 3, 4일경 서면 폭발 사건은 국민 앞에 공개되어 개정될 것인 바, 이 어마어마한 제5열의 발광적인 사건은 북로당원이었던 정지렴(鄭志렴)(30)과 김병초(金柄楚)(27) 외 1명에 의하여 감행되었는데, 이들은 역시 과거에 북한 괴뢰의 남한 요인 살인 명령과 또한 남한에 있어서의 중요 시설에 대한 방화 급 폭발의 사명을 받았던 것이 금번 검찰과의 조사에 의하여 명확하게 되었

1　다음 기사 제목의 『경향신문』(1952.1.4) 판도 있다. "병기창 사건 금명 공판, 주범 북노당원(北勞黨員) 정(鄭), 살인 방화 파괴 명령을 받고"
2　造兵廠 : 병기를 만드는 공장.
3　단기 4285년으로 서기 1952년임.

다. 그리고 금번 기소된 피의자는 다음과 같으며 상기 2명 외에 정필모(鄭
必模)(30)가 주동이 되었고, 나머지 5명은 11월 30일 제1조병창에서 근무
했던 직원들이다.

정지한(鄭志漢) 남(男) 문관(文官) 30세

김병초(金柄楚) 동(同) 동(同) 27세

정필모(鄭必模) 동(同) 동(同) 30세

황세청(黃世淸) 동(同) 소위(少尉) 35세

황재천(黃在天) 동(同) 이등상사(二等上士) 23세

옥석찬(玉石燦) 동(同) 징용문관(徵用文官) 22세

송희빈(宋希빈) 동(同) 일등중사(一等中士) 22세

김병주(金柄主) 동(同) 군속(軍屬) 23세

(『경향신문』, 1952. 1. 3)

예년에 없는 한해(旱害) 송피(松皮)나 먹도록 해주오
북부 경북 도민들이 당국에 진정

【대구에서 본사 특파원 박인환 발】

지난 4824년도[1]의 전국적인 한해로 인하여 각 도의 식량 사정은 극도로 악화 일로를 걷고 있는 것은 현하의 실정이긴 하나 경상북도 북부 지대의 한재[2] 농민의 비참한 정경이야말로 하나의 사회적인 문제를 야기케 하고 있어 중앙당국의 적절한 긴급 대책을 요망하고 있다.

즉 경북 영양, 청송, 의성, 안동, 영천 등 북부 지대에서는 작년의 심한 한해로 말미암아 농작은 거의 되지 않아 세농[3]층을 비롯한 주민의 대부분이 기아 상태에 빠지고 있는 것이 최근의 경북 당국의 조사에 의하여 판명되었고, 심지어는 영양군 석보면(石堡面) 면민 일동은 당국에서 식량 배급은 안 줄망정 송피나 먹게 해달라는 요지의 진정서를 내는 한편, 한국 정부 수립 이래 처음으로 그 처참과 눈물 없이는 듣지 못할 정식 송피 채

---

1 4284년 : 단기 연도로 서기 1951년임.
2 旱災 : 가뭄으로 인해 생기는 재앙.
3 細農 : 매우 가난한 농가.

취 허가원을 제출하고 있는 것이다.

　이와 같은 경북도의 참상으로 지사 신(申鉉燉)[4] 씨는 이 실정을 상세히 조사하여 긴급한 구호 대책이 있도록 중앙 요로[5]와 협의할 것이나, 일반 도민도 이에 대한 최대한의 동족애를 발휘하여 줄 것을 요망한다는 요지의 담[6] 등을 발표하고 있는 것이다.

　　　　　　　　　　　　　　　　　　　　（『경향신문』, 1952. 1. 6)

4　申鉉燉(1903~1965) : 1951~1955년 관선 경상북도 도지사.
5　要路 : 영향력이 있는 중요한 자리나 지위. 또는 그 자리나 지위에 있는 사람.
6　談 : '담화'로 유추됨.

한국 언론 자유에 이상 없다
로즈 망언과 국내 반향

한국을 정확히 보라

― 시인 박인환 씨 담(談)

로즈 씨가 말하는 자유란 어떠한 자유를 말함인지 모르겠다.

왜냐하면 모든 자유가 확립되어 있는 우리에게 자유가 없다고 말했으니 필시 어떠한 파격적 행위를 자유에 포함해서 생각하고 있는 것만 같다. 그렇지 않고서는 그러한 망언을 범할 수 없으며 만일 그가 정상적인 자유의 □□를 소유한다면 □□해서 □□의 □□을 □□하게 될 것이다.

요컨대 박 시인이 □□□□ 정확하게 인식하지 못한 점과 또 우리 정부에 반감을 갖는 소수인의 불평이 그런 과오를 저지르게 한 것뿐이다.

(『연합신문』, 1956. 3. 22)

박인환 평론의 세계

맹문재

1

박인환은 1948년 4월에 간행된 『신시론』 제1집에 「시단 시평」을 발표한 이후 왕성하게 평론 활동을 했다. 「시단 시평」은 그가 추구하는 새로운 시 운동의 근거와 지향을 나타내었다. 해방 이후 시인들이 쓴 시가 현실적이면서도 시대를 극복하는 작품이 드물다고 진단하고, "시대 조류속에서 똑바른 세계관과 참다운 시 정신"이 필요하다고 주장한 것이다. "창조 정신이란 곧 인민의 것"이라는 인식도 보여주었다.

박인환은 「김기림 시집 『새노래』」(『조선일보』, 1948. 7. 22), 「김기림 장시 『기상도』 전망」(『신세대』, 1949. 1)이란 평론에서 보듯이 김기림의 시 세계에 지대한 관심을 보였다. 『새노래』에 대해서는 유쾌한 매혹의 시집이 될 것이라는 덕담을 하면서도 "지적 정서를 아직도 상실하지 않은 시인 김기림 씨는 시사(時事) 문제를 정리 못 하고 있는데 이것이야말로 가장 위기한 내일을 초래할지도 모른다"고 경고하고 있다. 『기상도』에 대해서는 시의 형식과 사고를 에즈라 파운드와 T. S 엘리엇의 복합작용으로서 반작용을 일으켜놓고 새로운 정통을 발견하려고 노력했으므로 가장 국제적인 조선 시가 되었다고 호평했다. 보수적인 시의 전통과 인습에서 벗어난 요소의 혁신과 창조를 통해 정치, 경제, 과학, 문학 등과 밀접한 관계를 가진다고 평가한 것이다.

박인환은 「조병화 시집 『버리고 싶은 유산(遺産)』」(『조선일보』, 1949. 9. 27), 「조병화의 시」(『주간 국제』, 1952. 9. 27), 「현대시와 본질─병화의 『인간 고도(孤島)』」(『시작』, 1954), 「시에 대한 몇 가지 생각─『사랑이 가기 전에』와 『동토(童土)』에서」(『조선일보』, 1955. 11. 28~29) 등의 평론에서 보듯이 조병화의 시에도 깊은 애정을 보였다. 조병화와의 관계를 "친하고 터놓고 이야기하는 친구"(「현대시와 본질─병화의 『인간 고도(孤島)』」)라고 밝혔듯이 인간적으로 가까운 사이였다. 박인환은 조병화 시의 솔직한 표현과 공동 체험을 노래한 점을 미덕으로 바라보며 "시대 의식과 비판의 정신으로 현대시의 새로운 영역을 개척하고 있다"(「조병화의 시」)고 평가했다.

또한 박인환은 새로운 시 정신의 관점으로 국내 시인들이 발표한 작품을 읽고 평가했다. 「1954년의 한국시─『시작(詩作)』 1·2집에 발표된 작품」(『시작』, 1954. 11)을 통해 제1집에 발표한 신석정, 유치환, 김용호, 함윤수, 이설주, 정진업, 홍윤숙, 김춘수, 김수돈, 박기원, 양명문, 김규동, 장수철, 박화목, 장호, 김영삼의 작품과, 제2집에 발표한 김현승, 김차영, 이경순, 구상, 박훈산, 유정, 정영태, 김상화, 김남조의 작품을 꼼꼼하게 읽었다. 그 결과 "최근의 시인들이 과거와 결별하고 새로운 시대와 그 제상에 대하여 간단없이 대결하는 데 애를 쓰고 있다"고 평가했다.

국내 시인들의 작품 고찰은 「현대시의 변모」(『신태양』, 1955. 2)에서도 지속되었다. 정지용, 박목월, 유치환, 김광섭, 노천명, 오상순, 김광섭, 모윤숙, 김차영, 박태진, 이상로, 전봉건, 이활, 조향, 노영란, 장현, 정영태, 고원 등의 작품 고찰을 통해 시단의 흐름을 그 나름대로 정리했다.

2

박인환은 해외 문학에 대한 관심도 높아 문예사조, 시인과 작가, 그들의 작품 등을 소개했다. 「사르트르의 실존주의」(『신천지』, 1948)에서는 제1차 세계대전 이후 사회적인 불안과 동요 속에서 일어난 초현실주의와 다다이즘 문학의 운동은 물론 제2차 세계대전 이후 일어난 사르트르의 실존주의를 고찰했다. 키르케고르가 인간 실존의 불안과 공포로부터의 구원을 신에서 찾았지만, 사르트르는 행동에 의한 자유에서 찾은 점을 높게 평가했다.

「전쟁에 참가한 시인─기욤 아폴리네르 회상」(『평화신문』, 1951. 3. 26)에서는 프랑스의 시인 기욤 아폴리네르가 제1차 세계대전에 참가한 상황을 소개했다. 기욤 아폴리네르는 자신이 사랑하던 화가 마리 로랑생이 독일 화가와 결혼해서 스페인으로 떠나자 그 슬픔을 잊고자 입대한 것이었다.

「현대시의 불행한 단면」(『주간 국제』, 1952. 6. 16)은 『주간 국제』가 마련한 '후반기' 특집에 발표했다. 이 글에서 박인환은 모더니즘 시 운동이 일어난 시대적 배경으로 현대 문명의 도래와 사회의 불안정을 들었다. 아울러 현대시를 개척한 영국의 시인 W. H. 오든과 S. 스펜더가 등장한 제1차 세계대전 이후의 상황을 살펴보았다. 특히 S. 스펜더를 영국의 대표적인 모더니즘 시인으로 간주하고 많은 관심을 보였는데, 「S. 스펜더 별견(瞥見)─시의 사회적 효용을 위하여」(『국제신보』, 1953. 1. 30~31.)에서도 볼 수 있다. 제1차 대전 후 유럽에서 발생한 수많은 시 운동이 시의 기능에 경주했을 때 S. 스펜더는 시의 사회적 효용을 주장한 점을 주목한 것이다. 박인환은 「열차」란 시작품에서도 S. 스펜더의 세계관을 반영했다.

> 궤도 위에 철(鐵)의 풍경을 질주하면서
> 그는 야생(野生)한 신시대의 행복을 전개한다
> 스티븐 스펜더

폭풍이 머문 정거장 거기가 출발점
정욕과 새로운 의욕 아래
열차는 움직인다
격동의 시간
꽃의 질서를 버리고
공규(空閨)한 나의 운명처럼
열차는 떠난다
검은 기억은 전원(田園)에 흘러가고
속력은 서슴없이 죽음의 경사(傾斜)를 지난다

청춘의 북받침을
나의 시야에 던진 채
미래에의 외접선(外接線)을 눈부시게 그으며
배경은 핑크빛 향기로운 대화
깨진 유리창 밖 황폐한 도시의 잡음을 차고
율동하는 풍경으로
활주하는 열차

가난한 사람들의 슬픈 관습과
봉건의 터널 특권의 장막을 뚫고
피비린 언덕 너머 곧
광선의 진로를 따른다

다음 헐벗은 수목(樹木)의 집단 바람의 호흡을 안고
눈이 타오르는 처음의 녹지대
거기엔 우리들의 황홀한 영원의 거리가 있고
밤이면 열차가 지나온
커다란 고난과 노동의 불이 빛난다
혜성보다도
아름다운 새날보담도 밝게

─박인환, 「열차」 전문

위의 작품은 스티븐 스펜더의 「급행열차」에 나오는 "궤도 위에 철(鐵)의 풍경을 질주하면서/그는 야생(野生)한 신시대의 행복을 전개한다"라는 구절을 인용하면서 시작하고 있다. 아울러 스펜더의 작품과 동일하게 27행으로 구성했고, 유사한 시어들을 활용했다. "정거장", "열차", "속력", "죽음", "도시", "전원", "밤", "혜성" 등과 같은 시어들은 스펜더의 작품에서도 주요 역할을 한 것이었다. 또한 스펜더가 「급행열차」에서 어두움을 극복하려고 제시한 밝은 이미지와 새로운 의욕을 "폭풍이 머문 정거장 거기가 출발점/정욕과 새로운 의욕 아래/열차는 움직인다"라고 제시했다. "격동의 시간"은 진정한 민족 국가를 건설하기 위한 열망이 넘친 해방기를 가리킨다. 그 시기는 "꽃의 질서"마저 무시될 정도로 혼란하였고, 오랫동안 남편 없이 지내는 아내의 "공규(空閨)한" 운명처럼 앞날이 보이지 않았다. 화자는 그와 같은 상황을 극복하기 위해 열차에 승차했다. "검은 기억은 전원(田園)에 흘러가고/속력은 서슴없이 죽음의 경사(傾斜)를 지"나고 있다. 화자가 탄 열차는 암울한 기억을 떨쳐버리고, 죽음과 같은 절망적인 상황을 탈출한다. 열차는 암울하고 절망적인 상황을 벗어날 만큼 속력을 내는데, 해방기의 혼란한 상황을 회피하거나 소극적으로

순응하지 않고 인간다운 삶을 영위하기 위해 적극적으로 나아가는 것이다.[1]

박인환은 영국의 소설가인 버지니아 울프에 대한 관심도 높아 「버지니아 울프 인물과 작품」(『여성계』, 1954. 11)을 발표했다. 버지니아 울프의 가계 및 생애를 살피면서 작품에 대한 의의를 밝히고 있는데, "여성들이 좋은 소설을 쓰기 위해서는 최소한의 생활비와 자기가 전유(專有)할 수 있는 방이 보증되어야 한다"는 버지니아 울프의 주장에 동의했다. 박인환의 버지니아 울프에 대한 관심은 그의 대표작으로 평가받는 「목마와 숙녀」에서 "한 잔의 술을 마시고/우리는 버지니아 울프의 생애와/목마를 타고 떠난 숙녀의 옷자락을 이야기한다"라거나, "모든 것이 떠나든 죽든/거저 가슴에 남은 희미한 의식을 붙잡고/우리는 버지니아 울프의 서러운 이야기를 들어야 한다"(「목마와 숙녀」)라고 노래한 데서도 확인된다.

박인환은 영화 〈제3의 사나이〉의 원작자이기도 한 그레이엄의 『사건의 핵심』을 「그레이엄 그린 작(作) 『사건의 핵심』」(『민주경찰』, 1954. 11)으로 상세하게 정리했다. 또한 「고전 『홍루몽(紅樓夢)』의 수난—작품을 둘러싼 사상의 대립」(『자유신문』, 1955. 3. 18~20)에서는 고전소설 『홍루몽』을 둘러싸고 전개되는 사상 투쟁을 살펴보았다. 동양의 대표적인 고전인 『홍루몽』이 공산 치하에서 탄압받는 전체주의적 기류를 비판한 것이었다. 「해외 문학의 새 동향」(『평화신문』, 1954. 2. 15/2. 22)에서는 미국의 문학과 영국의 문학을 살펴보았고, 「작업하는 시인들—사르 안하임의 새 노작을 중심」(『평화신문』, 1955. 1. 23)에서는 영국의 시단을 소개했다. 「위대한 예술가의

---

1 맹문재, 「박인환의 시에 나타난 엘리엇과 스펜더의 시론 수용 양상」, 『박인환 시 전집』, 푸른사상, 2020, 293~294쪽.

도정(道程)─아카데미 회원 당선의 희보(喜報)를 듣고」(『평화신문』, 1955. 10. 30)에서는 프랑스의 아카데미 회원이 된 장 콕토의 삶과 예술 세계를 소개했다.

3

박인환은 문학평론뿐만 아니라 연극평론도 발표했다. 「황금아(Golden-Boy)」(『경향신문』, 1952. 4. 21)에서는 극단 '신청년(新靑年)'이 아메리카 사회에서 풍미하였던 클리퍼드 오데츠의 〈골든 보이(黃金兒)〉를 공연한 것을 관람하고 악조건에서도 성의를 다한 배우들을 응원했다. 「'신협(新協)' 잡감(雜感)─〈맹 진사댁 경사〉를 중심으로」(『경향신문』, 1952. 4. 21)에서는 대구에서 신협의 공연을 본 뒤 감상평을 썼다. 「현대인을 위한 연극─〈욕망이라는 이름의 전차〉를 중심으로」(『평화신문』, 1955. 8. 2)에서는 미국의 문명과 사회 문제 차원에서 연극의 주제를 해석했다. 「테네시 윌리엄스 잡기(雜記)─그의 작품 세계를 이해하는 길」(『경향신문』, 1955. 8. 24)에서는 1947~48년도에 상연된 희곡 중에서 퓰리처상을 받은 테네시 윌리엄스의 「욕망이라는 이름의 전차」를 소개했다. 글의 말미에서 필자를 "「욕망이라는 이름의 전차」의 역자"라고 소개하고 있어 주목된다. 아직까지 박인환의 이 번역 작품이 발견되지 않고 있기에 발굴이 기대되는 것이다.

박인환은 「정종여(鄭鍾汝) 동양화 개인전을 보고」(『자유신문』, 1948. 12. 12)라는 미술평론도 발표했다. 정종여는 동양화가 시대성을 갖지 못하고 있다는 일반적인 평가를 극복했다고 보았다. "현대인의 모든 감각을 소지"함으로 말미암아 "동양화가 가지고 있는 봉건 정신을 위기에서 구출한 최초의 용사(勇士)"가 되었다고 평가한 것이다.

박인환은 사진 분야에도 관심을 갖고 「보도 사진 잡고(雜考)」(『민성』, 1948. 11)를 발표했다. 무역과 교통이 발달되고 지식과 민주 사상이 고도화됨에 따라 뉴스에 대한 관심이 급속도로 높아졌기에 기존의 회화보다는 사진이 기록적인 가치를 갖게 되었다고 진단했다.

박인환은 「나의 문화적 잡기」(『연합신문』, 1953. 5. 25)에서 문화인 등록을 요구하는 정부의 정책에 따르지 않고 오히려 대안을 제시했다. 파벌적으로 운영되는 문총(문화단체총연합회)의 산하기구인 '문협' 회원 자격을 거절하는 대신 작가의 수익과 참다운 사회적인 지위 향상을 도모하는 '한국저작가조합'의 조직을 제안한 것이다.

박인환은 여성에 대한 관심도 많아 「여성에게」(『경향신문』, 1954. 1. 8), 「여자여! 거짓말을 없애라!」(『여성계』, 1954. 4)를 발표했고, 「남성이 본 현대 여성」이라는 대담에도 참가했다. "우리들은 외부의 사념이나 조건 그리고 규격적인 지배를 벗어나 마음의 질서가 지니는 자율적인 사고와 행위에 한해서 호흡할 것을 나는 원하는 바"(「여성에게」)라고 한 데서 볼 수 있듯이 매우 개방적이고 진보적인 여성관을 보였다. 여성들이 남편의 경제적인 불신으로 말미암아 거짓말을 하지만, "여자들이 거짓말을 하기 전의 남자들이 성실할 것을 강조하"(「여자여! 거짓말을 없애라!」)는 데서도 확인된다. 한국전쟁 이후 "사회가 변하고 현실과 생활양식이 변"(「남성이 본 현대 여성」)함으로 인해 여성 역시 변화했음을 이해한 것이다.

이 밖에 박인환은 「자유에서의 생존권」(『수도평론』, 1953. 8)으로 동부백림(東部 伯林) 반공 폭동의 진상을 밝히면서 자유가 박탈된 민중에게 경제적인 고통이 가중되면 필연적으로 반항이 일어나는 것을 인정했다. 공동으로 집필한 「직언춘추(直言春秋)」(『신태양』, 1956. 4)에서는 교육, 영화, 사회, 도시 건설, 언론, 정치, 교통, 국회 등 사회 전반을 진단하고 개선 방안을 제시했다. 박인환은 한국전쟁 동안 『경향신문』의 종군기자로 활동했다. 기사의 내용은 북한군과 대치하는 상황이어서 전쟁의 참상을 고발하고 승리를 바라는 것이었다.

　박인환은 시 창작과 소설 등의 번역뿐만 아니라 영화평론, 연극평론, 문학평론, 미술평론, 사진평론, 사회평론 등 다양한 평론 활동을 활발하게 했다. 그의 평론들은 박학다식한 면을 여실히 나타내고 있고, 새로운 관점을 보여주고 있다. 평론가 박인환의 열정과 업적에 경의를 표한다.

∙∙∙ 작품 연보

문학

연번	제목	발표지	발표 시기	비고
1	시단 시평	신시론(1집)	1948.4.20	
2	『신시론』 1집 후기	신시론(1집)	1948.4.20	
3	김기림 시집 『새노래』 평	조선일보	1948.7.22	
4	사르트르의 실존주의	신천지(3권 9호)	1948.10.1	
5	김기림 장시 『기상도』 전망	신세대(4권 1호)	1949.1.25	엄동섭 외 『박인환 문학전집 2』(소명출판) 수록
6	장미의 온도	새로운 도시와 시민들의 합창	1949.4.5	
7	조병화 시집 『버리고 싶은 유산』	조선일보	1949.9.27	
8	전쟁에 참가한 시인	평화신문(1951.3.26)	1951.3.26	
9	현대시의 불행한 단면	주간국제 9호	1952.6.16	
10	조병화의 시	주간국제 13호	1952.9.27	
11	S.스펜더 별견(瞥見)	국제신보	1953.1.30~31	
12	이상(李箱) 유고(遺稿)	경향신문	1953.11.22	엄동섭 외 『박인환 문학전집 2』(소명출판) 수록
13	현대시의 본길	시작(2집)	1954.7.30	
14	버지니아 울프 인물과 작품	여성계(3권 11호)	1954.11.1	
15	그레이엄 그린 작(作) 『사건의 핵심』	민주경찰(44호)	1954.11.15	
16	1954년의 한국 시	시작(3집)	1954.11.20	
17	현대시의 변모	신태양(3권 2호)	1955.2.1	
18	고전 『홍루몽』의 수난	자유신문	1955.3.18~20	

19	학생 현상 문예 작품 선후감	신태양 4권 8호	1955.8.1	
20	『선시집』 후기	선시집	1955.10.15	
21	시에 대한 몇 가지 생각	조선일보	1955.11.28~30	
22	해외 문학의 새 동향	평화신문	1954.2.15/2.22	
23	『작업하는 시인들』	평화신문	1955.1.23	
24	위대한 예술가의 도정	평화신문	1955.10.30	
25	스코비의 자살	세월이 가면	1982.1.15	근역서재 간행

연극 · 영화 · 미술 · 사진 · 문화 · 국제 정치 · 사회 · 여성

연번	제목	발표지	발표 시기	비고
26	황금아(黃金兒, Golden—Boy)	경향신문	1952.4.21	연극
27	'신협(新協)' 잡감(雜感)	경향신문	1952.8.3	연극
28	현대인을 위한 연극	평화신문	1955.8.2	연극
29	테네시 윌리엄스 잡기	한국일보	1955.8.24	연극
30	시네마스코프란 무엇이냐	형정(刑政)(22호)	1955.10.20	영화
31	정종여 동양화 개인전을 보고	자유신문	1948.12.12	미술
32	보도 사진 잡고	민성(4권 11호)	1948.11.20	사진
33	나의 문화적 잡기	연합신문	1953.5.25	문화
34	자유에서의 생존권	수도평론(3호)	1953.8.1	국제정치
35	직언춘추(直言春秋)	신태양(5권 4호)	1956.4.1.	사회
36	여성에게	경향신문	1954.1.8	여성
37	여자여! 거짓말을 없애라!	여성계(3권 4호)	1954.4.1	여성
38	남성이 본 현대 여성	여성계(3권 6호)	1954.6.1	여성

기사

연번	제목	발표지	발표 시기	비고
39	38선 현지 시찰 보고	자유신문	1949.4.26~28	
40	서울 돌입!	경향신문	1951.2.13	
41	과감 6185부대 침착, 여유 있는 진공(進攻)	경향신문	1951.2.13	
42	지하호에 숨은 노유(老幼) 하루 바삐 국군의 입성만을 고대	경향신문	1951.2.13	
43	'콩가루 자루' 메고 식량이라면 모조리 탈취	경향신문	1951.2.13	
44	1월 말 현재 서울의 물가 소두(小斗) 한 말에 2만 3천원(圓)	경향신문	1951.2.13	
45	도로 연변은 거의 파괴상(破相) 노량진 근방 산 밑은 약간의 피해	경향신문	1951.2.13	
46	서울 탈환 명령을 고대(苦待)	경향신문	1951.2.18	
47	혁혁한 전과 6185부대 용전(勇戰)	경향신문	1951.2.18	
48	아군 진격 뒤이어	경향신문	1951.2.18	
49	칠흑의 강물 건너 우렁찬 대적(對敵) 육성의 전파	경향신문	1951.2.18	
50	극도로 시달리는 식량난 주민은 거의 기아 상태	경향신문	1951.2.18	
51	피아 영등포 한남동 간 대치	경향신문	1951.2.20	
52	짓밟힌 '민족 마음의 고향 서울' 수도 재탈환에 총궐기하자!	경향신문	1951.2.20	
53	의복과 총을 바꾼 오랑캐	경향신문	1951.2.20	
54	영등포 노량진은 불변	경향신문	1951.2.20	
55	중공군 서울 퇴각? 괴뢰군만 최후 발악	경향신문	1951.2.21	
56	장비 없이 출전한 오랑캐 '수류탄에 볶은 쌀가루뿐	경향신문	1951.2.21	
57	산 · 산 · 산	경향신문	1951.11.21	

58	거창사건 수(遂) 언도!	경향신문	1951.12.18	
59	병기창 방화범 일당 8명	경향신문	1952.1.3	
60	예년에 없는 한해(旱害) 송피(松皮)나 먹도록 해주오	경향신문	1952.1.6	
61	한국을 정확히 보라	연합신문	1956.3.22	

▪▪▪ 박인환 연보

1926년(1세) 8월 15일 강원도 인제군 인제면 상동리 159번지에서 아버지 박
            광선(朴光善)과 어머니 함숙형(咸淑亨) 사이에서 4남 2녀 중 맏이
            로 태어나다. 본관은 밀양(密陽).

1933년(8세) 인제공립보통학교 입학하다.

1936년(11세) 서울로 이사. 서울시 종로구 내수동에서 거주하다가 종로구 원
            서동 134번지로 이사하다. 덕수공립보통학교 4학년에 편입하다.

1939년(14세) 3월 18일 덕수공립보통학교 졸업하다. 4월 2일 5년제 경기공립
            중학교에 입학하다. 영화, 문학 등에 심취하다.

1940년(15세) 종로구 원서동 215번지로 이사하다.

1941년(16세) 3월 16일 경기공립중학교 자퇴하다. 한성중학교 야간부에 다니다.

1942년(17세) 황해도 재령으로 가서 기독교 재단의 명신중학교 4학년에 편
            입하다.

1944년(19세) 명신중학교 졸업하고 관립 평양의학전문학교(3년제)에 입학하
            다. 일제강점기 당시 의과, 이공과, 농수산과 전공자들은 징병
            에서 제외되는 상황.

1945년(20세) 8·15광복으로 학교를 그만두고 상경하다. 아버지를 설득하여
            3만 원을 얻고, 작은이모에게 2만 원을 얻어 종로3가 2번지 낙
            원동 입구에 서점 '마리서사(茉莉書舍)'를 개업하다. 초현실주의
            화가 박일영(朴一英)의 도움으로 세련된 분위기를 만들고 많은
            문인들이 교류하는 장소가 되다.

1947년(22세) 5월 10일 발생한 배인철 시인 총격 사망 사건과 관련하여 중부

경찰서에서 조사받다(김수영 시인 부인 김현경 여사 증언).

1948년(23세) 입춘을 전후하여 마리서사 폐업하다. 4월 20일 김경린, 김경희, 김병욱, 임호권과 동인지『신시론(新詩論)』발간하다. 4월 덕수궁에서 1살 연하의 이정숙(李丁淑)과 결혼하다. 종로구 세종로 135번지(현 교보빌딩 뒤)의 처가에 거주하다. 겨울 무렵『자유신문』문화부 기자로 취직하다. 12월 8일 장남 세형(世馨) 태어나다.

1949년(24세) 4월 5일 김경린, 김수영, 임호권, 양병식과 동인시집『새로운 도시와 시민들의 합창』(도시문화사) 발간하다. 7월 16일 국가보안법 위반 협의로 내무부 치안국에 체포되었다가 8월 4일 이후 석방되다. 여름 무렵부터 김경린, 김규동, 김차영, 이봉래, 조향 등과 '후반기(後半紀)' 동인 결성하다. 12월 17일 한국문학가협회 결성 준비에 추진위원으로 참여하다.

1950년(25세) 1월 무렵『경향신문』에 입사하다. 6월 25일 한국전쟁 일어남. 피란 가지 못하고 9·28 서울 수복 때까지 지하생활하다. 9월 25일 딸 세화(世華) 태어나다. 12월 8일 가족과 함께 대구로 피란 가다. 종군기자로 활동하다.

1951년(26세) 5월 육군종군작가단에 참여하다. 10월『경향신문』본사가 부산으로 내려가자 함께 이주하다.

1952년(27세) 2월 21일 김광주 작가를 인치 구타한 사건에 대한 45명 재구(在邱) 문화인 성명서에 서명하다. 5월 15일 존 스타인벡의 기행문『소련의 내막』(백조사) 번역해서 간행하다. 6월 16일 「주간국제」의 '후반기 동인 문예' 특집에 평론 「현대시의 불행한 단면」발표하다.『경향신문』퇴사하다. 12월 무렵 대한해운공사에 입사하다. 6월 28일 66명이 결성한 자유예술연합에 가입해 사회부장을 맡다.

1953년(28세) 3월 후반기 동인들과 이상(李箱) 추모의 밤 열고 시낭송회 가지다. 여름 무렵 '후반기' 동인 해체되다. 5월 31일 차남 세곤(世崑) 태어나다. 7월 중순 무렵 서울 집으로 돌아오다. 7월 27일 한국

전쟁 휴전 협정 체결.

1954년(29세) 1월 오종식, 유두연, 이봉래, 허백년, 김규동과 '한국영화평론가협회' 발족하다.

1955년(30세) 3월 5일 대한해운공사의 상선 '남해호'를 타고 미국 여행하다. 3월 5일 부산항 출발, 3월 6일 일본 고베항 기항, 3월 22일 미국 워싱턴주 올림피아항 도착, 4월 10일 귀국하다. 『조선일보』(5월 13, 17일)에 「19일간의 아메리카」 발표하다. 대한해운공사 사직하다. 10월 1일 『시작』(5집)에 시작품 「목마와 숙녀」 발표하다. 10월 15일 시집 『선시집』(산호장) 간행하다. 시집을 발간했으나 제본소의 화재로 인해 재간행하다(김규동 시인 증언).

1956년(31세) 1월 27일 『선시집』 출판기념회 갖다(문승묵 엮음 『사랑은 가고 과거는 남는 것─박인환 전집』 화보 참고). 2월 자유문학상 최종 후보에 오르다. 3월 시작품 「세월이 가면」 이진섭 작곡으로 널리 불리다. 3월 17일 '이상 추모의 밤' 열다. 3월 20일 오후 9시 자택에서 심장마비로 타계하다. 3월 22일 망우리 공동묘지에 안장되다. 9월 19일 문우들의 정성으로 망우리 묘소에 시비 세워지다.

1959년(3주기) 10월 10일 윌러 캐더의 장편소설 『이별』(법문사) 번역되어 간행되다.

1976년(20주기) 맏아들 박세형에 의해 시집 『목마와 숙녀』(근역서재) 간행되다.

1982년(26주기) 김규동, 김경린, 장만영 등에 의해 추모 문집 『세월이 가면』(근역서재) 간행되다.

1986년(30주기) 『박인환 전집』(문학세계사) 간행되다.

2000년(44주기) 인제군청과 인제군에서 활동하는 내린문학회 및 시전문지 『시현실』 공동주관으로 '박인환문학상' 제정되다.

2006년(50주기) 문승묵 엮음 『사랑은 가고 과거는 남는 것─박인환 전집』(예옥) 간행되다.

2008년(52주기) 맹문재 엮음 『박인환 전집』(실천문학사) 간행되다.

2012년(56주기) 강원도 인제군에 박인환문학관 개관되다.

2014년(58주기) 7월 25일 이정숙 여사 별세하다.

2019년(63주기) 맹문재 엮음 『박인환 번역 전집』(푸른사상사) 간행되다.

2020년(64주기) 인제군, (재)인제군문화재단, 박인환시인기념사업추진위원회, 경향신문 공동주관으로 '박인환상'(시 부문, 학술 부문) 제정되다. 맹문재 엮음 『박인환 시 전집』(푸른사상사) 간행되다.

2021년(65주기) 박인환 『선시집』 복각본(푸른사상사) 간행되다. 박인환 『선시집』 영어 번역본(여국현 번역, 푸른생각) 간행되다. 맹문재 엮음 『박인환 영화평론 전집』(푸른사상사) 간행되다.

2022년(66주기) 맹문재 엮음 『박인환 평론 전집』(푸른사상사) 간행되다.

엮은이 맹문재

편저로『박인환 영화평론 전집』『박인환 시 전집』『박인환 번역 전집』『박인환 전집』
『박인환 깊이 읽기』『김명순 전집―시·희곡』『김규동 깊이 읽기』『한국 대표 노동시집』
(공편)『이기형 대표시 선집』(공편)『김후란 시전집』(공편),『김남주 산문전집』, 시론 및 비
평집으로『한국 민중시 문학사』『패스카드 시대의 휴머니즘 시』『지식인 시의 대상애』
『현대시의 성숙과 지향』『시학의 변주』『만인보의 시학』『여성시의 대문자』『여성성의
시론』『시와 정치』등이 있음. 고려대 국문과 및 같은 대학원 졸업. 현재 안양대 국문과
교수.

박인환 평론 전집

초판 인쇄 2022년 9월 27일
초판 발행 2022년 9월 30일

지은이_박인환
엮은이_맹문재
펴낸이_한봉숙
펴낸곳_푸른사상사

주간·맹문재 │ 편집·지순이 │ 교정·김수란
등록·1999년 7월 8일 제2-2876호
주소·경기도 파주시 회동길 337-16(서패동 470-6)
대표전화·031) 955-9111~2 │ 팩시밀리·031) 955-9114
이메일·prun21c@hanmail.net
홈페이지·http://www.prun21c.com

ⓒ 맹문재, 2022

ISBN 979-11-308-1954-9   93810
값 35,000원